FACES OPOSTAS

A PROFECIA DE MANAKEL

O Bem e o Mal podem caminhar juntos?

L.F. VALADARES

FACES OPOSTAS
A PROFECIA DE MANAKEL

O Bem e o Mal podem caminhar juntos?

COLEÇÃO NOVOS TALENTOS DA LITERATURA BRASILEIRA

São Paulo 2012

Copyright © 2012 by L.F. Valadares

COORDENAÇÃO EDITORIAL   Mateus Duque Erthal
DIAGRAMAÇÃO   Francisco Martins
CAPA   Carlos Eduardo Gomes
PREPARAÇÃO   Juliana A. Rodrigues
REVISÃO   Lílian Moreira Mendes

TEXTO DE ACORDO COM AS NORMAS DO NOVO ACORDO ORTOGRÁFICO DA LÍNGUA PORTUGUESA (DECRETO LEGISLATIVO N° 54, DE 1995)

DADOS INTERNACIONAIS DE CATALOGAÇÃO NA PUBLICAÇÃO (CIP)
(Câmara Brasileira do Livro, SP, Brasil)

Valadares, L. F.

Faces opostas : a profecia de Manakel : o bem e o mal podem caminhar juntos? / L. F. Valadares. -- Barueri, SP : Novo Século Editora, 2012. -- (Coleção novos talentos da literatura brasileira)
1. Ficção brasileira I. Título. II. Série.

12-12340   CDD-869.93

Índices para catálogo sistemático:
1. Ficção : Literatura brasileira 869.93

2012
IMPRESSO NO BRASIL
PRINTED IN BRAZIL
DIREITOS CEDIDOS PARA ESTA EDIÇÃO À
NOVO SÉCULO EDITORA LTDA.
CEA – Centro Empresarial Araguaia II
Alameda Araguaia, 2190 – 11º Andar
Bloco A – Conjunto 1111
CEP 06455-000 – Alphaville – SP
Tel. (11) 2321-5080 – Fax (11) 2321-5099
www.novoseculo.com.br
atendimento@novoseculo.com.br

Dedico esta obra a minha amada mãe.
Foi de ti que herdei o prazer de escrever.

Agradecimentos:
Primeiramente agradeço a Deus pela luz que recai sobre mim. Em seguida, a Cátia Alencar, pois sem o incentivo dela, esta obra não existiria. Agradeço também a minha esposa, Aline, pela compreensão e paciência, ao meu irmão Thiago, pelas palavras de estímulo, a minha irmã Giselle, que me escuta desde os primeiros rascunhos de textos, e letras de música para uma banda que jamais saiu do papel. Não poderia esquecer de minhas amigas, Andressa Medeiros, Denise Flaeschen, e Vanessa Caldas, leitoras assíduas dos meus primeiros manuscritos. E por fim, a todas as pessoas que direta ou indiretamente contribuíram e ainda contribuem para que este sonho se realize.

Nuvens negras, chuva intensa. Raios cortam o manto negro sobre a cidade. Uma tempestade repentina chegou alagando as ruas. Há muito não se via algo dessa proporção. Suas furiosas rajadas de vento arrancavam telhados, derrubavam placas e painéis com extrema facilidade. Sem dar trégua, a água caía dos céus como uma lamúria desesperada, um lamento divino pelo caos atual, um protesto contra o rumo que a maior criação de Deus estava tomando. Rumo esse que a cada dia se aproximava da autodestruição.

E assim, a tempestade lavava a cidade como se tentasse remover as impurezas ali contidas, purificar o que há muito fora criado à imagem e semelhança do paraíso, e que atualmente sequer estava próximo de tal definição.

O esbravejar de raios era como a possante voz de um pai severo distribuindo broncas aos seus filhos, e que, por fim, iniciou sua destruição quando um desses azuis luminescentes riscou o céu e acertou em cheio o sino de uma antiga igreja, derrubando-o. A queda do pesado sino pelo interior da torre ecoou pelos quatro cantos da velha estrutura religiosa, assustando os residentes. Enquanto caía, seu badalo ressoava ao mesmo tempo em que sua carcaça de bronze maciço destruía parte das paredes laterais de sua torre, terminando em um altissonante baque exercido pelo seu encontro com o solo.

O susto maior havia passado, e todos os moradores da igreja punham-se a proteger os objetos da chuva que entrava pelas fendas abertas nas laterais da torre, exceto por um padre focado em uma tarefa um tanto diferente.

Numa sala escura, gritos de dor ecoavam. O momento se aproximava. As contrações iam e vinham cada vez mais rápidas e intensas. A mulher se esforçava ao máximo para manter-se centrada em seu objetivo, apesar do alvoroço que ocorria a sua volta. Seu filho estava chegando, e isso era o que mais importava.

Lá fora, a tempestade não cessava e continuava a castigar a cidade. Alguns minutos de dor se passaram, e nasceu um belo e forte bebê. O padre o ergueu no ar, e as luzes avermelhadas do candelabro iluminaram o rosto de pele levemente morena, e cabelos negros. Era um saudável homenzinho.

Observando com mais atenção, o padre viu algo que, se lhe contassem, não acreditaria. Até mesmo diante de seus próprios olhos era difícil de aceitar, e o assombro fez a criança escorregar de suas mãos. A mãe viu seu filho cair, e o medo gelou sua espinha. O desespero da mãe era grande, mas, ainda muito debilitada, nada podia fazer. A queda pareceu ocorrer em câmera lenta, pelo simples prazer de estender sua angústia. O silente momento fora interrompido apenas pelos raios que continuavam a emanar suas luzes pela janela da sacristia e a ecoar seus esbravejares, até que o bebê atingiu o chão. Aos berros, a mulher chamava pelo seu filho, e então percebeu que o mais incrível havia acontecido. O recém-nascido parecia não ter sofrido nada. Nem sequer chorava. Nenhum sinal de dor ou medo alterava sua fisionomia. Era como se algo o tivesse amparado no impacto da queda. O padre encarava o bebê, que retribuía o olhar inocentemente. Nesse instante, o intenso vento removeu a escora da janela, que projetou suas abas contra a parede ferozmente, assustando o já assombrado padre.

– Me dê meu filho, padre! – berrou a mãe incrédula.

– Esta criança... Como pôde nascer na casa de Deus? – dizia o padre, gaguejante.

– Me dê meu filho, padre – insistiu a mulher.

– Este não é filho de Deus. Não pode ser filho...

– Quem és tu para julgar tal fato, padre? – emanou uma rouca voz do canto escuro da sacristia.

O padre, ainda mais atônito, encarou aquele par de olhos vermelhos no lado oposto à entrada da sala.

– Quem sou? Sou um servo de Deus. E tu, o que queres aqui?
– Vim buscar meu filho – proferiu a voz rouca.
– Não! Deixe-o em paz! Me dê, padre, por favor, me dê meu filho! – berrava a mulher.

O homem de vestimentas negras ergueu sua mão espalmada em direção à mulher, que sentiu como se uma mão invisível a forçasse contra a cama.

– Tu não tens poder aqui! Não na morada de Deus!

O homem afrontou os olhos do padre. E postou seu dedo indicador rígido em frente aos lábios.

– Shhh...

O padre sentiu sua voz falhar. Sua garganta parecia estar sendo apertada. Ele ajoelhou enquanto o homem caminhava em direção à criança.

– Por favor, não o leve. Deixe meu filho – implorava a mãe, aos prantos.

O homem deu uma última olhada para o padre e este caiu. A luz da vida deixou seus olhos ao mesmo tempo em que abandonou as velas do candelabro, fazendo a escuridão tomar conta do lugar. Pegando a criança no chão, o homem deu as costas para a mulher e seguiu para o canto do qual surgira.

– Zeobator. Por favor, deixe meu filho – pediu a mãe se esforçando para vencer a mão invisível que mantinha suas costas presas à cama.

O brilho azulado adentrou a sacristia. A mulher pôde notar os olhos vermelhos de Zeobator observando-a por sobre o ombro, e rogou em tom desacreditado.

– Por favor, deixe meu filho, Zeo.
– Seu filho? Ele nunca foi seu.

1

Vinte anos depois

O som de passos rápidos ecoa num beco escuro. Uma mulher corre ofegante enquanto carrega um bebê em seus braços. Ao longe, pode ouvir o ruído das botas de seu perseguidor tocando o solo. O ritmo de seu coração aumenta regido pelos passos daquele desconhecido. Seus olhos agitados buscam uma saída em meio às sombras dessa escura noite, mas parece ser o fim da linha. O beco não oferece saída. Uma grade alta impede que continue. Apertando o bebê contra o corpo, ouve os passos cada vez mais próximos e, olhando para trás, vislumbra uma possibilidade de sucesso. Um contêiner de lixo é o alvo, e nele se esconde. Tentando amortizar sua respiração acelerada e descompassada, ouve os passos reduzirem a velocidade conforme se aproximavam. O odor putrefato dos restos de comida a deixa enjoada. Olhando para a criança serena, pôde ver que ela não imaginava o risco que estava correndo. Por uma fresta na tampa de seu esconderijo tenta vislumbrar o motivo do repentino silêncio. Seus olhos viajam para a esquerda, onde vira a grade que a interrompeu há pouco. Seu coração ainda bate fortemente e veio a acelerar ainda mais quando se voltou para o corredor e assistiu à projeção de uma sombra assustadora vindo ao seu encontro. O contorno de um par de grandes asas de morcego e chifres fez o calor abandonar seu corpo. Aquilo não podia ser verdade. Era demais para acreditar.

Fechou os olhos esperando que, quando os abrisse novamente, nada estivesse ali. Apertou novamente a criança contra o peito e foi então que um grunhido veio aos seus ouvidos. A criatura urrou de dor e saiu em disparada. O som lentamente se afastou, até que se extinguiu.

Ainda buscando coragem, levantou a tampa do contêiner lentamente e pôde observar o beco vazio. Um bater de asas vindo do alto a alertou. Mas só conseguiu vislumbrar a passagem rápida de um vulto. Ficou parada, completamente congelada por alguns segundos, olhando para o céu enquanto seus batimentos se estabilizavam. Então, algo chamou sua atenção. Um pequeno objeto que caía lentamente chamou sua atenção. Observou todo o trajeto até o chão. O ponto da queda era a aproximadamente cinco metros de onde estava. Caminhou curiosa para avaliá-lo, mas sem deixar de observar o entorno. Abaixando-se, chegou à conclusão de que se tratava de uma pluma. Uma pluma cor de neve. Pegou-a e guardou em seu bolso. Deu uma última espiada por cima do ombro e saiu do beco a passos ligeiros.

O beco desembocou em uma rua quase deserta. Ao atravessá-la, percebeu que estava sendo observada. Um homem sentado no degrau de entrada de um prédio acompanhava seus movimentos com a cabeça. O capuz de seu casaco ocultava sua face. Mas o movimento de sua cabeça não deixava dúvidas.

O misterioso homem balançou a cabeça negativamente e se levantou. Ele não chegou a atravessar a rua, mas o simples fato de erguer-se fez o corpo da mulher gelar novamente. Felizmente, ele deu as costas e caminhou no sentido contrário ao da mãe atordoada, que não desperdiçou a chance e fugiu levando seu bebê para um lugar seguro.

O homem andou tranquilamente pela rua escura. Espiou a mulher por sobre o ombro duas ou três vezes e seguiu em frente.

Algumas quadras depois ele parou. À sua frente lia-se o letreiro luminoso Garagen's Bar. Algumas das letras estavam com defeito e piscavam sem uniformidade. O som de rock pesado era claramente audível do lado de fora do estabelecimento. Acenando positivamente para o segurança, adentrou o recinto.

O ambiente era ligeiramente iluminado por luzes fracas, e estas estavam cobertas por bojos plásticos pintados de roxo. Algumas luzes negras também davam um toque especial ao lugar. A passos lentos, atravessou o bar passando pelas mesas de sinuca e de carteado até chegar a sua habitual. No caminho, cruzou com as mesmas pessoas de sempre. A grande massa de frequentadores do Garagen's era composta por góticos, por metaleiros e por outros drogados sem estilo definido. Para estes, todas as músicas eram iguais, já que sempre estavam alucinados. Eram apenas complementos ao estímulo das drogas que os faziam pular e "pogar".

Sentou-se em sua mesa, local que apreciava devido à baixa luminosidade, ainda menor que no restante do bar, sem contar a ampla visão do salão, deixando-o sempre alerta para eventuais problemas, o que era bem comum tratando-se de todas aquelas pessoas mergulhadas nas drogas e no álcool.

Como costume local, todas as noites alguns valentões disputavam partidas de vira-vira. E a bebida preferida para essas competições era a conhecida por ali como "Flamejante". A bebida era composta de uma mistura de destilados e um toque generoso de licor de café. As regras eram simples. Os participantes realizavam suas apostas, o barman as recolhia e começava a preparar os drinques. Com estes prontos, era entregue um canudo a cada participante. Estes, por sua vez, passavam os canudos na boca, molhando-os com saliva. Depois disso, o barman borrifava um líquido inflamável sobre o balcão, ao redor dos copos, e o cenário estava pronto. Um fósforo aceso era lançado sobre o balcão dando início ao desafio.

Chamas de pequeno porte tomavam conta das bebidas e do balcão. Os canudos umedecidos por saliva eram enfiados no copo com extraordinária rapidez. A sucção deveria ser veloz, caso contrário, o canudo derreteria, eliminando o competidor.

A noite começava a melhorar para o misterioso homem de capuz. O competidor de vira-vira acabava de vencer sua quinta partida consecutiva e gabava-se disso. O estímulo perfeito.

– O que vai ser hoje, Luos? – perguntou o barman ao homem de capuz.

– Vodca para começar.

– Parece que temos um desafiante a sua altura.

– Deixe a autoestima dele se elevar um pouco.

O garçom sorriu e foi buscar a bebida pedida. Dois minutos depois, já estava de volta com uma dose dupla de vodca.

– Vai desafiá-lo?

– Carlos, diga-me quando foi que perdi? Lembra-se de alguma ocasião?

– Realmente não me lembro. Mas esse parece ser diferente.

– Isso é o que vamos ver – disse Luos, virando a metade da bebida na garganta e balançando a cabeça.

Caminhou até o então vitorioso. Deu mais um gole na vodca e recostou-se no balcão.

– Boa noite, Vivi – dirigiu-se à balconista.

Uma loira de corpo provocante, rosto pintado à mão e olhos verdes penetrantes se levantou de trás do balcão com uma garrafa de uísque em mãos.

– Boa noite, Luos. Anda sumido, hein? – respondeu com um belo sorriso.

– É uma tática para você sentir minha falta – brincou o homem.

Uma breve troca de olhares entre os ocultos sob o capuz e os cintilantes esverdeados da linda mulher revelou um clima diferente entre eles, que logo foi interrompido por uma voz grave.

— Vai ficar batendo papo aí, ou vai me desafiar? — zombou o motoqueiro barbudo que acabara de vencer sua sexta partida.

— Me deixe ganhar uma grana para pagar a conta. Segure isso, é a minha aposta — disse Luos dando algumas notas emboladas para a balconista.

— Vamos lá, vem perder uma para mim — zombou.

— Quanto você tem para perder? — desafiou Luos tirando o capuz.

O rosto revelado não era bem o que o motoqueiro esperava. Luos tinha aparência jovial, e apesar de possuir traços de noites mal dormidas, era fácil julgar que não possuía mais de 25 anos.

— Um fedelho. Você já tem idade para beber, moleque? Não quero ser preso, hein? — zombou o barbudo, dando sonoras gargalhadas com seus amigos.

— Já ganhou quanto hoje? Uns duzentos? — indagou.

— Sei lá. Trezentos, eu acho.

— Então quinhentas, topa?

— Quinhentas o quê, moleque?

— Aposto quinhentas pratas.

O motoqueiro e seus dois amigos caíram na gargalhada. Não acreditavam na ousadia daquele jovem.

— Você está com muita vontade de me dar seu dinheiro, moleque. Vamos lá, case sua aposta.

— Meu dinheiro está com a balconista — disse, apontando para Viviane, que confirmou com o polegar estendido.

— Tudo? — falou espantado. — E se eu não aceitasse esse valor de aposta?

— Eu já sabia que aceitaria.

— Sabia? Como?

— Como você mesmo disse, sou um fedelho. Agora vamos começar ou não? – intimou Luos.

— Sim, vamos! – respondeu colocando o dinheiro sobre o balcão.

Em seguida, Viviane recolheu a aposta, e o mesmo processo foi iniciado: a mistura das bebidas ao licor de café, o líquido borrifado no balcão, e lá estava novamente o Flamejante, pronto para ser consumido. Viviane acendeu o fósforo e lançou ao balcão. As chamas se espalharam rapidamente e a disputa começou. Ambos sugavam suas bebidas velozmente. Luos olhava fixamente para o copo de seu adversário. O nível do líquido amarronzado estava diminuindo. Os participantes estavam praticamente empatados. O motoqueiro olhava o tempo todo para seu copo e para o de seu rival, enquanto Luos fixava-se em seu objetivo. Próximos da reta final, o motoqueiro começou a ficar para trás e Luos venceu a disputa. O homem barbudo retirou o canudo do copo sem entender o porquê da derrota. Luos, sem comemorar muito, assentiu debochadamente com a cabeça, pegou o dinheiro com Viviane e deu as costas, retornando para sua mesa. O derrotado ainda olhava para o canudo sem entender o motivo da derrota para aquele garoto que mal saíra da mamadeira, quando um de seus amigos cochichou algo em seu ouvido e ele partiu a passos largos ao encontro do jovem.

— Você está me tirando como otário, moleque? Você deu apenas cinquenta pratas à balconista. Se perdesse, de onde tiraria o dinheiro?

— Eu não perdi. Nunca perco.

— Nunca perde? Devolva meu dinheiro agora! – vociferou o homem.

Luos apenas cruzou os braços, mantendo-se inerte à ameaça.

Numa tentativa de intimidação, o homem apoiou as mãos na mesa e aproximou-se do rosto de Luos.

– Se quiser sair daqui inteiro, devolva tudo agora – advertiu sussurrando.

Luos sorriu debochadamente e, numa manobra ágil, colocou as mãos entre os braços do homem e os abriu com vigor. O breve momento de desequilíbrio foi o suficiente. O jovem agarrou a cabeça do motoqueiro e bateu com força na mesa. Uma, duas, três vezes. Depois o jogou para o lado e se levantou. Os dois amigos já vinham em sua direção. Um com uma cadeira e o outro com um taco de sinuca. Luos posicionou-se num local com mais espaço para movimentar-se quando o primeiro tentou lhe acertar com a cadeira, mas atingiu apenas uma mesa. Quando se virou, era tarde. Um chute rodado acertou a lateral de sua cabeça, jogando-o em cima de uma mesa e instalando a balbúrdia no local.

O taco de sinuca do outro oponente cortou o ar violentamente e acertou Luos nas costas. Dois passos vacilantes para frente e seu equilíbrio já estava no prumo. O segundo golpe foi bloqueado. Luos agarrou o taco e puxou o adversário em sua direção. Cambaleante, o homem levou um golpe com a sola do pé no centro do tórax, e voltou para trás com a mesma intensidade com que se lançara para frente. Quando notou que não poderia ganhar aquela briga, tentou fugir. Mas, enquanto corria para a saída, uma garrafa voou e o acertou na nuca, derrubando-o.

Puxando o capuz de novo para a cabeça, o jovem brigão caminhou até o homem barbudo. A barba estava ensopada de sangue. Seu nariz estava quebrado e doía muito.

– Quem saiu quebrado?

O rapaz deu as costas e caminhou para o balcão. Todos olhavam para ele espantados. Afinal, o jovem aparentemente tranquilo que sempre viam era um exímio lutador.

— Vivi. Estas trezentas pratas são pelos prejuízos. E estas cinquenta para pagar minha conta.

— Mas e o seu troco?

— Fica de gorjeta. Até amanhã.

— Obrigada. Até amanhã — respondeu Viviane.

O jovem saiu do Garagen's com o moral em alta. E, novamente, as ruas escuras transformaram-se em seu abrigo. Um abrigo bem diferente do que tivera durante bastante tempo. Quando criança, viveu em um local que ninguém com quem convive hoje sequer acreditaria que pudesse existir. Suas lembranças daquele lugar amaldiçoado eram dolorosas e insistentes, só não mais do que aqueles pensamentos, que não o abandonavam há semanas. Não sabia como tirar da cabeça aquelas curvas perfeitas, aqueles olhos verdes, em algumas ocasiões cobertos por fios dourados. Deveria parar de pensar naquilo. Porém, as imagens sempre voltavam a sua mente. Imaginava cenas picantes, nas quais seu corpo tocava aquele corpo. Podia até sentir aqueles seios pressionados contra seu tórax, o suave toque daquela pele enquanto o calor era transferido ao seu corpo, juntamente com seu doce perfume. Viviane. Por mais que tentasse, não conseguia pensar em outra coisa. Ainda assim, não podia cogitar o envolvimento com a doce e provocante Vivi. Temia que algo de mau acontecesse a ela. Caso tal fato ocorresse, não haveria perdão que o consolasse.

Sem alternativas para a resolução do impasse, o jeito era se satisfazer com os devaneios que volta e meia o presenteavam com noites picantes, noites de extremo prazer.

Os pensamentos voavam e, com eles, o tempo. Nem sequer percebera que estava se aproximando de casa. Seu prédio ficava a apenas duas quadras dali. Chegando à entrada da rua, observou vultos às suas costas.

– O que querem?

– Desculpe-me, meu senhor. Nós falhamos – disse um homem franzino, acompanhado por outros dois um pouco maiores.

– Eu estava lá. Vi a incompetência de vocês.

– Mas, meu senhor, fomos seguidos pelo Lucas. E o senhor sabe que, agora que percebeu que estamos atrás das crianças, não a deixará sem proteção.

– Lucas. Ele novamente. Preciso dar um jeito nisso.

– O que iremos fazer, senhor?

– Não se preocupem. Era a última criança da lista, e Zeobator não vai perceber que faltou uma.

– Tem certeza?

– Tenho, diremos que finalizamos o serviço. Já estou sem paciência para essas missões, e ele havia dito que me daria um descanso após esta.

– E quanto ao Lucas?

– Deixe aquele mestiço. Depois pensarei em alguma coisa para tirá-lo de nosso caminho. Afinal, essa folga o tirará de nossos calcanhares por algum tempo.

– E o que faremos durante essa pausa?

– Avisarei no momento certo.

– Sim, senhor. Aguardaremos suas ordens.

– Agora vão!

Os homens se foram, desaparecendo na escuridão. Luos caminhou até o último prédio da rua. Um edifício de péssima aparência, no qual vários apartamentos funcionavam como prostíbulos. Na frente do prédio, algumas mulheres ainda cumpriam suas cargas horárias. Estavam lá, aguardando a chegada dos clientes. Algum homem solitário na deserta noite de terça-feira. Apesar de ser uma rua sem saída, possuía uma movimentação razoável. A clientela era fiel. Belas jovens trabalhavam ali, algumas delas universitárias que pagavam os estudos com aquele trabalho. Mas esse não era o caso de Yumi.

Yumi era o pseudônimo utilizado por uma linda oriental. Ela adorava aquele estilo de vida, tanto quanto as quentes noites de sexo com Luos. Era seu cliente vip. Na verdade, não cobrava pelos serviços prestados. Fazia pelo prazer. E logo um largo sorriso estampou seu rosto, ao avistar seu ardente amante.

— Está chegando mais cedo que o habitual. Veio pra ficar comigo?

Deixando um sorriso safado escapar, Luos olhou a oriental de cima a baixo.

— Te espero lá em cima — disse o jovem.

— Vou pegar minhas coisas e te encontro já.

Luos subiu pelas escadas, por todos os seis andares do prédio. O elevador estava quebrado. Na verdade, raras eram as vezes em que funcionava. Já no sexto andar, abaixou-se em frente ao apartamento 606 e puxou o acabamento de uma tomada para fora da parede. Dali retirou um molho de chaves e abriu a porta, que não precisava nem do luxo de ser trancada. Se alguém realmente desejasse derrubá-la, o faria sem esforço.

Logo ao lado da porta, já dentro do apartamento, acendeu um abajur que banhou o ambiente com sua aprazível luz. Pendurou o casaco numa cadeira, retirou as botas e as jogou para o lado. O quarto não era nenhum exemplo de organização. Pôsteres de bandas se destacavam nas paredes, e restos de vela escorriam do armário e do batente da janela. O local também não era amplo, e tornava-se ainda menor junto ao aglomerado de coisas espalhadas pelo chão.

Caminhou até a janela e observou a rua quase deserta. Fechou as cortinas para escurecer ainda mais o ambiente. Gostava da penumbra. Sentia-se mais à vontade na ausência da luz, pois por muito tempo sequer a conheceu. Ligou um som portátil na tomada e pressionou o *play*. Em seguida, em tom de som ambiente, uma banda de rock começou a despejar suas pesadas notas.

Passando para a minúscula cozinha, preparou dois sanduíches e pegou a última lata de cerveja na geladeira. A pia estava cheia de louças, de latas e de embalagens vazias.

– Lu, to entrando. Cadê você?

– Estou aqui – respondeu, aparecendo à porta com dois pratos.

– Colegial? Está usando fantasias agora?

– Colegial japonesa, não gostou?

– Provocante, eu diria – respondeu analisando-a.

– Então, o que está esperando?

Rapidamente o jovem colocou os sanduíches e a cerveja sobre o armário e foi como um caçador ao encontro da caça.

A mulher pulou em seu colo envolvendo sua cintura com as pernas. E um beijo de tirar o fôlego iniciou a noite de sexo. Seus corpos estavam em chamas. Estavam a quase dez dias longe um do outro. Caminhou para a cama e jogou Yumi sobre os lençóis desarrumados. Tirou a camisa e deitou sobre a pequena mulher, que quase sumia sob seu corpo. Enquanto a beijava, abriu botão por botão de sua blusa branca e a retirou. Sob esta, uma lingerie branca aguardava ansiosamente ser retirada. E assim, peça por peça foi ao chão, até que se despiram completamente. Os corpos se encaixavam como peças cuidadosamente esculpidas por mãos habilidosas. Beijos quentes, mordidas, puxões de cabelo e arranhões. Era sempre assim. Muito intenso, e às vezes extremamente selvagem. Os corpos suados deslizavam um sobre o outro. Luos apertava os seios da oriental encarando-a nos olhos, enquanto as unhas dela cravavam fundo em suas costas. Gemidos ao pé do ouvido regiam aquela noite de sexo. Sexo tão intenso e prazeroso que, ao chegar ao fim, os fez esquecer dos sanduíches. Estavam exaustivamente extasiados. Abraçados sob o edredom, admiravam-se com um vasto sorriso de satisfação estampado no rosto. E daquele modo adormeceram.

2

Sonhos e lembranças

Fogo. Muito fogo. O ambiente era como a fornalha de um crematório. Ao redor só se viam chamas, ardentes chamas vermelhas. Cinzas caíam do céu como flocos de neve. O vento as carregava deixando a paisagem mesclada entre o vermelho e o cinza. No ar, um odor putrefato, cheiro de dor acompanhado de morte. Em meio a esse ambiente deplorável, uma criança corria. Em seu punho direito ostentava uma adaga, e no esquerdo trazia fitas de pano. Sua respiração era acelerada, e o ritmo de suas passadas era forte. O suor escorria pelo seu corpo, enquanto seus negros cabelos se agitavam durante a corrida. À sua frente, duas criaturas corriam desesperadamente, trombando com entulhos e tropeçando no terreno desnivelado. A gigantesca fogueira que era aquele lugar tornava a respiração complicada. Esforços físicos simples pareciam duros treinamentos. O moleque, de aproximadamente nove anos, parecia ter um pulmão de ferro. Seu ritmo não se reduzia, enquanto o de seus alvos era cada vez mais lento. Alcançá-los seria uma questão de pouco tempo.

 A cada passo, a cada salto por sobre os obstáculos naturais, reduzia-se velozmente a distância entre eles, e quando esta beirou os cinco metros, a adaga foi lançada. Cortando o ar em um voo perfeito, a arma acertou a perna da criatura, que cambaleou e caiu. Sua expressão estava clara. Suas presas pontiagudas postas à mostra tentavam intimidar o garoto. O pequenino se aproximou, encarando aqueles olhos negros fundos no esguio rosto de pele amarronzada. O menino apoiou o pé no peito do monstruoso homem, certificando-se de que ele permaneceria com as costas presas ao chão. Retirou de sua cintura uma faixa semelhante às que possuía em sua mão esquerda. O monstro sequer se mexeu. Quando o olhar da criança direcionou-se para a adaga foi que o homem se encolheu. Sem pestanejar, o garoto removeu a lâmina, arrancada friamente. O olhar repleto de maldade habitava o rosto daquela criança. Deixou escapar um maléfico sorriso e virou-se.

    À frente, não vislumbrava sua outra presa. Deveria estar escondida, pois a trilha reta fornecia uma boa distância de visibilidade, e não havia outra para seguir. Pôs-se novamente a correr. Atento a sua volta, procurava algum sinal de sua caça, e pôde notar as pegadas descuidadas de uma fuga desesperada, quando parou instantaneamente. Não havia como esconder-se dele, seu olfato era apurado. Não como o de um cão, mas o suficiente para sentir a fétida fragrância do sangue de seu alvo. Observou à sua volta e ali estava. Pequenas gotas de sangue marcavam o chão. O rastro o conduzia atrás de uns latões velhos. Caminhou até lá a passos lentos, tranquilizando seu batimento. O pequeno caçador avistou sua presa encolhida e aproximou-se lentamente, estendendo-lhe a mão.

– Vamos acabar com isto. Dê-me a faixa e pode...

Uma forte pancada acertou sua nuca fazendo sua visão abrumar, e assim ele tombou.

Chutes. Uma sequência deles o acertava, sem excluir qualquer ponto de seu corpo. Entretanto, possuíam maior apreço em chutar seu rosto e suas costelas. Tentava bloquear os golpes, encolhendo-se e protegendo a cabeça. Eram muitos pés. Talvez três ou quatro pares deles.

– Já chega! – gritou uma rouca voz mais adiante.

— Saiam todos, ele é meu.

— Sim, mestre — assentiram as criaturas e retiraram-se.

— Muito machucado?

A criança, praticamente sem forças, apenas acenou com a cabeça. E outro chute acertou sua face. Uma cachoeira vermelha brotava de sua testa e percorria seu rosto de pele morena clara.

— Aprenda a não ter compaixão — disse o homem, chutando novamente como quem chutava uma bola.

— Pai... — balbuciou em tom mínimo.

— Nem parece meu filho. Aja como tal — disse pontuando suas frases com chutes.

— Viu quem te derrubou? Você viu?

E outro chute acertou o rosto do menino. Sua cabeça balançava como se seu pescoço fosse de pano.

— Foi o mesmo que você poupou há instantes. Você me envergonha. Mandei destruí-los. As faixas eram apenas simbólicas.

Empurrou a criança com a ponta do pé para averiguar seu estado e percebeu que ela já estava desacordada. Outra vez o havia decepcionado. Outra vez sua dubiedade, sua bipolaridade de conceitos se mostrou presente.

Dor. Como seu corpo doía. Estava espalhado sobre uma superfície úmida e morna. Aquele lugar infernal parecia uma caldeira. Ainda analisando os cacos de seu corpo, esforçou-se para levantar, mas o máximo que conseguiu foi sentar-se. Ao seu redor, uma caverna com iluminação mínima. Sangue seco estava presente por toda a face, e uma dor aguda na cabeça fazia sua visão turvar em determinados momentos. Seus punhos sentiam o toque gelado de argolas de metal, e estas estavam ligadas a grossas correntes presas ao chão. Dois metros aproximadamente. Essa era a liberdade de locomoção que lhe era concedida.

Seu coração era puro ódio. Odiava a prisão e, acima de tudo, seu pai. Aquele homem desprezível que sempre o espancava. Era sempre assim. Esse filme não era inédito em sua vida, o havia vivido por repetidas vezes. O enredo era sempre o mesmo. Apenas alguns detalhes mudavam um pouco a história que tinha como final aquela prisão. Uma prisão sem muros, onde a dor das surras era seu carrasco, torturando-o até que chegasse o momento em que outra iniciasse o processo novamente. Sentia-se um animal que era espancado e submetido à fome naquela toca. Nada que fizesse poderia mudar aquilo. Volta e meia estava ali, novamente.

– Por que seu pai nunca estava satisfeito?

Não compreendia isso. A tristeza que sentia era grande. Uma verdadeira constante em sua vida. Esse sentimento só era superado pelo ódio. Seu pai sempre dizia que o ódio trazia a força. E a piedade, as ruínas.

– Será que esse era o motivo para ser tão maltratado?

Quem sabe pudesse descobrir isso um dia. Torcia para que este chegasse. Sonhava com o momento em que não estivesse mais sob o poder desse algoz que chamava de pai.

Os dias e noites se arrastavam naquele lugar. Após muito esperar, chegava novamente a hora de ser libertado. Isso não o deixava muito feliz, pois em pouco tempo voltaria àquele lugar.

Inesperadamente, o chão se abriu sob seus pés e a pequena criança caiu. O rosto contra o vento em queda livre. Aquele buraco negro em que caía era como se sentia por dentro. Uma eterna queda em um vazio permanente. Uma doce voz chegava a seus ouvidos. Mas ele continuava a cair sem se importar com nada. A escuridão era plena, e a voz insistentemente ecoava pelo ar. Seus olhos estavam pesados. Sentia muito sono. A sensação de paz era a melhor que já sentira. Não queria acordar. Não queria encarar toda aquela dor e angústia novamente. Mas a voz não desistia.

– Luos! Acorde!... Acorde, Luos!

Seu breve momento no paraíso chegava ao fim. Seu corpo aterrissava em um surdo baque de força descomunal. Ele saltou com o extremo susto que levou. Ofegante, e com os olhos semicerrados devido à intensa luminosidade. Esforçava-se para mantê-los abertos, mas não conseguia. Vagarosamente, a luz foi deixando de feri-los. As imagens começavam a entrar em foco. Os tons começavam a se definir.

– Está tudo bem com você?

Olhou para aquele rosto ainda enevoado.

– Viviane?

– Na verdade sou Yumi, mas posso ser Viviane numa próxima vez.

Piscou os olhos algumas vezes para lubrificá-los e ali estava. Yumi, sua fogosa amante ajoelhada sobre a cama.

– Você está legal?

– Sim, estou. Que horas são?

– Dez da manhã.

– Por que me acordou tão cedo? – disse chateado.

– Eu não te acordei. Você estava falando sozinho e eu só observando.

– O que eu falei? – perguntou assustado.

– Nada demais. Só algo sobre uma prisão, e uma tal de Viviane.

– Só isso?

– Só. Teria mais alguma coisa?

– Não, não – respirou aliviado.

Por um instante, achou que pudesse ter falado demais. Esses sonhos repetidos insistiam em voltar nas últimas semanas, pareciam tentar avisar de algo. Lembrar-lhe o que é, e como deve agir. Essas lembranças amargas de seu passado. Esse era o motivo de estar evitando Yumi. Temia falar demais.

— Quem é essa tal Viviane? Amiga nova?

— Por favor, Yumi.

— Por favor, o quê? Por isso tem me evitado? É por "essazinha" aí?

— Não fale assim dela. Não fale do que não sabe.

— É! Realmente eu não sei. Na verdade, cada vez eu sei menos. O café está pronto. Bom apetite.

A oriental se levantou bruscamente. Em passos firmes atravessou o quarto, recolheu seus pertences e saiu batendo a porta.

Pronto. Acabava de perder sua única companhia nas frias e solitárias noites de inverno. Tomando a bandeja de café nas mãos, começou a se alimentar enquanto pensava em Viviane. Não via a hora de encontrá-la novamente e de poder vislumbrar aqueles olhos, aquela boca... Talvez fosse melhor parar de sonhar. Sabia que não iria dizer nada a ela. Não que fosse de sua vontade manter segredo sobre seus sentimentos, mas era mais seguro assim.

Como estava alimentado, fechou as cortinas para que a penumbra voltasse a tomar conta do quarto. Ia dormir mais um pouco, ainda era muito cedo. Em meio aos pensamentos sobre Viviane, caiu no sono novamente.

Sentia-se agastado naquele lugar. Não estava confortável. Rolava tentando achar uma posição menos incômoda. Pouco tempo depois, alguém o chamou pelo nome.

— Luos. Olhe para mim quando eu estiver falando.

Erguendo a cabeça avistou seu pai. Estava bem à sua frente, sentado ao trono. Aquele grande salão. Quantas e quantas vezes estivera ali, recebendo instruções e puxões de orelha de seu pai. O homem de fisionomia ranzinza sempre olhava para ele duramente. Mais parecia um general do que um pai. E Luos mais parecia um servo do que um filho.

— Luos. A partir de hoje você terá uma missão a cumprir.

– Missão? Como assim?

– O mandarei para a superfície. Será seu treinamento maior. Já tens idade para fazer isso.

– Mas o que irei fazer lá?

– Você irá dar passagem expressa às almas que já tiverem passaporte garantido ao inferno.

– Mas por que só a estas?

– Não queremos problemas com os celestiais por enquanto. Quero que sinta seu sangue fluir com o ódio por seus oponentes. Isso o fortalecerá para a verdadeira missão que lhe será dada.

– Então, a partir de agora sou um caçador de almas?

– Não. Você é como um trem expresso. "O expresso infernal" para a vida eterna de seus passageiros.

– Farei isso sozinho?

– E precisa de mais alguém?

– Creio que sim. Pelo menos agora no começo.

– Certo, então darei três demônios para ajudá-lo. Será até bom para você exercitar seu comando. Aguarde e eles o procurarão.

– Sim, meu senhor. Irei me retirar – despediu-se o jovem Luos.

Caminhou até a porta de entrada do grande salão. Ao atravessá-la, a porta se fechou às suas costas. Olhou por sobre o ombro. Analisou a porta por instantes e tornou a olhar para frente. Outro susto. Seu coração quase saiu por sua boca. Estava no lugar que mais temia em toda sua infância. O Vale da Morte.

– Como poderia estar novamente naquele horrendo lugar?

Por várias vezes foi solto ali quando criança. Todas após seu pai descobrir que as surras e a prisão não traziam a obediência. Maldita hora foi dizer que temia aquele lugar. O céu sempre negro, a terra escura, as pútridas carcaças e as várias ossadas eram utensílios assustadores para uma criança. Por mais que não fosse uma criança comum, e por mais que já tivesse presenciado a face da morte ante seus olhos, aquele lugar era seu ponto fraco. Era seu pior inimigo e seu pai sabia disso. Às vezes soltava lobos famintos para caçá-lo. Passou por alguns testes de sobrevivência naquele sombrio vale. Experiências que não fazia questão de lembrar. Mas existia uma em especial. Aquela que lhe trazia mais rancor.

Nessa oportunidade, fugiu exaustivamente de um monstruoso lobo faminto. Correu enquanto suas pernas possuíam forças e enquanto seus pulmões aguentavam. Chegou um momento que não resistiu. Suas pernas estavam bambas, e seus passos trêmulos levaram-no ao chão. A fera ladeou-o. Bufava e babava excessivamente. A pobre criança estava encurralada. Não havia opção. Teria que enfrentar a fera faminta. Seu instinto de sobrevivência lhe dava a faísca de coragem de que precisava. O lobo estava ansioso, e investiu mordendo a perna do moleque. A dor colossal transformou-o em palha, e esta se inflamou com a pequena fagulha de bravura inspirada pela dor. Passou a mão em uma madeira e improvisou-a como clava. Lutava contra a criatura intensamente. Tentava afugentá-la com golpes de sua clava, mas a fome era um arrebatador e interminável combustível para a agressividade do animal.

O lobo mantinha-se firme, não o largava por nada. Apenas o mordia mais e mais. Quando se viu à beira do abismo, deixou que seus instintos mais primitivos viessem à tona, e abocanhou a genitália do lupino arrancando-a como um animal. A besta uivou de dor. Sangrava muito. Luos percebeu que esse era seu momento de ouro. Talvez pudesse finalizar a criatura naquele período de fragilidade. O lobo virou tentando abocanhá-lo e mordeu a clava, partindo-a. Luos pegou uma das metades e cravou no corpo do animal por diversas vezes. A criatura caiu e Luos continuou a cravar a estaca até quando não aguentou mais levantar seus braços.

Estava terminado. Acabara de matar o animal. Se é que se podia distinguir quem era o tal. Luos tinha sangue escorrendo por seu queixo. Sentia o gosto de sua presa no sangue quente em sua boca. Esse não era o melhor dos sabores, mas o paladar da vitória sim, era infinitamente delicioso.

A fome estava apertando. Suas paredes estomacais pareciam estar colando uma na outra. Sentia muita dor, e sabia como terminar com ela. Estava diante de seu predador, mas agora com papéis invertidos.

A criança procurou um modo de abrir seu banquete, e começou arrancando o seu couro com os dentes. Estava com pressa. Não queria mais conviver com aquela agonia. Após remover uma parte suficientemente grande do couro do animal, arrancou suas presas e utilizou-as como ferramentas para abrir seu alimento. A fome era descomunal. Não comia há dias. Água, apenas a daquelas valas imundas.

O caçador se satisfez com aquele incomum banquete. Para matar sua sede, utilizou-se daquele sangue quente. Agia de um modo que jamais imaginara. Parecia ter se tornado um animal. Sentou-se e começou a gritar olhando para o céu negro. Urrava e bufava como uma besta. Seu rosto estava totalmente rubro. Em seu coração, o ódio mantinha sua progressão. A raiva de seu pai era avassaladora. Pensava em diversas formas de acabar com ele. E foi pensando nelas que adormeceu.

Luos acordou depois de algum tempo e felizmente já estava de volta ao seu apartamento. Verificou as horas num relógio digital jogado sobre uma pilha de roupas ao lado da cama. Quinze horas. Hora de levantar. Hora de comer. Ficou parado contemplando o teto por uns dez minutos enquanto relembrava outra vez aquele fatídico episódio do lobo. Mesmo tanto tempo depois, não conseguia acreditar na atitude que havia tomado. Sempre que tinha aquele sonho, acordava com o gosto do sangue quente na boca. Passado, apenas passado. E passado deve ser deixado para trás. Assim ele pensava, mas nem sempre agia.

Levantou-se ainda sonolento. Foi para a cozinha revistar a dispensa. Estava vazia. Pegou o único item disponível. Um saco com menos de 20% de sua capacidade de um cereal matinal murcho que foi devorado a seco, como se fosse um biscoito.

Sentado à cama novamente, seus pensamentos convergiam para Viviane. E com sua habitual impulsividade, tomou a decisão sobre a qual titubeava havia semanas. E para tal, começou arrumando o apartamento. Fato raríssimo, pois as últimas vezes que esse acontecimento se fez presente foram pela boa vontade de Yumi.

Arrumar a casa não era sua especialidade, e só terminou por volta das dez da noite. Após o cansativo trabalho, seu apartamento estava à altura de um hotel de luxo, se comparado à caótica situação em que se encontrava. Não que estivesse perfeito, mas era um bom começo.

Separou sua bota habitual, seu jeans desbotado e sua jaqueta preta favorita. Ele adorava o tridente em chamas estampado nas costas.

Como não havia nada de bom para comer e aquele cereal mal tinha dado pro gasto, chegou à única conclusão plausível: teria que fazê-lo na rua. Enquanto tomava banho, estudava inúmeras maneiras de abordar Viviane. E optou por se oferecer para levá-la para casa. Esperaria o Garagen's fechar e depois ofereceria sua companhia à bela jovem.

Depois de um bom banho quente, parou em frente ao espelho, que possuía uma rachadura diagonal. Diante dele, Luos admirou por instantes seu corpo. Seu tipo magro de músculos definidos não estava na sua melhor forma. Já fazia algum tempo que não se exercitava. Hábito que queria trazer de volta ao seu cotidiano. Ajeitou seus cabelos negros e lisos, deixando as pontas caírem sobre os olhos. Colocou uma camisa de malha cinza e vestiu as roupas que havia separado. O visual daquela noite, que tinha tudo para ser especial, estava pronto. Foi até o espelho para uma avaliação final, quando ouviu alguém bater à porta. Não costumava receber visitas, o que limitaria suas alternativas a uma única possibilidade, Yumi. Abriu a porta, e de pé diante dele estava a oriental com uma fisionomia triste.

– Posso entrar? – perguntou em tom baixo.

– Entre.

Yumi baixava a cabeça para ocultar sua expressão magoada. Seus olhos quase não apareciam sob suas finas sobrancelhas. Observou à sua volta um ambiente incrivelmente organizado, e não se conteve.

– Vai receber alguém especial? – perguntou em tom hostil.

– O que você quer, Yumi? – replicou, sem muita paciência.

A mulher deixou que uma lágrima escorresse por sua face.

– Nada!... Não mais! Eu... Eu vim para pedir desculpas e é isso que encontro. Um verdadeiro palácio à espera dela.

– Yumi, não é nada disso.

– Não se explique, Luos. Sou apenas uma prostituta. Quem iria querer algo comigo diferente de sexo? Sou apenas um objeto para meus clientes e para você.

– Yumi, pare com isso – pediu, tentando manter a calma.

– É sim! – berrou. – Sempre foi assim. Mas a idiota se iludia achando que isso mudaria. Fui tola em pensar que você seria diferente. Sempre me tratou como todos os outros. A única diferença era que não jogava o dinheiro em cima de mim e me mandava ir quando acabávamos.

– Acalme-se. Você está exagerando – disse, tentando abraçá-la.

– Não me toque – berrou furiosa.– Nem hoje nem nunca... Adeus, Luos! Até nunca mais!

Yumi deu as costas aos prantos e bateu a porta do apartamento. Luos ficou imunizado de ações. Não imaginava uma reação dessas. Não tinha a dimensão de que ele representava tanto para ela, nem que ela tratasse "eles" com tanta seriedade. Aquele episódio quase acabou com seu ânimo. Respirou fundo, buscando forças nas suas fantasias. Tinha que confrontá-las aquela noite. As fantasias deveriam se tornar reais, ou iria pirar. Uma pequena chama da coragem começou a queimar dentro dele. E, assim, decidiu seguir.

Procurou por Yumi em frente ao prédio, mas não a encontrou. Era melhor deixá-la refletir um pouco, depois a encontraria e pediria desculpas, afinal, sentia um carinho especial por ela.

Em seu trajeto, os pensamentos se dividiam entre Yumi e Viviane, mas seu coração não. Este sabia do que precisava. E batia forte só em cogitar as possibilidades. Possibilidades que esta noite seriam postas à prova, e tinham grandes chances de se concretizar.

Logo estava novamente à entrada do Garagen's. O mesmo ambiente de sempre. Porém com uma trilha sonora diferente. Mantendo a linha local, o som pesado e bem agitado dava ritmo à noite, Neferty, uma de suas bandas favoritas. Passou pelo bar sem avistar o maior motivo da visita daquela noite. Pediu ao garçom Carlos uma dose de uísque. Queria esquentar o motor numa tacada só. Dessa vez, sua mesa preferida estava ocupada. E parecia que a noite realmente estava prometendo. Os ocupantes de seu lugar predileto estavam ali de propósito. Os mesmos três motoqueiros da noite anterior. Talvez quisessem devolver a surra. Não importa, ele os ignorou.

Sentado ao balcão, seus olhos examinavam o local em busca dela, sem deixar de se preocupar com os motoqueiros. Não queria perguntar pela moça, e então aguardou. Mantinha-se em sua incansável busca, ao mesmo tempo em que se preocupava com os três homens, pois provavelmente eles tentariam algo.

Como é de se esperar quando se cria uma expectativa muito grande, o tempo parou. Jamais vira tantas pessoas entrar e sair dali em tão pouco tempo. Percebera até pessoas que jamais vira antes. Chegou à conclusão de que aquela mulher que todos os dias jogava sinuca possuía um corpo até razoável. Aquele drogado que sempre estava jogado, possuía uma aliança na mão esquerda, e uma tatuagem com o nome de uma mulher no antebraço. Vira que Carlos era um garçom um tanto atencioso, mesmo com os clientes mais chatos. Por fim, após os vinte minutos mais longos de sua vida, a ansiedade falou mais alto.

– Carlos, Viviane não veio hoje?

– Pois é, rapaz, a guria não avisou nada.

– Isso é normal? Assim, esse tipo de atitude?

– Não, ela não é de fazer isso.

Luos ficou preocupado. E para não dar bandeira, optou por encerrar o assunto. Sem plano alternativo, ficou ali, na esperança de que estivesse atrasada.

As horas passavam e a variedade de drinques e bebidas ingeridas por ele só aumentava. Uísques, vodcas e tequilas. Bebeu um pouco de tudo naquela noite, deixando o Garagen's apenas pela manhã. Caminhava com dificuldade. Era como se o chão se movesse sob seus pés. Ora subia, ora descia. Seu esforço para equilibrar-se naquela droga de chão era extremamente cansativo. Suas pernas doíam. Seus joelhos não suportavam mais a carga de seu corpo, e dobraram-se levando-o ao chão. Tombou para o lado tentando se apoiar, para não se machucar. Parecia estar girando. Esforçou-se para pôr-se sentado. Não possuía forças para sair daquele lugar. Arrastou-se até um poste e se recostou. Quando abriu os olhos novamente, estava cercado por três garotos.

— O que vocês querem, moleques? Não tenho dinheiro — disse em tom embriagado.

As roupas das crianças demonstravam que o poder aquisitivo delas era mínino, ou talvez nenhum. Os prováveis moradores de rua ajudaram-no a se levantar, mesmo contra seus protestos e xingamentos. Sem que ele lhes desse um momento de sossego, as crianças continuaram ajudando-o. O olhar delas era diferente. Parecia não haver interesse. Pareciam estar ali pelo simples prazer de ajudar. Três almas caridosas em meio ao caótico sistema capitalista com divisão de rendas discrepante.

Luos caminhou apoiado pelas crianças e viajando em seus pensamentos, enfim mantendo o silêncio. Quando se deu conta, estava sozinho à entrada de seu apartamento. Olhou à sua volta, mas não havia ninguém. Ao voltar o olhar para frente, sua cabeça rodou e cambaleou até a porta buscando apoio. Recostado na folha de madeira, tentou procurar as crianças novamente, mas não obteve sucesso. Sem sinal algum de qualquer pessoa. Talvez fosse um delírio alcoólico. Alguém devia tê-lo drogado, era o que lhe vinha à mente. Um surto de uma mente fantasiosa e alcoolizada. Ou talvez tivessem existido e ele sequer percebeu quando se foram.

Seu estado era deplorável. Estava confuso e bêbado. Era melhor não tentar distinguir o que era ou não real naquele momento. Mais tarde, após um bom sono, teria uma opinião menos nebulosa sobre o assunto.

Puxou a chave do bolso de sua calça e com muita dificuldade abriu a porta. Ainda parado diante do portal, contemplou a organização anormal de seus aposentos, cruzou a soleira pensando na perda de tempo que fora a arrumação, e fechou a porta. Moveu-se cambaleante até a cama e desabou sobre ela.

3

Dor e fúria

Um feixe de luz acertava diretamente o rosto de Luos. Apertando os olhos, tentava desviar-se da incômoda luminosidade. Abriu-os com dificuldade, pareciam estar com areia. Pelas pequenas fendas abertas em suas pálpebras, vislumbrava um quarto totalmente banhado pela brilhante luz solar. Sentou-se à cama de mau humor. Olhou para o lado, e o contorno de um belo corpo sob o lençol branco chamou sua atenção. Buscando a memória, não encontrava nenhum registro recente que explicasse tal presença. Sorriu, um alívio chegou ao seu coração, o alento que precisava. Yumi teria voltado, e o melhor de tudo, a raiva havia passado.

Luos descobriu lentamente a mulher como quem abre um presente, sem ter certeza de ser o que esperava. Estranho, aqueles cabelos cor de mel e aquela pele morena clara não eram de Yumi. Inclinou-se tentando ver o rosto da mulher e identificou Nádia. A bela morena estava nua em sua cama, e ele não tinha ideia do que ela fazia ali. Por um instante passou por sua dolorida cabeça a reação de Yumi, caso presenciasse aquela cena. As duas mulheres não eram o que se podia chamar de amigas. Sentia-se feliz por ela não estar presente naquele episódio. Luos continuou a esforçar-se, mas não se lembrou de nada. Não sabia o que tinha e o que não tinha feito na noite anterior.

— Bom dia, meu Don Juan — disse a mulher com um grande sorriso.

— Bom dia — respondeu asperamente.
— O que houve?
— Eu é que pergunto, Nádia. O que faz aqui?
— Bem, essa é fácil. Nua sob o lençol, o que acha?
— Não sei, ou melhor, não me lembro.
— Que pena, pois eu jamais esquecerei. Essa foi a melhor noite que já tive.
— Melhor? — perguntou Luos, desconfiado.

Luos ouviu por diversas vezes Yumi dizer que Nádia não era confiável. Talvez nada tivesse acontecido, e ela estivesse inventando apenas para deixar Yumi com raiva. As duas travavam um duelo particular por clientes, e Luos era o ponto que dava a vitória à oriental.

— Sim, a melhor. Por que está duvidando de mim?
— Tenho meus motivos.
— Agora eu entendo por que Yumi te dá tanto valor.
— Nádia, ontem não foi um dia legal para mim, bebi demais, briguei com a Yumi...
— Ah! Foi por isso que ela saiu chorando. Você é um safadinho — disse aproximando-se de Luos. — Mal esperou o calor dela deixar sua cama e já a substituiu por outra.

Luos instalou uma expressão nada gentil e respirou fundo para não perder a cabeça.

— Nádia... Vou à cozinha, se vista e vá antes que eu volte.
— Mas assim, sem nem...
— Vá! Será melhor para você.

Luos levantou-se e foi para a cozinha, em seguida a porta foi batida. O estardalhaço ecoou em seu crânio. Sua cabeça doía bastante. Não conseguia lembrar-se de nada da noite anterior e nem fazia questão de tentar. Queria apagar aquele episódio, virar aquela página. Mesmo Nádia sendo tão formosa, não lhe despertava o desejo febril que sentia por Viviane.

Contrações. Seu estômago se corroía e sua cabeça latejava. Uma combinação perfeita somada ao fiasco que fora a última noite. Em sua dispensa somente uma opção para enganar seu estômago. E assim, o que restava de um pacote de bolachas murchas foi consumido com bastante gosto. Agora com a fome temporariamente em proporções brandas, iria deitar-se novamente. Talvez um cochilo acalmasse sua cabeça.

Cochilos interrompidos por pensamentos o faziam rolar de um lado para outro na cama, como um bife virando na frigideira. Curtas sonecas não curariam sua cabeça. Teria que afastar os pensamentos, esvaziar a mente concentrando-se no nada, até conseguir dormir.

– Luos...

– Luos... Acorde...

– Acorde, Luos...

A voz rouca que chegava aos seus ouvidos era familiar.

– *Seria outro sonho?*

– Luos... Vamos, acorde! Tenho uma mensagem de seu pai.

A palavra pai soou como uma buzina, despertando-o do transe. Seus olhos abriram-se buscando a origem daquela voz. O sol já se escondia, e a penumbra era perfeita aos seus olhos, mas sua cabeça ainda doía e agora parecia que iria explodir. Tentando se situar, olhou ao redor e divisou um pequeno vulto postado ao lado de sua cama.

– Quem é você?

– Abmeck – disse a pequena criatura, curvando-se.

Luos não reconhecia aquele ser de baixa estatura e pele avermelhada. Sua comprida cauda e seu par de asas e chifres singularizavam sua raça junto ao leve odor de enxofre.

– Que interessante. O grande Zeobator agora manda diabretes como mensageiros? – zombou Luos.

— Sinta-se honrado. Serei seu mensageiro particular, um luxo de poucos.

— Luxo? Diga logo o que o traz aqui e suma.

— O grande Zeobator o congratula pelo sucesso em sua missão e lhe concede férias até que seu novo objetivo esteja em jogo.

— Novo objetivo? E o que seria?

— Não possuo tal informação, mas digo que devo ajudá-lo a combater seus adversários. Devo ser seu espião, seu batedor, seu braço direito...

— Resumindo, meu servo! – completou Luos.

Abmeck desaprovou o termo, mas limitou-se a uma simples expressão carrancuda.

— Então é só isso que o grande Zeobator envia para seu filho caçula? Um braço direito deficiente.

— Você acha que é só? O que queria? Os próprios lordes das Profundezas ao seu inteiro dispor, ou talvez Lúcifer?

— Acha que meu pai conseguiria que ele viesse? – ironizou.

O diabrete estava furioso, seu novo senhor seria um desafio e tanto. Um verdadeiro teste de paciência.

— Vejo que meu pai tem mexido seus pauzinhos. Está certo então Ab... Ab... Ab-o-que mesmo?

— Abmeck!

— Certo. "Aby". Posso te chamar assim, não é? Vou me trocar e já volto para darmos um passeio.

O diabrete trancou os dentes. Suas presas chegaram a ranger de ódio.

— Moleque arrogante – balbuciou.

— Disse algo?

— Não, nada, Luos.

— Luos não! Apenas os íntimos possuem tal privilégio. Limite-se a senhor. Está entendido?

— Sim, senhor!

Abmeck parecia que ia explodir. Suas artérias pulsavam enquanto sua pele esquentava. Não fora a recepção que esperava, na verdade sequer passou próximo. E assim, poucos instantes depois, Luos retornou com uma mochila às costas.

— Vamos, entre aqui — disse, abrindo o zíper.

— Eu não posso ficar aí... Senhor.

— Irá desacatar minha primeira ordem, Aby?

O diabrete titubeou por um instante, contudo não havia outra opção e, mesmo contrariado, entrou na mochila. Sua estatura de aproximadamente 35 centímetros fez com que a mochila fosse perfeitamente compatível com o seu tamanho.

Pouco tempo depois, estavam em frente ao prédio, no qual Luos cumprimentou as belas meninas que trabalhavam ali.

— Olá, Luos! Eu queria falar com você um minutinho.

Luos seguiu a bela morena de cabelos cacheados e olhos de amêndoas, até se destacar das outras meninas.

— Diga, Raquel.

— É que hoje estou um pouco cansada e, como você sabe, eu moro muito longe. Queria saber se eu poderia dormir hoje no seu apartamento, ali no sofá mesmo.

Luos apenas riu debochadamente. Não acreditava no que estava ouvindo. Agora as meninas queriam fazer rodízio em seu apartamento.

— Infelizmente não, Raquel. Essa vaga já está ocupada — disse educadamente e deu as costas.

— O que elas têm que eu não? A Yumi e a Nádia são melhores que eu? — gritou a morena.

— Melhores? Entre Nádia e você não vejo nenhuma diferença. Quanto a Yumi, não tente se comparar.

— Quem vê assim até acha que ela é feita de ouro — ironizou.

— Não, não é. Mas possui valor como tal.

Raquel ficou furiosa, e sem reação perante a resposta de Luos. As meninas mais próximas a Yumi o aplaudiram, ao mesmo tempo em que riam e debochavam de Raquel.

Deixando para trás a interrupção, seguiu seu caminho sentindo-se bem melhor. O que quer que tivesse acontecido entre ele e Nádia, havia diminuído de peso. Seus ombros sentiam isso. Uma satisfação tomou conta de Luos ao reparar que pela primeira vez havia dado o valor merecido a Yumi, por mais que ela não estivesse ali para presenciar.

Algumas quadras à frente, abriu o zíper para que o diabrete pudesse respirar melhor.

— Tudo bem aí, Aby?

— Um pouco abafado, senhor — respondeu em tom descontente.

— Ahh... Só pode estar brincando. Nada é mais abafado do que o lugar de onde você veio.

— Mas aqui é diferente, senhor, é apertado.

— Bem, chega de conversa. Fique contente por não estar trancado em casa, e comporte-se para que haja outras noites iguais a esta.

No trajeto para o Garagen's, Luos refletiu sobre como Aby poderia atrapalhar seu encontro com Viviane. Contudo, não havia mais jeito, não voltaria para casa.

— Recapitulando: fique bem quietinho aí, Aby. Não será nada divertido se as pessoas o virem — advertiu.

Luos acabara de chegar ao Garagen's, praticamente seu segundo lar de uns tempos para cá. Tinha um grande apreço por aquele local, por suas músicas e por uma pessoa em especial. Ao aproximar-se do balcão, não encontrou o motivo principal de sua visita ao bar naquele dia.

— Boa noite, Carlos.

— Boa noite — respondeu o garçom, enquanto atendia diversas pessoas ao mesmo tempo.

O local estava bastante agitado, tendo em vista que a noite mal havia começado. Ansioso, procurava o motivo de sua visita em meio aos frequentadores, mas nem sinal de Viviane.

— Viviane não veio hoje?

— Pois é, rapaz, a guria nem deu sinal de vida.

— Será que está tudo bem com ela?

— Não sei, mas quando passei hoje no prédio dela, o porteiro me disse que não a havia visto hoje. Como ele só trabalha no turno do dia, não tive nem como perguntar sobre ontem.

O garçom corria de um lado para outro dentro daquele balcão. Uma verdadeira maratona. Servia bebidas mais simples como licores com gelo, até outras um pouco mais trabalhosas como *Apple Martinis*.

— Você pode me dar o endereço dela?

— Posso, só um minuto.

O garçom se desdobrava para atender os clientes. E demorou cerca de vinte minutos para conseguir anotar o endereço. Luos pegou o papel e despediu-se de Carlos.

Rapidamente chegou à rua, sua preocupação era grande. A cidade tem estado muito perigosa ultimamente. E ele mesmo tem contribuído para o aumento desses índices. Os abissais têm interferido na vida dos humanos mais do que o normal, dando trabalho aos celestiais e fazendo com que estes apareçam com maior frequência. O clima nas ruas é apenas um pequeno reflexo diante da grandiosa guerra que vem sendo travada há anos. A cada dia, os abissais aumentam de número, tornam-se mais fortes e mais violentos, contrariando o que acontecia há alguns anos, quando estavam enfraquecidos e em número insignificante. Hoje, os celestiais é que têm sofrido baixas. O poder está mudando de lado, e o mal está prosperando lentamente, ampliando seus territórios e atraindo novos seguidores.

* * *

Frio, o chão estava frio e úmido. Seus cabelos estavam ensopados e seu corpo desnudo tremia. Todos os músculos se contraíam fortemente. O gosto de sangue na boca era um sinal da dura batalha travada na última noite. Lutara muito, mas sequer aproximou-se da vitória. Ainda se lembrava daqueles fétidos seres tocando-a. Tinha ânsias de vômito só de se lembrar daquela boca asquerosa encostando-se nela, beijando-a, chupando seus seios.

— *Como alguém poderia ser tão cruel?*

As lembranças vinham acompanhadas de choro. Um choro seco, sem lágrimas, constituído apenas de dor, de ódio e de medo. Naquele instante uma possibilidade desesperadora passou por sua cabeça.

— *E se eu tiver engravidado daquele monstro?*

Seu choro intensificou-se, acompanhado de soluços e de contrações causadas pelo frio. Sequer pensava nas doenças que poderia ter contraído. Queria apenas sobreviver, e o pior, criar o fruto daquele abuso.

Seus pulsos estavam ardendo. As cordas pareciam estar em chamas. Sabia que a qualquer momento eles voltariam. Poderia nem estar viva até lá, e talvez até preferisse isso, no fim das contas.

Pensava em tudo que ainda queria fazer e, principalmente, nas coisas que não pôde dizer. Seus poucos e sinceros amigos, nem pôde se despedir. Uma breve pausa a trouxe à realidade.

— *Por que estava pensando daquele jeito?*

Iria sair dali. Sobreviveria para ver aqueles pervertidos apodrecerem na cadeia. Ainda não tinha ideia de como iria identificá-los, já que seu cativeiro não tinha eletricidade. Mesmo assim, apegava-se à fé, o pouco que ainda lhe restava.

O som dos porcos ecoou no ambiente. Vinham novamente aproveitar-se dela. Hoje sequer possuía forças para lutar. O som das botinas ia se aproximando e seu coração palpitava.

– Mais calma hoje, princesa? Pronta para outra noite de amor? – interrogavam os homens.

Ela não respondeu. Em sua mente tentava adotar uma estratégia na qual fingiria que não estava ali. Deixaria que eles se satisfizessem logo e fossem embora. Assim, economizaria energia para sobreviver até que fosse encontrada.

O som dos zíperes era sinal de que iria começar tudo novamente. O primeiro deles agarrou seu queixo erguendo sua cabeça enquanto esfregava o membro em sua face. Dessa vez não tentou se defender. Fechou os olhos e chorou em silêncio. Os outros dois também se divertiam com seu corpo, chupando-a inteira. Um deles puxou seu cabelo até que inclinasse a cabeça para trás, para o terceiro acertar-lhe uma sonora bofetada na face. Agarrando-a pela cintura e erguendo-a, introduziu seu viril membro com extrema força. E assim ela gemeu de dor, mas não gritou, tentava parecer forte. Em sua cabeça, apenas orações e pedidos silenciosos de ajuda. Se mantivesse o pensamento naquele episódio, talvez não quisesse mais viver. Então, pedia apenas força para que pudesse suportar outra longa e dolorosa noite.

※ ※ ※

Luos voltava para casa. Mais uma noite sem sentido em sua vida. Outro dia em que não conseguira falar tudo a Viviane. No caminho para casa, a ansiedade foi mais forte do que a razão, e um palpitar em seu peito o desviou de trajeto. As letras tremidas no pedaço de papel diziam: "rua da Liberdade, 25 – Ap. 403".

O endereço não costumava fazer parte do trajeto de suas esporádicas caminhadas, mas achava que já havia passado nessa rua. Possuía uma leve sensação de que estava próximo, e seu sexto sentido não costumava desapontá-lo.

Chegando à esquina seguinte, uma placa de identificação, daquelas comuns em cruzamentos, aliviou momentaneamente sua tensão. Rua da Liberdade, ali estava. Mais próximo do que imaginava. Olhou para os lados e foi atraído como um ímã para o caminho correto. Três prédios após virar à direita, e foi brindado com o número 25. Parado à frente do prédio, refletia se era prudente pedir informações sobre uma mulher sendo tão tarde. Pensava também em quão chateado seu pai deveria estar com suas últimas atitudes. Estava desviando-se completamente de seus reais objetivos, mas este era um problema com que se preocupar depois. Sua necessidade de ver Viviane e sua imensa preocupação com a moça o impulsionaram, e quando deu por si estava diante do porteiro.

– Boa noite, rapaz. Posso ajudá-lo?

– Sim... É... Eu acho.

– Acha ou posso?

– Sim, pode. O senhor saberia dizer se Viviane, uma jovem loira, está no prédio?

– Quem gostaria de saber?

– Sou um amigo. É que ela não foi trabalhar e também não avisou.

– Pois é, meu rapaz... – disse hesitante. – ...Viviane não tem dado as caras por aqui. Não a vejo desde ontem de manhã.

– Está certo, obrigado.

A sensação de que algo errado estava acontecendo ganhou fundamentos. Sua preocupação triplicou. Sua mente, com brilhante inclinação maligna, criava dezenas de possibilidades maquiavélicas. Ideias que torcia para que ninguém tivesse. Temia verdadeiramente por Vivi. E o pior é que não havia o que fazer. Teria que aguardar o dia seguinte. Uma invasão de domicílio o incriminaria depois do interrogatório feito ao porteiro.

Chegando em casa, encontrou as fogosas meninas ainda em expediente. Procurou por um par de olhos apertados sob uma negra franja lisa, mas não os encontrou. Mais uma vez, Yumi estava ausente, e parecia que esta distância se perpetuaria.

Abrindo a porta de seu apartamento, sentiu a mochila sacudir em suas costas. Havia se esquecido de Aby. Talvez estivesse sufocando. Abriu o zíper rapidamente e por azar o diabrete continuava lá, firme, rabugento e bajulador.

– Esqueceu de mim, meu senhor? Estava quase sufocando.

– Não esqueci. Mandei que ficasse quieto.

– Ok, senhor, desculpe minha insubordinação.

Luos foi até o banheiro, colocou uma roupa mais confortável e depois se deitou à cama. Passou longos minutos contemplando o teto de seu apartamento. Talvez Viviane tivesse ido visitar algum parente. Torcia para que essa fosse a razão de seu repentino sumiço. Infelizmente, as possibilidades ruins apareciam em maior número. Vinham em sequência ininterrupta, como ondas de um mar em ressaca. Cada vez mais fortes e destruidoras. Em meio à enxurrada de pensamentos, o sono veio sorrateiro, e Luos adormeceu.

Acordou assustado. O brilho do sol que adentrava seu quarto timidamente demonstrava que um novo dia havia começado.

Sentia-se péssimo por ter dormido sem saber se Vivi estava bem. Ao mesmo tempo temia. Com certeza Zeobator estava furioso com seu recente comportamento. Talvez alguma ação importante contra os celestiais amenizasse a grandiosa fúria de seu pai.

Indo à cozinha, não achou nada para comer. Sendo assim, tomaria café na rua. Mas, dessa vez, num local diferente. Iria à rua da Liberdade nº 24. Uma padaria que ficava bem em frente ao prédio de Vivi. Olhou para os lados e sequer percebeu a presença de Abmeck. Provavelmente tinha ido delatá-lo a Zeobator. Melhor assim, pois com ele a tiracolo seria mais complicado pôr seus pensamentos em prática.

As ruas estavam calmas naquela manhã, ou talvez fosse sempre assim. Não havia como afirmar, pois raras foram as vezes que respirou aquele fresco ar matinal. Atingindo seu objetivo, pôde observar que a padaria era o inverso da tranquilidade. Havia muitas pessoas tomando café e batendo papo.

— Bom dia, jovem. O que deseja?
— Um sanduíche de calabresa e um suco de uva.
— Ficaremos devendo a uva, meu rapaz. Serviria um cafezinho?
— Pode ser, mas troque a calabresa por queijo.
— Café puro ou com leite?
— Puro! — respondeu quase perdendo a paciência.
— E de qual queijo gostaria?
— Qualquer um. Só quero comer! — disparou irritadiço.

Luos caminhou até a porta do estabelecimento. Observava o nº 25, imaginando qual seria o apartamento 403. Olhando para o quarto andar, observava as janelas. A primeira da esquerda para a direita estava aberta, e podia-se avistar um ventilador de teto girando. A segunda tinha apenas uma pequena fresta, deixando uma cortina branca à mostra. Já a terceira e a quarta estavam fechadas, mas as luzes acesas projetavam sombras das hélices dos ventiladores de teto atrás da cortina.

— Seu café, meu jovem.

Luos retornou ao balcão e observou o copo com aquele líquido negro e fumegante. Virou o açucareiro deixando cair uma generosa porção daquele doce pó branco. Enquanto mexia o café, navegava em seus pensamentos observando o redemoinho criado pela pequenina colher de metal. O balconista depositou o prato com o seu pão sobre o balcão. E o jovem tomou seu café ligeiramente e, em seguida, pediu outro igual.

Deslocou-se até uma prateleira de biscoitos na qual tentou buscar um ângulo melhor da fachada do prédio em frente, mas enganou-se ao pensar que obteria uma visão mais privilegiada daquela posição. Pegou um pacote de rosquinhas para disfarçar, olhou e em seguida o devolveu à prateleira.

Dirigindo-se novamente ao balcão, viu que seu segundo café já o aguardava. Tomou-o com a mesma afobação do primeiro. Pegou um papel com a discriminação de seu consumo e encaminhou-se ao caixa.

Agora com estômago forrado já poderia prosseguir. Encarava aquela construção do outro lado da rua. A luz solar permitia que a contemplasse com maiores detalhes. Aqueles blocos de concreto expostos em alguns pontos demonstravam que o local não oferecia muito luxo. A pintura desbotada, alguns pontos de infiltração e o descolamento do reboco eram claros exemplos da falta de manutenção.

Enquanto atravessava a rua, mirava o quarto andar. Deu uma última olhada para a placa de "nº 25" e subiu as escadas em direção ao porteiro.

– Bom dia – disse em tom cordial.

– Bom dia – respondeu o amargo senhor.

– Eu poderia falar com a... Senhora Maria do terceiro andar?

– Maria do terceiro andar? Não seria do quarto?

– Isso, me desculpe, é do quarto.

– Só um minuto.... Qual seu nome? – disse ao pegar o telefone.

– ...Ah... Lucas. Chamo-me Lucas.

– Alô?... Dona Maria?... Estou com um rapaz aqui chamado Lucas e ele que falar com a senhora... Ah... Certo, peço pra ele deixar aqui então... Sim, senhora, bom dia.

Luos estava nervoso, temia que fosse desmascarado.

– Está certo, então? – interrogou o jovem.

– Meu rapaz, ela pediu que deixasse comigo.

Sem a menor ideia do que dar ao homem, partiu para o "plano B", torcendo para que desse certo. Luos focou os olhos do porteiro com veemência e, com apenas um fitar, o homem ficou paralisado. Aqueles olhos negros por um instante pareceram tomar uma tonalidade avermelhada, enquanto despejavam seu gigantesco poder de indução.

– Está sentindo muita fome. Vá! A padaria está logo ali – sussurrou Luos.

O porteiro levantou de seu posto mecanicamente. Possuía um olhar perdido. Sua face pálida e sem vida não exibia nenhuma expressão. Desceu as escadas olhando fixamente para frente e lançou-se à rua sem se certificar de que podia atravessá-la. O som da brusca freada ecoou, seguido de um forte impacto. O corpo do senhor foi alçado ao ar como um brinquedo, e depois aterrissou fortemente sobre o asfalto, no qual deslizou por alguns metros.

A distração criou o momento perfeito para a invasão. Uma espiada no para-brisa estilhaçado deu-lhe a dimensão do estado da vítima. Provavelmente não sobreviveria.

Luos abaixou a cabeça. Essa morte não estava em seus planos. Mas não havia nada a fazer, e assim entrou no prédio. Por dentro, a edificação exibia um visual ligeiramente superior. As paredes tinham uma cor mais viva do que o desbotado e manchado cinza exterior. Em alguns pontos, infiltrações escureciam e empolavam a pintura verde-clara.

Optando pela escada para chamar menos atenção, subia os degraus pensando em como entraria no apartamento. Temia o que encontraria lá dentro.

No quarto andar, chegou num corredor estreito. Algumas luminárias presas à parede iluminavam precariamente o local. O grande espaçamento entre elas dava uma péssima condição de travessia daquele tenebroso corredor.

Caminhando com calma, observava as plaquetas de indicação até chegar ao apartamento 403. Parou diante daquela folha de madeira pintada de bege, enquanto o corredor estava deserto. Testando a maçaneta, confirmou o que já imaginava, trancada. Forçou-a com o ombro e ouviu um estalar da madeira velha. Certificou-se de que permanecia sozinho e golpeou-a fortemente com o ombro, então ouviu o estalar da madeira. Pronto. A porta estava aberta. Entrou rapidamente e a encostou, como se nada tivesse acontecido.

Seu olfato apurado captou rapidamente o suave aroma de flores. Ao seu redor, vislumbrava um ambiente decorado com cores claras, e em estado de conservação superior a tudo o que tinha visto naquele prédio.

Algumas telas com pinturas inacabadas estavam espalhadas pela sala. Em uma delas, via-se uma mulher de perfil. Sua cabeça baixa fazia com que seus negros cabelos caíssem sobre sua face, ocultando uma expressão chorosa que só era percebida por uma lágrima que caía de seus olhos. Uma mulher jovem e triste.

– *Será que era uma representação real do estado de espírito da bela Viviane?* – pensava ele.

Não havia como saber naquele momento, mas certificou-se de prestar bastante atenção no quadro. Dependendo do desenrolar dos acontecimentos, perguntaria isso a ela num momento oportuno.

Aproximou-se da janela e observou a rua por de trás das cortinas. Apurando sua visão, pôde identificar Carlos em meio à multidão. O homem atravessava a rua em sua direção.

– Que diabos! – resmungou.

Era hora de ir, e mal havia investigado o local. Entretanto, tinha certeza de que ela não estava em sua casa e de que qualquer coisa que tivesse acontecido, não fora ali.

Saindo do apartamento, Luos balbuciou uma maldição. Não tinha como fechar a porta, que estava com a fechadura quebrada. Carlos com certeza pensaria que o local fora arrombado por bandidos, e isso alimentaria sua imaginação com diversas hipóteses. Assim seria. Não tinha tempo para detalhes. Era hora de ir.

Optou pela escada, e por sorte ou azar ouviu a voz de Carlos, provavelmente falando ao celular, pois somente sua voz era audível naquele diálogo. Luos retornou ao elevador e apertou o botão seguidas vezes. O marcador de andar indicava que o elevador ainda estava no térreo, e parecia não desgrudar de lá. Olhava ansioso para o elevador e para o corredor, Carlos já devia estar chegando enquanto o elevador ainda estava dois andares abaixo. A porta que dava acesso à escada começou a abrir e nada do elevador chegar. Carlos parou atrás da porta, nesse instante sua voz era clara, e percebia-se que estava por finalizar o assunto. Apenas uma folha de metal encobria sua fuga quando enfim o elevador chegou, no mesmo instante em que a porta se abriu.

Chegando à frente da caixa de metal, que já estava com as portas fechadas e descendo os andares. Carlos vislumbrou a rápida passagem de um vulto, que adentrou o elevador. Mais alguns passos e deparou-se com a porta do apartamento entreaberta. Por alguns instantes um calor tomou conta de seu ser. Mas essa falsa sensação caiu por terra ao ver que a porta fora arrombada. Vestígios de madeira no chão indicavam que tal ação havia acontecido há pouco. E ocorreu-lhe que o vulto do elevador seria o tal invasor. Sem pensar duas vezes, correu o mais rápido que pôde para a escada e, cruzando pelo elevador, confirmou que este ainda não havia chegado ao térreo. Dirigiu-se à escada o mais rápido possível. Descia aqueles inúmeros degraus saltando de três em três, enquanto agarrava-se no corrimão de metal. Passou como uma flecha em frente ao elevador que subia novamente. Cruzou a recepção quase sem fôlego e, quando alcançou a rua, deparou-se com uma multidão regida por sirenes de ambulâncias e por carros de polícia. Mastigou meia dúzia de palavrões lamentando ter perdido o suspeito. Sabia que seria impossível localizá-lo em meio a tantas pessoas. Enquanto tentava recuperar o fôlego, pensava no que faria e, temendo o pior, aproveitou a presença dos policiais, convidando-os a fazer uma visita ao apartamento 403.

Luos observava Carlos do meio da multidão. Era apenas mais um rosto naquele mar de faces que banhava a rua. Sem sucesso, teria que voltar outra hora ao 403, e decidiu que contaria com o auxílio da noite para chegar sem ser notado.

Algumas horas de caminhada sem rumo terminaram de preencher a tarde do solitário rapaz. E quando a noite caiu, era hora de voltar a sua segunda casa para ver se Carlos possuía novidades. A alguns metros do Garagen's observou o letreiro luminoso na mais plena escuridão. Há muito não ficava totalmente aceso, mas sempre havia algumas letras piscando. Chegando à entrada, encontrou Carlos fechando a porta do bar, ostentando uma expressão péssima.

– O que houve, Carlos? Algum problema?
– Sim...
– Sim o quê?
– A Viviane... – não conseguia falar, sua voz falhava.
– O que tem ela, Carlos?

– ...E-ela... Morreu.

Aquelas palavras foram como uma lâmina atravessando seu peito. Sentia o chão sumir sob seus pés enquanto caía naquele negro abismo de descontentamento.

– Como assim?... Digo... Como foi?

Carlos mal conseguia falar. Não possuía forças para contar a Luos o desenvolver trágico que levara a musa do Garagen's à morte. Apenas encarava o jovem enquanto soluçava e chorava.

– Diga, Carlos! O que aconteceu? – gritou Luos, sacudindo-o.

– Estupro... Estupro seguido de assassinato.

Luos sentiu o ar ausentar-se de seus pulmões. Uma grande pressão tomou conta de seu peito. Suas mãos tremiam de ódio enquanto o ardor da fúria consumia seu corpo. Ao mesmo tempo um cruzado acertou seu queixo levando-o a nocaute. O golpe imaginário deixou-o completamente zonzo. Em sua cabeça, as imagens do apartamento todo arrumado à espera dela vinham como um filme. Todas as coisas que não teve oportunidade de dizer. Todas as vezes que foi presenteado com aquele belo sorriso. Todas as oportunidades em que hesitou em dizer o que sentia.

– Luos? – disse Carlos, trazendo-o de volta daquele mundo de fantasias malditas para o qual acabava de comprar passagem.

– Desculpe-me. Onde ela está?

– O corpo está no Instituto Médico Legal para avaliação e deve ser liberado ainda hoje.

– Quando a encontraram?

– Foi ontem, estava abandonada próximo a um matagal. Segundo informações, estava bem machucada e completamente nua.

– *Como puderam fazer isso?* – perguntava-se.

– E tem outra. Hoje fui visitá-la e encontrei o apartamento arrombado. Tive a ligeira impressão de ter visto o assassino sair de lá.

— Mas pôde identificá-lo? — interrompeu Luos.

— Não. Infelizmente não. Tentei pegá-lo, mas ele se embrenhou numa muvuca provocada por um atropelamento e desapareceu.

— Que droga. Maldito acidente — disfarçou Luos.

— Pois é! Depois disso, levei a polícia até o apartamento e, quando viram a foto dela, pediram que eu os acompanhasse.

— Acompanhasse?

— Sim, eles não falaram muita coisa no caminho e, quando a viatura estacionou em frente ao IML, eu gelei. Questionei imediatamente o que fazíamos ali...

— Acalme-se, Carlos — amenizou Luos.

— Porra, guri, ela ia ser enterrada como indigente. Se eu não identifico o corpo, ela ficaria desaparecida para sempre — resmungava Carlos, enquanto lágrimas desciam como cachoeira por sua face.

Luos não estava em melhor estado. Chegava a tremer. Estava com os nervos à flor da pele. Em sua mente, já maquinava os possíveis culpados. Por alguns segundos, seu olhar ficou perdido, vagando sem destino.

— Como fizeram isso com uma pessoa tão boa como ela?

Luos continuava calado. Mergulhado nos pensamentos calamitosos.

— Luos? Você está bem? Está bem, guri? — disse choramingando.

— Não, mas vou ficar — respondeu dando as costas.

— Aonde vai?

— Dar uma volta. Esfriar a mente — gritou enquanto se afastava.

— O enterro será pela manhã — gritou para o vulto que se mesclava ao véu negro daquela triste noite.

※ ※ ※

Velocidade. Os motoqueiros adoram essa sensação. O momento no qual se sentem livres e poderosos.

Ocasionalmente, as silenciosas e negras ruas eram perturbadas com corridas irresponsáveis de motoqueiros drogados. E algumas corridas costumavam acabar em confusão, ou em graves acidentes. Esta era uma dessas noites. Três motos ziguezagueavam por entre os carros em alta velocidade. Uma corrida sem grandes propósitos, na qual somente a diversão era levada em conta. O perdedor teria a obrigação de pagar a conta do bar e, possivelmente, um inocente pagaria com a vida.

Os motoqueiros deixaram a via expressa praticamente juntos. Gargalhavam enquanto ultrapassavam uns aos outros. O que ia mais à frente observava os outros pelo retrovisor. Sentiam-se os verdadeiros reis da noite. Faziam o que queriam com suas motos potentes e ninguém ousava desafiá-los, nem mesmo a polícia, afinal, não possuíam veículos que proporcionassem uma perseguição justa. Sendo assim, torciam para que caíssem e, quando isso acontecia, avançavam feito urubus sobre a carniça. Caso contrário, os deixavam ir e poupavam o tempo que inutilmente gastariam em uma perseguição que nunca poderiam vencer.

Assim, os motoqueiros seguiam a toda velocidade em suas montarias de aço. O fresco ar noturno alçou um anormal cheiro de borracha queimada, alertando os motoqueiros. E em questão de segundos, viram suas rodas em chamas. E começaram a gabar-se do ocorrido. Até que uma das motos se inflamou rapidamente. O susto foi tamanho que fez com que o piloto perdesse o controle e se chocasse contra um poste. Com um pequeno desvio, os outros dois observaram o amigo acidentado. E quando seus olhos retornaram ao eixo original, havia diante deles uma criatura com grandiosas asas negras abertas a poucos metros de distância. Ambos desviaram, evitando a colisão por centímetros, mas a manobra extremamente difícil fez suas motos se tocarem, derrubando-os. Seus corpos deslizaram alguns metros pelo asfalto e ficaram caídos, bastante feridos. Seus joelhos e cotovelos estavam em carne viva, e um deles possuía um ferimento horrível na face. Uma cicatriz que o acompanharia por muito tempo. Se é que viveria tudo isso. Erguendo as cabeças, vislumbraram uma criatura de cabelos negros, com um par de asas imponentes. Do alto de sua cabeça pendia um par de chifres curvados para dentro, com aproximadamente um palmo de altura cada.

Os homens tremiam com aquele ser à frente deles. Uma espécie de demônio com asas, ou um anjo com chifres.

– *Qual seria seu propósito?* – pensavam.

As dúvidas habitavam suas mentes enquanto a criatura se aproximava lentamente. Os homens se arrastavam, tentando se afastar daquele ser.

– Poupem-me do trabalho de persegui-los.

E aquela voz que chegou aos seus ouvidos lhes era familiar. E com mais algum passos, o rosto deixou que um feixe da precária iluminação pública revelasse sua identidade. Não podiam acreditar. Era o moleque com quem brigaram há algumas noites.

– O que quer? Não fizemos nada.

– Fizeram e sabem disso – respondeu em tom tranquilo, porém ameaçador.

– O que é você? A morte?

– Não, sou muito pior.

Os homens imediatamente se incineraram. A justiça negra fora feita. As ardentes chamas da vingança consumiam a carne dos condenados, até que sobrassem somente os restos irreconhecíveis do que um dia foram homens.

Em meio aos urros desesperados de dor, via-se a criatura alada de pé observando sem sequer se mover, mesmo diante daquela interminável agonia.

Os corpos lentamente foram se acalmando. O fim estava próximo. E a última visão que tiveram foram aqueles olhos brilhantes. Aqueles globos de cores distintas. Um azul e outro vermelho. O bem e o mal. O anjo e o demônio.

4

Luto

Tristeza, angústia e dor. Alguns dos itens da imensa lista de sentimentos e de sensações vividos naquele momento. Cabelos ao vento. Acima dele o céu negro pontilhado por brilhantes luzes era esplendoroso. Abaixo, a cidade com todo seu brilho artificial. Cada um possuía sua beleza, e contemplá-los daquela forma era um privilégio para poucos. Belezas de origens opostas, isso lhe soava familiar. Pensar em sua origem era como tentar unir Norte e Sul, impossível. Mas não era isso que o deixava triste, já pensara nesse assunto diversas vezes, quase sempre quando sobrevoava a cidade.

Voar. Há algum tempo não praticava aquilo. A tão apreciada bruma noturna. A sensação de abrir as asas e sentir o vento transpô-las era o ápice. Podia sentir cada uma das negras plumas reagindo de maneira peculiar em contato com o vento. Cada uma com sua particularidade e função, mas todas unidas em prol de um majestoso voo.

Luos enfim estava chegando ao seu destino. Os prédios começavam a crescer conforme descia. Avistando seu ponto de pouso se lançou num mergulho vertical. A manobra durou poucos segundos e, chegando ao seu objetivo, reduziu a velocidade. Contornou o terraço em busca do melhor local para aterrissar, e ao encontrá-lo desceu. Seus batimentos se intensificaram assim que seus pés tocaram o terraço do nº 25. O prédio de dez andares possuía uma ampla cobertura e, bem ao centro, uma pequena edificação com porta de metal se destacava. Aquela porta provavelmente lhe conferia acesso às escadas. Luos fechou os olhos, e imediatamente suas asas e chifres se inflamaram. Semelhante a pólvora, as chamas percorreram das extremidades à base em suas costas e cabeça, deixando no ar um rastro de faíscas e fumaça branca. Retornara agora à sua forma *homo sapiens*. Forma que limitava seus poderes, e assim pôde perceber o quão frio estava. A temperatura não era extrema, algo em torno dos 12°C, mas para quem está sem camisa, é algo de deixar os poros em alto-relevo. Sendo assim, apressou-se em sair daquele local.

A porta de metal estava apenas encostada, e embrenhando-se naquela morna escuridão, desceu os degraus que levavam ao décimo andar. Olhou para baixo pelo vão da escada em caracol. O silêncio da escadaria era perturbado apenas pelo eco de suas botas tocando o piso. Desceu lentamente, ganhando tempo para refletir. Provavelmente o apartamento estaria vigiado pela polícia. Continuava a descer quando uma ideia lhe ocorreu. Estava em frente da caixa de combate a incêndio.

A caixa de metal pintado de vermelho guardava em seu interior a tradicional mangueira de combate ao fogo, que provavelmente nunca fora usada. Ao lado da caixa um botão de acionamento do alarme era protegido por uma fina camada de vidro. Luos quebrou-a e acionou o botão sem sequer pensar no caos que isso geraria.

O alarme de incêndio foi iniciado, berrando na noite silenciosa. Os tetos de todas as áreas comuns da edificação possuíam *sprinklers*, e estes jorravam água ininterruptamente.

Segundos após o alarme ser disparado, as escadas e os corredores estavam cheios de pessoas que deixavam seus apartamentos o mais rápido possível. Luos mesclou-se à multidão e, em meio à desmedida desordem, chegou ao quarto andar. Rapidamente moveu-se até a porta do apartamento 403, e entrando esquivou-se de algumas fitas de isolamento que foram instaladas pela polícia. Observando novamente aquele ambiente, agora já levemente modificado, notou um cigarro aceso sobre o cinzeiro, sinal de que os investigadores da polícia ainda estavam por ali. Sobre a mesinha de centro, alguns saquinhos plásticos protegiam possíveis provas. Luos passou os olhos sobre eles e sentiu-se atraído por um caderno de capa marrom. Tomou-o nas mãos quando percebeu o som de passos ligeiros vindos do corredor.

– Shh... – pediu o homem, esgueirando-se à entrada da porta.
– Ele ainda está aí dentro – sussurrou.

Os dois homens sacaram suas pistolas e prepararam-se para entrar. Nesse instante, ouviram o ruído de um objeto de vidro que fora lançado contra uma parede e imediatamente agiram. Ricardo foi o primeiro a se postar diante da porta, dando cobertura a Joaquim. Este adentrou sorrateiro e parou no centro da sala apontando a arma para todos os lados em busca do suspeito. Ricardo o seguiu silenciosamente. Comunicando-se por meio de gestos, pediu para ficar atento. Seu parceiro apontou para a mesa de centro, indicando a ausência do cinzeiro. O experiente detetive Ricardo Benevites já estava acostumado a esses trabalhos. Como um gato astuto, sabia que sua presa estava encurralada, e que como um rato tentaria fugir. Porém, não contava que o rato fosse tão rápido e esperto.

Luos podia não ter a experiência de Benevites, mas possuía a inteligência e agilidade necessárias. Com o cinzeiro nas mãos, lançou-o contra a parede, no mesmo local onde havia lançado uma caneca de louça instantes atrás. Os policiais desviaram sua atenção em busca do suspeito. Essa fração de segundos foi bem aproveitada por Luos. Ele saiu de trás do sofá que estava próximo da janela frontal do apartamento e lançou-se ao ar. Os homens sequer tiveram tempo de vê-lo. Na queda, chamas brotaram nas costas e na cabeça de Luos, e delas nasceram um par de asas e um de chifres. A queda era pequena e sua tensão o desconcentrou bastante, fazendo-o quase esborrachar-se no asfalto. Planou a menos de um metro da multidão que estava à frente do prédio e desviou de um ônibus por centímetros. Ganhou altura batendo firmemente as asas, e assim sumiu de vista. As pessoas ficaram em pânico ao vê-lo saltar e depois incrédulas com o que seus olhos acabavam de presenciar.

Os policiais estavam parados à janela, tentando localizar o corpo que deveria estar espatifado na calçada, cercado de curiosos. Os olhos deles se firmavam entre aquela multidão, e nem sinal do corpo. Ouviam apenas os murmúrios e viam os dedos apontando para o céu. Procuraram o que as pessoas apontavam, mas a noite escura os impedia de achar. Eles se entreolharam perguntando-se se realmente alguém saltara dali.

– O que você viu? – indagou Ricardo.

– Um jovem de jeans, sem camisa e que saltou de uma janela... Esqueci de algo?

– Sim. Esqueceu de tudo. Nós chegamos aqui e não encontramos ninguém.

– Ok! Agora diga isso para as cem pessoas que estão lá em baixo.

Ricardo ficou sem palavras, o que não era comum. Realmente não havia como fugir daquilo. O jovem lançou-se da janela e depois voou. Alguém com sua experiência não poderia colocar uma explicação dessas no relatório. Iria perder todo o respeito de uma vida de trabalho e de dedicação.

– Vamos embora, recolha as provas e dê um sumiço nesse cinzeiro.

— Deixaremos a cena do crime sozinha?

— Menos, Joaquim! Aqui não foi a cena do crime, e, além do mais não temos mais o que fazer neste apartamento.

—Vamos avisar os bombeiros de que dispararam o alarme propositalmente? — indagou Joaquim.

— Não. Deixe-os procurar um pouquinho, é o trabalho deles.

— Mas e as pessoas na rua?

— Que merda, Joaquim! Faça o que você quiser — esbravejou.

Joaquim ficou surpreso com a atitude de Ricardo. Nunca o vira falar naquele tom. Sempre fora calmo e centrado. Aquilo realmente havia mexido com ele. O jovem detetive recolheu as provas e seguiu Ricardo, que já descia pelas escadas.

— Benevites. Sinto dizer, mas está faltando uma prova.

— Qual?

— O caderno.

— Droga! — disse chutando o chão.

Após saírem do prédio, Joaquim avisou o porteiro de que um jovem inconsequente é que disparara o alarme. E saiu apressado, antes que o questionassem sobre a pessoa que se jogara da janela.

Os bombeiros acharam melhor dar uma geral antes de liberar o acesso ao prédio. Joaquim viu que Benevites estava estático olhando para a fachada do edifício, ainda buscando uma explicação. Benevites franziu a testa e balançou a cabeça negativamente, nenhuma explicação lhe parecia aceitável. Deu as costas para a multidão de pijamas temporariamente desabrigada, e seguiu para o carro. Piscou o farol chamando Joaquim, o jovem detetive acelerou o passo e, logo que este entrou no carro, Benevites deu a partida.

Os policiais pouco conversaram no trajeto para a delegacia, e dentre as poucas palavras que trocaram, chegaram a um acordo sobre qual versão contariam em seus relatórios. Eles apontariam o soar do alarme de incêndio como uma ação inconsequente de um jovem rebelde. A versão não seria mentirosa, apenas omitiria certas partes que poderiam comprometê-los.

Chegaram à delegacia em aproximadamente cinco minutos. O local estava tranquilo naquela noite. Ambos dirigiram-se a suas mesas e começaram a redigir seus relatórios. O detetive Ricardo Benevites, ou detetive Benê, como era conhecido, no geral era um bom policial. Apesar de ser julgado com linha-dura, era, dentro do cesto de maçãs podres, a que estava em melhor estado. Possuía alguns pontos obscuros, que não comprometiam sua carreira de policial exemplar.

Benê era do tipo que achava que uma coisa só ficava boa quando era feita por ele mesmo. Sendo assim, gostava de redigir seus próprios relatórios, deixando apenas algumas partes para o jovem Joaquim, que também ficava responsável por catalogar as provas e arquivá-las.

Joaquim era um rapaz prestativo. Estava na corporação havia apenas três meses, mas já possuía o carinho dos mais experientes. As pessoas de certo modo temiam os seus contatos, boatos diziam que ele tivera uma boa indicação, pois não era costume ver um aspirante a detetive que não possuísse nenhuma experiência policial. Sua entrada na corporação deu-se num momento conturbado. Diversos assassinatos deixavam a delegacia especializada em homicídios um tanto movimentada. Porém nesta noite não, nesta apenas o banho frio dos *sprinklers* era novidade.

Benevites estava concentrado em seu relatório, ostentava uma expressão carrancuda, olhava para a tela do computador franzindo a testa e coçando a nuca quando o telefone tocou.

– Boa noite – disse uma arrastada voz masculina.

– Boa noite, com quem falo?

– Direto ao ponto, sem perdas de tempo. Muito bom!

– Quem fala?

— Alguém com quem irá gostar de falar. Você é o detetive Benevites, certo?

— Talvez, depende do que quer.

— Eu não, você. Você é que quer saber quem matou Viviane.

— Como sabe desse assunto?

— Sou um informante valioso.

— Se deseja ajudar, ótimo. Caso contrário, não desperdice meu tempo.

— Não seja hostil, detetive. Não estou desperdiçando seu tempo, mas entendo que o incidente no apartamento 403 foi demais para você.

— Do que está falando? O que sabe?

— Tudo. Sei de tudo. E confesso que aquele truque da janela foi muito bom, coisa do nível de David Copperfield — complementou com algumas risadas.

— Como sabe sobre isso? Foi o Joaquim. — Benevites olhou para a mesa e não achou seu aprendiz.

— Fique calmo, detetive.

— Pare com essa palhaçada, Joaquim, ou sequer será um guarda municipal, seu recruta de merda.

— Nossa! Que hostilidade, Benê, foi só uma brincadeira. — O homem não se continha e disparava sonoras gargalhadas. — Mantenha-se calmo, as pessoas estão olhando.

Benevites estava furioso, transpirava muito, e não conseguia controlar o tom de voz. Em toda sua experiência, só uma coisa o tirava do sério, e era esse tipo de brincadeira. Levava seu trabalho muito a sério para desperdiçar seu tempo com brincadeiras.

— Ficou mudo, detetive? Vou dizer mais uma coisa para você pensar.

— Odeio joguinhos. Diga o que quer ou vou desligar.

— Não vai, Benê, não minta para si mesmo.

O detetive tremia. Seus nervos estavam à flor da pele, mas precisava saber com quem estava lidando. Se aquele realmente fosse Joaquim, ele estaria encrencado. E se não fosse, estaria do mesmo jeito, queria saber o que ele contara a essa pessoa, para puni-lo corretamente.

— Uma pista por hoje, detetive. Garagen's Bar.

— Garagen's? O que tem lá?

— Você é o detetive, é o seu trabalho investigar.

— Está certo! Acharei você em breve, seu desgraçado.

— Me achar? Mas eu não era o Joaquim? Seguindo por esse raciocínio irá me encontrar no banheiro.

O policial levantou rapidamente e derrubou uma caneca de louça no chão.

— Opa! Fique tranquilo. Até você chegar lá eu já teria escondido o celular.

— Eu conheço o número do Joaquim, e ele não seria idiota de ligar para cá usando ele.

— Por isso que este está na segunda gaveta de minha mesa, bem debaixo de um envelope que você adoraria ver.

O detetive estava confuso, não sabia no que acreditar, mas também não podia ficar em paz se não verificasse a gaveta. Revirou alguns papéis e encontrou o envelope. Logo abaixo, estava o celular branco de Joaquim.

— Abra o envelope, detetive.

Sem hesitar ele abriu, e para sua maior surpresa, ali estava o cinzeiro de Viviane, o mesmo de que havia mandado Joaquim livrar por precaução.

— *O que ele quer guardando este cinzeiro?* — perguntava-se.

O sangue de Benevites fervia em suas artérias. O traiçoeiro Joaquim era uma face que ainda não conhecia.

— Vamos lá, detetive, não fique assim. Isso também pode ser um truque.

– Sim, e dos baratos. Joaquim sempre guarda o celular na segunda gaveta – blefou.

– Muito bom, então vou provar que sei bem mais do que você pensa. Está vendo essa pasta azul sobre sua mesa? Está com a etiqueta com o número 62.

Benevites ficou incrédulo aguardando o que aquela misteriosa pessoa diria.

–Posso lê-la, detetive?

Benevites manteve-se em silêncio, aquele era um caso relativamente desconhecido pela mídia, não haveria como ele saber muita coisa. Eram informações restritas à polícia, duvidava de que soubesse algo.

– Entenderei o silêncio como um sim. A etiqueta diz: "Bruno Carvalho, nascido em 21 de fevereiro de 1981, assassinado em 14 de julho de 2010", já está bom?

– Qual a causa da morte?

– Poupe-me, detetive, isso nem você sabe. Porém, sabemos de uma coisa, o corpo foi encontrado carbonizado.

– Como sabe disso? – perguntou perplexo.

– Sei disso e de muito mais.

Ricardo estava suando frio, sua garganta estava seca e em seu peito o coração batia freneticamente.

– Detetive... – disse em tom de zombaria – ...Fique calmo. Não quer que os outros percebam seu nervosismo.

– Não estou nervoso.

– Claro que está. Como explica então esse rosto pálido e essas mãos geladas?

– Como pode saber?

– Simples, estou bem à sua frente.

Sua mão vacilou, e o telefone escorregou indo direto ao chão, produzindo um barulho de fissura. Acompanhado deste, o corpo de Benevites gelou. Olhava para todos os cantos da delegacia. Quem quer que fosse havia mexido com ele, abalado seus experimentados nervos. Ficou de pé com dificuldade. Estava muito nervoso. Abriu ainda mais a segunda gaveta de Joaquim e apanhou o cinzeiro. Saiu da sala principal da DP a passos rápidos. Estava decidido a colocar aquela ligação a limpo. Passando pela primeira porta, adentrou um corredor estreito, ladeado por outras portas. Passou como um raio por dois policiais que davam baixas em suas armas no final do corredor e dobrou à esquerda, nem sequer respondeu à saudação dos policiais. Cruzou outra porta, uma de folhas duplas desta vez, e desembocou num hall nos fundos da delegacia, onde se localizavam os banheiros e os vestiários dos policiais. Joaquim estava parado na entrada do vestiário falando ao celular quando foi abordado por Benevites. O detetive agarrou seu colarinho e o projetou contra a parede, produzindo um forte baque.

– Com quem está falando? – perguntou furioso.

– Ficou maluco, Benê?

– Ainda não, mas posso ficar. Com quem está falando? – vociferou Benevites.

– Com a minha namorada – respondeu aos berros.

– Não brinque comigo, rapaz – disse, colocando o cinzeiro bem próximo ao rosto de Joaquim. – Não imagina do que sou capaz.

Benevites pontuou a frase lançando o cinzeiro com toda força no chão. O objeto maciço partiu-se ao meio. Benevites encarou Joaquim por mais alguns segundos e deu as costas, batendo as portas. Os outros policiais ficaram olhando para Joaquim sem conseguir entender o que havia acontecido, e ele não fez questão de explicar, saiu batendo a porta nos fundos do hall para não ficar por baixo.

✳ ✳ ✳

Luos acabava de chegar ao seu apartamento, mais um dia estava nascendo lá fora, enquanto tudo morria dentro dele. Ao abrir a porta, deparou-se com um envelope branco bem próximo à soleira. Caminhou até a cama e sentou-se colocando um travesseiro para acomodar melhor as costas. Decidiu começar pelo envelope. No verso branco lia-se: "Desculpe-me!". A grafia era inconfundível, tratava-se de uma carta de Yumi. Como sempre surpreendendo. Luos rasgou o envelope, acendeu o abajur e iniciou a leitura.

> Luos, não sei como começar.
> Não queria que ficássemos brigados, muito menos agora.
> Sei que fui infantil e um pouquinho exagerada. Mas o que fazer?
> O amor é assim, nos deixa loucos, nos afasta da razão.
> Peço desculpas do fundo de meu coração. O que sinto por você é bem maior do que qualquer coisa que já senti, e isso me tira dos trilhos.
> Não quero que se lembre de mim pelos últimos momentos que passamos juntos, pois tenho certeza que temos vários outros bem melhores.
> Darei um tempo da cidade, do trabalho, e o mais doloroso, de você.
> Talvez assim eu me reencontre, e quando isso acontecer, voltarei para te encontrar.
> Sentirei saudades... Beijos...
> Yumi

Novamente Luos sentiu um forte golpe no peito, não tão forte como o de Viviane, mas o suficiente para deixar um nó na garganta. As palavras de Yumi não eram as que precisava ouvir naquele momento. Seu coração precisava de carinho e seu corpo de calor. E calor era a especialidade de Yumi. Quando fechava os olhos podia sentir aquele corpo quente em contato com o seu. Aquela pele macia e cheirosa, talvez não voltasse a senti-la. Agora teria que conviver com duas perdas, e por mais que Yumi dissesse que voltaria, ele não acreditava. Para falar a verdade, essa seria a melhor opção para ela. Por mais que apreciasse sua companhia e fosse ao delírio com seu sexo, nunca lhe daria amor. Não fora gerado para aquilo, era tolice crer que o amor salvaria uma criatura gerada no ventre do caos. O berço de dor no qual crescera, e a vida de horror que já vivera, eram motivos suficientes para eliminar qualquer esperança de felicidade, se é que essas palavras faziam parte de seu dicionário.

Como era hábito em seus momentos de reflexão, contemplava o teto de seu apartamento. A dor que sentia era proporcional ao seu ódio, um fato que o sádico de seu pai sempre dizia, e que não havia como negar. Estava na hora de iniciar sua missão, o seu verdadeiro propósito seria posto em prática. A caçada estava para começar, as dívidas seriam cobradas. Cobranças dolorosas de um tributo quente e vermelho no qual o cobrador nunca descansa, no qual somente a morte salda a dívida.

Luos despertou. O cansaço era tamanho que dormira antes mesmo de perceber o sono chegar. Não fazia ideia de quanto havia dormido, mas sabia que o sol não o incomodava mais. Dormiu quando a bola de fogo estava nascendo e acordou quando ela já havia se apagado. Tal análise era a explicação para a dor nas costas. Dormira totalmente desajeitado. Apenas caiu para o lado e apagou.

Uma espreguiçada para esticar o esqueleto e em seguida sentou-se na cama para recapitular as últimas horas, tentando traçar uma linha racional de pensamentos. Sem trégua, novamente as lembranças povoavam sua mente, revirando seu estômago. Tinha náuseas só de pensar naqueles porcos e no que eles fizeram a Viviane. Queria que estivessem vivos para matá-los novamente. Entretanto, os matou de tal modo, que nem o pior jornal teria coragem de estampar sua primeira página com fotos dos corpos.

Levantou-se para ir ao banheiro e acidentalmente derrubou o caderno de Vivi no chão. Um *flash* veio à sua mente, lembrando-o do enterro.

– Merda! – esbravejou.

Passou tanto tempo lamentando-se da vida que se esquecera completamente do enterro. Na verdade, se estivesse acordado não teria esquecido, mas o sono fora mais forte. Não pôde vê-la pela última vez. Não pôde contemplar aquele rosto, mesmo que sem o característico sorriso. Talvez fosse melhor assim. Doeria demais vê-la sendo enterrada, como se cada pá de terra que caísse sobre seu caixão também caísse sobre ele. Sentia-se assim. Enterrado vivo em seus sentimentos frustrados. Afogado em seus arrependimentos. Sufocado em sua dor.

Agora era tarde, o enterro fora há horas. O jeito era visitá-la depois, quando seu corpo tivesse forças. Parado à porta do banheiro, contemplou sua face e novamente perdeu-se em seus pensamentos. Lembrava-se dos planos da noite anterior, mas estava cansado. Os endividados teriam mais algum tempo de paz. Não queria caçar naquele momento. Teria muito tempo sozinho pela frente, quando suas caçadas seriam seu melhor passatempo. E por falar nisso, sua curiosidade foi aguçada e então pegou o caderno de capa marrom. Queria ler algumas das palavras de Viviane, lembrar-se um pouco – como se em algum momento tivesse esquecido – era uma forma de talvez conhecê-la melhor. Folheando o caderno, uma página solta caiu, e foi esta a escolhida.

Sinto-me mal, e tenho muito medo.
>Sinto que a qualquer momento posso perdê-lo.
>Sinto que me escapa por entre os dedos.
>Sinto, e é o pior dos meus medos.
>Sinto por não ser a melhor, e temo ser a pior.
>Sinto frio, calor, alegria e dor.
>Sinto fome de amor, fome que consome.
>Sinto vento, o meu fresco alento.
>Sinto a água, e às vezes o mar.
>Sinto o cheiro da maresia, tenho vontade de pular.
>Sinto não vê-lo, e não tê-lo.
>Sinto, e sentiria mais se perdesse você.
>Sinto que tudo que faço não é nada.
>Sinto que o nada que sou faz-me perder tudo.
>Viviane

5

Revelações

Sete dias se passaram. Luos sequer viu a silhueta da cidade desde que Viviane se fora. Suas tradicionais visitas ao Garagen's se extinguiram. O reflexo visto no espelho era sete anos mais velho do que sete dias atrás. Seus olhos estavam mais fundos e rodeados por negras olheiras. Seu rosto estava extremamente esgalgado e seu peso fora drasticamente reduzido.

Os últimos dias foram de abundante reflexão. Diversos planos foram cogitados e algumas metas traçadas, e o novo começo se daria naquele dia. Começaria visitando Viviane. Ela merecia pelo menos algumas flores, já que não tivera a oportunidade de recebê-las em vida.

Luos arrumou-se e saiu para visitá-la ao entardecer. Chegou ao cemitério quando metade do sol era ocultada pela linha do horizonte. O local era bastante tranquilo. Tinha a aparência de um jardim bem cuidado, e a proximidade do solstício de inverno deixava o chão forrado por folhas secas. Luos caminhou entre os túmulos buscando o de Viviane. Por cerca de meia hora rodeou as lápides de granito sobre a grama até que encontrou o que buscava. A lápide negra com letras cromadas dizia:

Viviane Lopes
1986-2010

Abaixo, em letras menores, uma mensagem deixada por seu admirador, Carlos, o seu amante platônico.

Que descanse em paz a mais bela flor que o jardim de minha vida ostentará.

Não era novidade que Carlos tinha interesse em Viviane, mas isso não o tornava um adversário, até porque Luos não entrara realmente na disputa. Apesar de desejá-la, fora cauteloso em mantê-la a distância, na intenção de protegê-la, miserável cautela que custou a vida de sua amada. Afastou-se tanto para mantê-la em segurança que, quando o perigo realmente se apresentou, não estava lá para protegê-la. Malditos. Malditos sejam todos.

Suspirando fundo ao pensar que poderia ter evitado tudo aquilo, depositou suas margaridas ao lado de alguns buquês de rosas brancas, que pelo bom estado foram colocados ali pela manhã. Em sua cabeça, um filme dos últimos momentos que passara com ela, seguido de um compacto de lembranças dos belos sorrisos e dos olhares singularmente penetrantes que lhe dera. Ainda não havia caído a ficha.

– *Estava realmente diante do túmulo dela?*

Não acreditava, nem se perdoava. Seus olhos ardiam em chamas enquanto apertava seus punhos. Agachou-se em frente a ela e sussurrou:

– *Eles irão pagar. Todos irão pagar. Eu prometo.*

– Boa tarde, Luos – disse alguém a suas costas.

Luos levantou-se alarmado e vislumbrou à sua frente um homem magro de aparência suave e cabelos dourados que se estendiam à metade das costas. Possuía traços finos, boca rosada e olhos azuis como o céu. Suas vestes intensamente brancas combinavam com as asas magníficas que brotavam de suas costas. Uma radiante luz ofuscava tanto que protegeu os olhos com as mãos.

— O que quer, celestial?

— Nada. — E a luz cessou, deixando que Luos o encarasse. — Estava apenas de passagem e vim solidarizar com sua dor — disse serenamente.

— Está me zombando, projeto de anjo?

— Não. Falo a verdade. Posso sentir a sua dor.

— Posso fazer você sentir bem mais que isso.

— Contenha-se. Não estou aqui para isso. Respeito sua perda e sua dor.

Luos calou-se. Sentia extrema sinceridade nas palavras do celestial. Apesar de querer trucidá-lo por serem inimigos naturais, talvez não o fizesse naquele momento. Principalmente por estar em frente ao descanso eterno de Viviane. Além do mais, teriam diversas oportunidades para isso.

— Uma jovem muito bonita. Não merecia o que aconteceu — disse o celestial com extremo pesar.

— E por que aconteceu então?

— Não sei, meu caro. Mas alguém teve motivos para isso, motivos de que provavelmente ela nem faça parte.

— Acha que foi premeditado?

— Creio que sim.

— Vocês sabiam?

— Infelizmente, não. Nós não sabemos de tudo.

— Então como sabem quando estamos preparando um ataque?

O celestial se calou numa nítida resposta de "Não te interessa".

— Uma coisa é fato. Não foi algo que esperávamos. Acompanhamos vocês o tempo todo, e nunca nos passou que algum de vocês faria isso.

— Então é assim que funciona? Vocês nos seguem e tentam adivinhar quem iremos atacar.

— Não necessariamente... Desde que não matem ou influenciem diretamente na vida humana, não incomodamos vocês. Assim ficou acordado há algum tempo.

— Então se um de nós for pego infringindo as regras, vocês o mandam de volta para o inferno?

— Exatamente. Vou embora. Descanse um pouco e reorganize sua mente. No momento certo iremos nos encontrar. A propósito, você tem uma boa alma, Luos, bem diferente dos outros de sua raça, espero que entenda que nascer entre eles não significa que tenha que ser como eles.

Luos apenas assentiu com a cabeça e o celestial se foi. Observou-o enquanto se afastava batendo suas asas cor de neve em direção aos últimos raios de sol. A atitude do celestial o fez pensar em como os inimigos poderiam resolver suas diferenças limpamente, sem lucrar com as dificuldades do oponente. Respeitar o adversário. Uma teoria que nunca considerou, mas que na prática lhe agradava intimamente.

Retornou para casa ainda pensando bastante na atitude do celestial, estava surpreso com tamanho respeito. Não entendia por que não se aproveitara de seu momento de fraqueza para liquidá-lo, mas gostou de ter oportunidade de batalhar num local mais apropriado. O anjo plantou uma ideia de que não precisava ser daquele jeito. Não precisava seguir aquelas ordens nefastas dos cruéis superiores de sua linhagem. Zeobator teria um colapso nervoso se imaginasse tal dúvida pairando em sua mente.

Por mais que não quisesse admitir, era até tentador não precisar mais matar. Nunca gostou muito de fazê-lo, ainda mais sem objetivo, sem razão. Entretanto, quando necessário, fazia do modo mais cruel. Ele mesmo se surpreendia com seu desinteresse pela morte nem com o súbito interesse pela carnificina quando possuía um motivo, por menor que fosse. Talvez seja isso. Talvez realmente seja um assassino. Esse lado negro de sua alma, quase sempre adormecido, floresce esporadicamente com tamanha força e ferocidade, que ele mesmo não se reconhece. Seu passado de dor o fortificou e anestesiou contra alguns sentimentos. Endureceu seu coração, matando tudo que fosse bom dentro dele. Seus breves lampejos de bondade são raros. Quase sempre suas atitudes perambulam entre uma tendência neutra caótica, e maligna leal. Uma miscigenação do bem com o mal. Mais mal que bem, mas ainda sim uma mistura. Sua origem mestiça o fez assim, e assim será até o fim de seus dias. Terá que aprender a conviver com ambas as vertentes. Por mais que trafegue pela estrada sombria, sempre haverá uma nova bifurcação, forçando-o a escolher novamente seus caminhos. E caberá somente a ele migrar para a luz, ou reafirmar sua inclinação sombria.

— *Droga!* — dizia em pensamento. — *Por que tenho que conviver com essas dúvidas? Seria mais simples se eu tivesse nascido só anjo, ou só demônio.*

Sim, seria bem mais fácil, mas a vida é assim mesmo. Ninguém nunca está satisfeito, e não seria diferente com Luos. Sempre se quer o que não se tem, e quando se consegue, passa-se a desejar novamente algo que não se pode ter.

Deitou-se em sua cama, tiraria um cochilo, reorganizaria sua mente e reporia suas energias. Talvez assim se esquecesse um pouco dela e conseguisse pensar em outras coisas, e, por sorte, estas não seriam mais dúvidas que pudessem dar margem à sua atual crise de identidade. Não podia cogitar outro caminho a não ser o que já trilhava desde seu nascimento.

— *Muito machucado?...*
— *Nem parece meu filho... Aja como tal...*

— *Aprenda a não ter compaixão...*
— *Viu quem te derrubou?...*
— *Foi o mesmo que você poupou...*
— *Olhe para mim quando eu estiver falando...*
— *A dor alimenta a fúria...*
— *A partir de hoje você terá uma missão...*
— *O mandarei para a superfície...*
— *...Treinamento maior...*
— *Você irá dar passagem expressa às almas...*
— *A dor alimenta a fúria...*
— *Passaporte garantido ao inferno...*
— *A dor alimenta a fúria...*
— *As almas... A dor alimenta a fúria...*

— *Acorde...*

Luos abriu os olhos espantando. Aquele sussurro familiar em seus tímpanos. Não poderia ser.

— Zeobator? O lorde das Profundezas. Senhor do fogo e pai da maldade. Como estaria na superfície? Fora banido dali há muito pelos celestiais. — Mesmo incrédulo, pôs-se a averiguar.

— Quem está aí? Quem está aí? — disse com entonação de ameaça.

Nenhum sinal de movimento. Apenas o incômodo gotejar da pia da cozinha sobre as louças sujas.

—Vamos logo, apareça! — insistiu.

No canto de seu quarto, o mais escuro deles, uma sombra ergueu-se lentamente do chão, tomando a forma de um humanoide alado. Aquele ser sombrio começou a deslizar na direção de Luos, enquanto este recuava na mesma proporção, sustentando o distanciamento.

— Quem é você?

A sombra continuava avançando e Luos parou de se afastar. Ficou estático por um instante, analisando aquelas feições sombrias, e foi então que suas especulações se confirmaram.

— Olá, filho — balbuciou fantasmagoricamente.

— Zeobator?

— Sim, sou eu.

— Como veio aqui? Como passou pela...

— Isso não é importante. O fato é o porquê de eu estar aqui.

Engolindo a seco, o jovem mestiço imaginou o que viria a seguir.

— Não tens seguido as ordens que te foram dadas.

— Eu... Achei que estivesse livre após as crianças e...

— Silêncio! Mandei-te Abmeck para servir-te e sequer o utilizou. Ao menos sabes onde andas?

— Não — respondeu baixando a cabeça.

— Dei todo o treinamento necessário e não o usaste. Por que não me agradas como teu irmão?

— Porque não sou ele — desafiou.

— Deverias ser. E se tentasses serias bem melhor do que ele. Tens muitas qualidades, Luos, mas não as utilizas da forma correta. Vou te contar uma história e verás quem são teus verdadeiros adversários. Talvez assim aprendas a não poupá-los, e tenhas mais respeito por mim.

— Se passou há vinte anos. Numa época em que os celestiais e os abissais travavam uma violenta guerra. Lembro-me como se fosse hoje. Cheguei à igreja e o tomei de tua mãe, atitude de que não me arrependo, pois só assim sobrevivestes. Os celestiais queriam matar-te. Não aceitavam a relação de um anjo com um demônio. Tu eras tratado como aberração, tua mãe como uma traidora e eu como um traiçoeiro oportunista. Achavam que meu relacionamento com ela fosse apenas uma fachada, um escudo contra as investidas celestiais. O que indiretamente poderia vir a ser, mas não foi assim que aconteceu. Alguns dias após ter te retirado de tua mãe, descobri que pretendiam nos exterminar. Iriam destruir todos, tanto pai quanto filho, e até mesmo tua mãe. Tentei chegar a tempo de salvá-la e descobri que se tratava de uma cilada para que me forçassem a te devolver. Tua mãe armou para que eles me prendessem, assim ela te roubaria e fugiria para te proteger. A ideia dela era uma traição ao nosso amor, mas era uma boa chance de te salvar. E assim tudo foi preparado. O plano de fuga era apropriado, e o esconderijo formidável, porém confiou na pessoa errada. Quem iria lhe dar abrigo, o então padre Eliezer, tratou de relatar todo o plano para um jovem celestial chamado Litahel.

— Por que está me contando isso tudo agora? Jamais falou sobre ela.

— Ainda me dói bastante a sua perda. Não gosto de lamentá-la, por isso uso a dor como combustível para meu êxito.

— Daí a coisa da dor que alimenta a fúria. Agora entendi.

— Exatamente. Chegará o momento em que entenderás a fundo o significado dessa frase.

— Já a compreendi. Já saciei minha fúria com toda a dor que alguém poderia sentir. — Luos silenciou-se por um instante. — Você me observa e deve ver como tenho agido.

— Tua dor se assemelha à minha, mas como disse, não vamos lamentar por elas.

Luos surpreendeu-se com a cumplicidade de Zeobator, e pediu que retomasse a história, para não ter que agradecê-lo pela compreensão.

— Pois então, Litahel era um jovem celestial buscando uma ascensão meteórica, e assim foi atrás do seu pote de ouro no fim do arco-íris. Com todo o traçado nas mãos, ficou fácil preparar-se para pegar Millena.

— Então esse é o nome dela? Millena? — interrompeu Luos.

— Sim. Tu não sabias? — disse Zeobator surpreso.

— Você nunca quis falar sobre ela, e sempre a mencionou como "a tua mãe".

— Não havia me dado conta de que havia omitido tantas informações de ti. Mas enfim, era uma história um tanto complexa para uma criança.

— Lidar com lobos famintos nas latrinas do Vale da Morte era realmente uma coisa de criança. E as gárgulas?

— Não questiones minhas decisões — disse aumentando o tom de voz. — Fiz o que achei ser melhor para tua formação, e aqui estás tu. Esse exímio guerreiro que és. Tudo graças a essas adversidades.

— Sou seu soldado.

— Não, Luos. És meu filho. E não me interrompas mais — vociferou.

— Sua mãe, por mais que fosse astuta, não teria como prever aquela traição. Corri o máximo que pude, mas cheguei tarde demais. Millena estava nas mãos de Litahel, que quando me viu soltou-a ao chão. Ainda consigo vê-la nitidamente enquanto seu corpo batia no chão já desvanecido, praticamente sem vida. Naquele instante, uma ira sem precedentes tomou conta de mim. A dor alimentou minha fúria, e esta me deu forças para destruir aquele infeliz. Ataquei-o com todas as minhas forças, e talvez tivesse vencido mesmo sem me esforçar tanto. O inexperiente Litahel sucumbiu em minhas mãos. Derrubei-o e subi nele pisando em suas asas. Golpeei-o por algumas vezes com meus punhos e ele quase desmaiou. Nesse momento o virei de bruços, peguei uma de suas asas e levantei, sequer tinha forças para me impedir, e assim quebrei sua asa, golpeando próximo da base com a sola de minha bota. Ele gritou, e antes mesmo que se recuperasse, fiz o mesmo com a outra. Era como se estivesse tendo um orgasmo naquele instante. Quanto mais ele urrava, mais eu queria puni-lo. Coloquei meu pé bem no centro de suas costas e puxei uma de suas asas, rasgando-a lentamente até que sobrassem apenas tocos de ossos banhados de sangue em seu dorso. Quando terminei com a segunda, ele mal respirava. Agonizava me olhando com olhos que imploravam pela morte. Assisti de camarote a cada segundo de sua dor, vibrando com cada gota de sangue e torcendo para que sua agonia se estendesse. O mais belo dos filmes a que já pude assistir. Costumo chamá-lo de *O agonizante celestial*. Nada muito criativo, mas era o mais inventivo que pude criar naquele momento. Quando terminou o "filme", fui até tua mãe. Sabia que ela morreria no instante em que Litahel a soltou. Agarrei-a, pressionando-a contra meu peito. Minha maior amargura. Os celestiais chegaram e me viram com o corpo de Millena. Nada pude fazer além de fugir e deixá-la ali, abandonada naquele lugar. Não havia como explicar que Litahel tinha feito tudo aquilo. Não acreditariam em minha versão e eu seria exilado. A partir daquele dia, passei a ser caçado, e nossa raça também. Por diversas ocasiões, quase fomos extintos. Quando digo isso, refiro-me aos nefilins sombrios que andam livres pela superfície, induzindo os homens a seguirem em nossa direção. Mas, ainda assim, superamos e sobrevivemos. Hoje tenho aqui, bem à minha frente, a junção das duas forças, a criatura mais poderosa, progenitora de uma nova raça, aquele que irá nos vingar. Entretanto, este vingador abissal se recusa a proteger sua própria raça, aqueles que morreram para protegê-lo. Aqueles que, quando tudo estiver desmoronando, ainda estarão lá para ajudá-lo a reconstruir. Tudo isso porque confiam em ti. Eles acreditam em teu êxito, e acreditam que serás tu quem irá nos levar à vitória. O Apocalipse se aproxima, meu filho, tu te aproximas, e os celestiais devem saber quem tu és, e respeitar-te, ou temer-te. Analisa tudo o que te falei e verás quem realmente está ao teu lado. Se ainda assim quiseres prosseguir com esta omissão de responsabilidades, não te incomodarei mais. Estarás livre para fazer o que quiseres.

Luos ficou sem argumentos perante a história sobre o assassinato de sua mãe. Mais um ingrediente para o caldeirão fumegante que era sua cabeça.

O vulto alado de Zeobator retornou ao mesmo canto escuro de onde surgiu e mesclou-se à escuridão. O jovem rapaz não sabia o que fazer. Estava tão desorientado como um cego em tiroteio. Sem caminho, sem propósitos e sem forças. Apenas o ódio habitava seu peito. Olhava de um lado a outro do quarto, distraidamente, quando seus olhos repousaram sobre o caderno de capa marrom.

— *O que Viviane teria escrito ali? Talvez isso espairecesse um pouco a sua mente.*

Deparou-se com as mesmas letras inclinadas que lera anteriormente na carta. A margem do caderno era toda coberta por pequenos desenhos de máscaras de carnaval, e todas, sem exceção, ilustravam fisionomias tristes. Desenhos que foram feitos por uma pessoa que, apesar de lidar com tantas outras, parecia ser um tanto solitária. Haja vista o último trecho que lera. Um tanto dramático e tenebroso.

>Outro dia, outro desespero.
>As pessoas se divertem à minha volta como se a felicidade fosse a coisa mais simples do mundo.
>Sentimento injusto. Uns têm demais e os outros nunca o terão.
>Será que estarei viva para ver isto mudar?

Será que isso vai mudar?

Questões difíceis de serem respondidas.

Eu diria impossíveis de serem respondidas.

Tento manter minha fé. Mas Deus não tem lembrado muito de mim ultimamente.

Pensando bem, qual foi o dia em que se lembrou de mim?

Se tivesse pensado nem que fosse por um instante em mim, saberia o quanto minha mãe era importante em minha vida, e a teria poupado daquele sofrimento, consequentemente poupando-me do meu. Porém, são apenas possibilidades de um triste e doloroso passado. Feridas marcadas a ferro quente em minha alma. Cicatrizes que nada poderá apagar.

Assim eu amadureci. Arrumei um emprego e fiquei com este apartamento. Abriria mão dele imediatamente para tê-la novamente ao meu lado. Nos meus sonhos sempre a vejo feliz com minhas notas na escola e com a possibilidade de iniciar minha faculdade. Medicina. Esse era meu sonho. Um sonho que foi destruído no instante em que aquele médico a deixou ir. Disse ter feito tudo, na verdade sempre dizem isso. Acho que morri naquele dia, juntamente com ela, pois minha nefasta existência só pode ser meu momento de saldar dívidas. Pagar meus pecados enquanto carrego minha cruz por essa estrada de interminável agonia.

Viviane

6

Ruas sangrentas

Alguns dias se passaram e Luos ainda refletia sobre as revelações feitas por Zeobator. Revelações que fizeram com que seu conceito sobre seu genitor esboçasse uma leve mudança, mesmo que a passos lentos. Por mais que o tenha salvado uma vez, colocou-o de frente com a morte dezenas de outras, e torturou-o outras centenas. Mas o momento agora é outro. Em sua mão ostenta o rifle que antes era usado contra ele. Em sua mente, guarda experiências de dor e de horror, perfeitas para maquinar modos de massacrar suas vítimas. E em seu coração há uma quantidade de ódio suficiente para impulsioná-lo de um modo difícil de frear.

– Quem está aí? – perguntou Luos ao ouvir um ruído. – Já te ouvi, apareça!

O silêncio prevaleceu. E sem pestanejar sacou sua adaga. Seus olhos buscavam qualquer movimento diferente, quando seu olfato identificou seu alvo.

– Droga! Saia daí, Abmeck!

– Desculpe-me, senhor.

– Por que entrou aqui tão sorrateiro? Quer me fazer algo?

– Não, mestre, Abmeck não lhe faria mal algum.

Luos intrigou-se com a súbita mudança de comportamento de Abmeck, algo traiçoeiro permeava aquela mente suja e corrompida. Provavelmente foi uma orientação de Zeobator. Sendo assim, deveria manter os olhos mais abertos com o diabrete.

— Não faça mais isso se quiser permanecer inteiro. Numa próxima, te parto ao meio.

— Sim, mestre, não acontecerá mais.

—Vigie a casa. Sairei para resolver algumas coisas.

— Certo, mestre. Estará impecável ao regressar.

Luos desceu as escadas a passos firmes, ainda incomodado com a atitude de Abmeck. Em frente ao prédio, a habitual feira do sexo estava armada. Mercadorias de todos os tipos para todos os gostos. Cruzou com elas sem proferir nenhuma palavra, enquanto Nádia e Raquel observavam-no até que virasse a esquina. Ainda não haviam desistido dele, e iriam tentar quantas vezes fosse preciso.

A noite fresca proporcionava uma caminhada agradável. Enquanto isso, sua mente bolava modos de atrair os celestiais. Teria que fazer algo grande, que realmente chamasse a atenção deles. E, por acaso, essa era sua noite de sorte, um comboio com cerca de vinte motoqueiros acabara de passar rasgando o asfalto. Suas motos potentes e seus trajes de couro eram praticamente idênticos. Nas costas, ostentavam um desenho de uma caveira muito peculiar. Luos parecia já conhecer aquele emblema. E realmente conhecia. O desenho era o mesmo utilizado pelos assassinos de Viviane. E, imediatamente, uma ideia lhe ocorreu. Acabava de ganhar vinte cabeças para o abate.

Com cautela, observou se havia alguém por perto, fechou os olhos e iniciou a metamorfose. Em seguida, as labaredas deram lugar aos chifres e às asas.

Após a transformação, iniciou a caçada. Alçou voo e planou o mais rápido que podia. Sabia que não tinha como alcançar a velocidade das motos, então os seguiu, guiando-se por sua audição. Torcia para que eles parassem logo em algum lugar, pois assim suas chances de encontrá-los aumentariam.

Cortando o vento com velocidade, seus cabelos esvoaçavam, enquanto suas asas trabalhavam veementemente, um exercício que havia muito não executava. Ainda se lembrava da última vez que voara assim. Na ocasião, era perseguido por gárgulas, e foi assim que descobriu a verdadeira velocidade que podia alcançar. Apesar deste não ter sido o fator principal para o sucesso na ocasião, e sim suas manobras rápidas e precisamente calculadas. Mas estas não o ajudariam hoje. E para piorar, sua visão e sua audição o deixaram sozinho. Havia perdido o comboio de vista e agora teria que procurá-los do modo mais difícil.

Do alto observava atentamente cada rua e cada beco. Era um número grande de motos, e provavelmente estariam estacionadas no mesmo lugar, o que facilitaria sua tarefa.

Sobrevoou dezenas e até centenas de ruas até ser presenteado com aquela magnífica visão. Todas as motos enfileiradas, do jeito que imaginou que estariam. Estavam no estacionamento de uma espelunca, na qual alguns motoqueiros costumavam se reunir. O local era apreciado por eles por ser uma área com taxa de violência elevada, onde a polícia raramente interferia em suas festas, um antro de sexo e drogas.

Luos pousou num sobrado em frente e aguardou pacientemente que suas presas viessem como ratos para a ratoeira. Encurralados, eles iriam reagir, mas isso já era de se imaginar. Um perfeito assassino aguardaria, esperaria o momento certo para o ataque, e assim ele faria.

***

Um celular toca incessantemente em meio à agitação da Delegacia de Homicídios. O jovem detetive Joaquim corre para atendê-lo. Na mesa ao lado, o detetive Ricardo Benevites vê seu aprendiz cochichar ao telefone. O jovem percebe que está sendo observado e se retira, tentando disfarçar, mas é evidente sua inexperiência na arte da atuação. Fato sem a menor importância, pelo menos agora.

Esse era o momento que Benevites aguardava. Rapidamente pegou seus pertences e saiu. No estacionamento da DH, entrou em sua viatura e, mantendo os faróis apagados, deu a partida no motor e saiu. Observou pelo retrovisor Joaquim parado à porta da delegacia, ainda ao celular e observando a viatura se afastar, mas não se preocupou. Queria apenas a privacidade dos velhos tempos. Essa investigação seria sua, sem nenhuma interferência externa.

Não demorou e já estava num beco escuro no qual deixou o carro para seguir a pé. Mas antes deveria mudar um pouco o visual. Começou tirando o paletó. Depois abriu os três primeiros botões da blusa azul-claro que usava e completou dobrando as mangas até a altura dos cotovelos. Ainda assim não se sentiu bem. Parecia faltar alguma coisa. Olhou para o retrovisor e bagunçou um pouco o cabelo, buscando um ar mais despojado.

Durante o trecho que seguiu a pé, tentou calibrar seu modo de andar para o mais próximo possível dos malandros que via pelas delegacias. Em pouco tempo estava diante do letreiro parcialmente aceso que dizia: Garagen's.

— *Será que encontrarei algo de concreto? Ou seria apenas um trote?* — perguntava-se todo o tempo.

Se for um trote, será o melhor que já viu. E neste fazia questão de embarcar, por mais que não lhe rendesse frutos.

Entrando no bar, seus tímpanos logo se incomodaram com o som alto e, a seu ver, muito embaralhado. Uma mistura de guitarras com bateria num vocal gritado.

— *Como alguém poderia gostar daquilo?*

Certo de que o local não passava nem perto dos lugares que gostava de frequentar, tentava parecer à vontade em meio àquele bando de bêbados e drogados. Se resolvesse revelar sua identidade, talvez tivesse que prender todos os frequentadores do bar.

Continuando sua análise, mais uma vez balançou a cabeça negativamente. Não gostava das músicas, das pessoas e nem da iluminação. Na verdade, nada lhe agradava naquele local. Porém, caminhou mantendo o estilo malandro de andar e sentou-se ao balcão. À sua volta, as pessoas o olhavam, pois o tipo escolhido como disfarce não equivalia à *vibe* do Garagen's.

— Boa noite, o que vai querer? — indagou o balconista.

— Boa noite. Um chope, por favor.

— Escuro ou claro?

— Escuro.

Benevites analisava o ambiente calmamente. Cada detalhe e cada rosto eram catalogados em sua experimentada memória. Tentava achar faces suspeitas, tarefa extremamente difícil num local com tantas expressões carrancudas. Como já havia analisado, todos seriam delinquentes em potencial a seu ver.

— Prontinho — disse o balconista ao servi-lo.

— Obrigado. E é sempre cheio assim? — aproveitou Benevites.

— Não sei — disse sorrindo. — É meu primeiro dia — completou o rapaz.

— Ah sim! — disse o detetive.

— Aquele outro trabalha aqui há muito tempo?

— Sim, acho que sim, mas não sei quanto tempo ao certo.

Benevites percebeu que o jovem não forneceria nada de interessante. Para isso teria que chegar ao outro balconista. Tarefa um tanto difícil, pois este zanzava de um lado para outro ininterruptamente.

Aguardando o momento certo, o detetive deixou apenas um dedo de chope no fundo da caneca e, quando o outro atendente passou por ele, aproveitou a chance.

– Ei! Mais um, por favor.

O garçom confirmou o pedido sem se aproximar, e assim o plano B foi posto em prática.

– EI! – berrou demonstrando insatisfação.

– O que houve, amigo? – indagou o atendente.

– Você é o mais antigo aqui? – disse baixando o tom.

– Sim, por quê?

– Por favor, mais gelado. O último estava igual a um chá da tarde – finalizou com uma piscadela de olhos.

– Certo, vou providenciar.

Em seguida, o homem estava de volta com uma caneca de chope.

– Veja se está legal? – disse erguendo as sobrancelhas como quem diz: "Reclame agora!".

Sequer havia argumentos diante daquela gélida caneca cor de neve: o chope estava espetacular, e Benevites sorriu buscando alguma saída para o prosseguimento do assunto.

– Sem comentários, meu rapaz. Aí, qual seu nome?

– Carlos.

– Valeu, Carlos, você é demais – disse erguendo o polegar.

Carlos deu um sorriso sem graça, e em seguida uma expressão fechada e cansada voltou ao seu semblante. Percebia-se que não estava bem. Talvez fosse amigo da vítima. E por um instante o detetive se pôs a pensar.

– *Claro, Carlos* – pensou dando um soco no balcão. – *Como não lembrei antes? Este é o nome da pessoa que identificou o corpo de Viviane. E que saiu antes que eu chegasse. O principiante do Joaquim sequer pegou os dados dele.*

Para quem não tinha muita coisa, até que a noite estava começando a valer a pena. E por enquanto deixaria o homem em paz. Já estava um tanto enclausurado em sua perda, e não o maltrataria mais. Por enquanto.

O foco voltou para o salão, onde várias pessoas bebiam, cantavam e dançavam. Seu faro dizia que o lugar ainda iria lhe fornecer boas respostas. Talvez não naquela noite, mas ainda sim ficaria por ali, conhecendo melhor o ambiente e seus frequentadores, enquanto outra questão lhe tirava do sério.

– *Quem seria o autor da misteriosa ligação? Estaria no meio daquelas pessoas?*

Se estivesse, seria uma questão de tempo até que se denunciasse. Em algum instante iria se desconcentrar e é nesta hora que seria abordado. Encontrá-lo seria uma conquista e tanto. Promoveria um interrogatório que, com certeza, o levaria a dezenas de questões até o momento sem explicação. Mas enquanto o assassino não se revelava...

– *Que venham outras rodadas de chope* – pensou enquanto virava aquele líquido gelado na garganta.

※ ※ ※

A espera foi longa, mas pacientemente apreciada. Um tempo bem utilizado. Tempo no qual vislumbrou dezenas de modos de extinguir suas vítimas. Teria de ser rápido e impiedoso, ou a vara poderia debandar. E não era de seu feitio deixar testemunhas. Não era do tipo anistiador, pois essa coisa de remissão de pecados era coisa para redentores.

O momento do abate se aproximava, e a ansiedade tomava conta de seu ser. Já conseguia ouvir os porcos se despedindo. Pela quantidade de vozes e gargalhadas, estimou que havia pelo menos umas trinta pessoas lá dentro. E exterminá-las dentro do chiqueiro seria a decisão mais acertada, pois até que outros porcos dessem falta de seus semelhantes, seria tarde.

Planou tranquilamente para a entrada da espelunca, onde retomou sua forma humana. Certificou-se de que sua adaga ainda estava na cintura, sob a camisa, e deu uma última espiada ao redor, obtendo a certeza de que estava sozinho e de que o showtime poderia começar sem interrupções.

Entrou escancarando a porta e parou a cerca de dois passos depois de atravessá-la. As pessoas ficaram olhando de forma ofensiva, prontas para avançar. Praticamente todos se puseram de pé encarando o indesejado e misterioso visitante.

– Alguém te convidou, moleque? – indagou um obeso e mal-encarado.

– Vocês insistem nessa definição. "Moleque". Odeio esse termo.

– É isso mesmo, seu moleque sem educação. Não te ensinaram a entrar somente quando for convidado?

– Como assim, convidado? Para a minha própria festa? Eu sou o anfitrião. Eu dito as regras – polemizou.

– Regras? Acho bom ir antes que se machuque.

Os homens começaram a pegar o que viam pela frente para partir para a briga, a grande maioria armados com tacos de sinuca, garrafas e cadeiras, quando um deles sacou uma arma.

– Saiam da frente, saiam logo. O que pensa que está fazendo aqui, seu abusado dos infernos?

O homem seguiu até uns cinco metros de Luos e apontou a arma em sua direção. Luos não pareceu se intimidar. Deu um sorriso debochado e a porta bateu atrás dele. Em seguida, as luzes começaram a piscar, diminuindo e aumentando a iluminação como um *dimmer* enlouquecido. As expressões passaram do status de ofensivas para apreensiva em questão de segundos. Alguns recuaram lentamente.

— O que é isso? Que droga é essa? — dizia o homem que apontava a arma para Luos.

E todas as luzes estouraram simultaneamente, trazendo a escuridão plena ao local. Em meio ao negrume, apenas os assustados cochichos e as respirações ofegantes eram audíveis. Todos estavam com medo, apesar de alguns ainda insistirem na falsa valentia. Os olhares buscavam o misterioso jovem em meio ao negro véu.

— Apareça. Brigue como um homem — desafiava.

— Por que faria isso? Eu sequer estou armado como vocês.

— Eu brigo com você não mão, vem? — desafiava tentando ganhar tempo para localizá-lo.

Mas a cada resposta do mestiço, sua voz ecoava de uma locação diferente.

— Está com medo, é? — insistia o homem.

— Não sou um moleque? É isso que os moleques fazem. Uma típica molecagem, não acha? — disse sorrindo ameaçadoramente.

— Pare com a palhaçada, garoto! Isso não tem graça.

Luos continuou a sorrir de forma acometida. Seu sorriso ecoava em meio à escuridão, assombrando ainda mais os residentes.

— Você tem certeza do que está fazendo, garoto? Iremos achá-lo e massacrá-lo.

O homem apontava a arma, tentando localizar o jovem. Tentava mantê-lo falando para que pudesse acertar um balaço em seu dorso, findando com o levado garoto que lhes pregava aquela peça de mau gosto.

— Vamos lá, rapaz. Apareça!

— Seu desejo é uma ordem.

Em seguida, uma faísca brotou em meio à escuridão e espalhou pequenos feixes de luz pelo ambiente. Um imediato flamejar fez brotar suas asas e chifres. Em sua mão, uma pequena chama se manteve acesa, criando uma penumbra que era suficiente para que as pessoas o vissem. Olhares aterrorizados e gritos ecoantes irromperam na até então silenciosa noite.

Cerrando o punho, as chamas extinguiram-se. A escuridão retornou ao lugar e as pessoas desesperadamente correram em direção à saída e, consequentemente, em direção à morte.

Os gritos ressoavam em meio à escuridão, conforme Luos avançava sobre suas presas. Sentia o calor do sangue de suas vítimas esguichar enquanto as golpeava com a adaga. Uma manada totalmente desorientada tentando fugir inutilmente. Uma luta cega contra um inimigo forte e astuto. Uma batalha que não poderiam vencer.

O homem armado disparou seguidamente, produzindo *flashes* que demonstravam a atual desordem. Outras armas surgiram, produzindo *flashes* que evidenciavam, como em um filme em *slow motion*, o jovem cortando gargantas e perfurando a carne daqueles infelizes. Os disparos desconjuntados acertavam uns aos outros. O caos estava armado, e o massacre prosseguia rápido e eficientemente mortal.

Não demorou muito e a carnificina havia chegado ao fim. Luos sentia seus braços em ruínas e uma mistura de cansaço e excitação. Seu corpo estava ensopado pelo sangue dos inimigos. Uma glória vivida por poucos. Aos seus pés, dezenas de cadáveres. Pessoas que não tiveram a chance de se defender, e que também não mereciam a defesa.

Estava feito. A isca para os celestiais fora lançada, e a primeira oferenda de sangue foi dada a Zeobator. Ele, que desejava tanto que o aprendizado de Luos fosse posto em prática, se sentiria satisfeito. Ali estava um trabalho único. Uma perfeita obra de arte do caos, com um enredo tradicional, mas com traços inovadores, desse novo talento da carnificina moderna.

Caminhando sobre os corpos, dirigiu-se à saída. Certificou-se de ter trancado bem a porta, para que ninguém incomodasse o sono eterno daqueles mesquinhos.

De volta às ruas, num forte bater de asas, se pôs novamente a voar. Planou por alguns minutos sobre a cidade. Ainda estava em estado de euforia pelo sucesso da caçada, mas já em dose reduzida. Lá do alto, observava as luzes da cidade enquanto pensava em seu próximo passo, até que avistou o lago do parque. O reflexo da lua sobre o espelho d'água era extremamente exuberante e desviou a atenção de seus planos por alguns momentos. Lamentava-se por não ter proporcionado a Viviane a oportunidade de admirar aquela magnífica beleza, e tantas outras que poderiam descobrir juntos. Mas como prometera a si mesmo enquanto ouvia Zeobator falar sobre sua mãe, não se lamentaria mais, ou pelo menos tentaria fazê-lo o mínimo possível.

Pensando em esfriar as ideias, a beleza do lago se tornou bastante convidativa. Também seria um lugar excelente para livrar-se daquele sangue impuro que o cobria dos pés à cabeça. Iniciou um voo descendente em direção à água, fazendo manobras em espiral, e a poucos metros do espelho d'água retornou à forma humana, executando um belo mergulho.

Banhou-se ali por cerca de dez minutos enquanto contemplava o estrelado manto negro sobre sua cabeça. O frescor da água acalmou seus nervos, mas não espantou as lembranças dos detalhes mais sórdidos do massacre. Lembrava-se de cada expressão que antecedeu o golpe de misericórdia e de cada súplica por compaixão. Também se lembrava de cada oração pedindo perdão. Achava infinitamente intrigante como os humanos chamavam por Deus e imploravam seu perdão quando chegava a hora da morte, mesmo depois de tudo o que fizeram em vida. Contudo, isso não era importante, pois estes haviam sido escolhidos por ele.

O Príncipe Negro. O representante maior das trevas habitando este plano. O Expresso da Morte, como Zeobator costumava dizer. E sua sentença era matar.

Com o corpo livre daquelas impurezas, seguiu a pé para casa. A caminhada durou cerca de duas horas. E por volta das três e meia da manhã, entrou em sua rua. Olhou ao redor e percebeu que algumas das poucas luminárias existentes haviam se apagado, deixando a rua ainda mais escura que o normal. E como isso não era impeditivo, à frente de sua casa algumas meninas ainda faziam plantão, e entre elas estavam Nádia e Raquel. As belas mulheres pareciam montar guarda a sua espera, e Nádia até dispensou um possível cliente ao ver Luos se aproximar. Já Raquel continuou sua conversa com um motoqueiro.

Passando em silêncio por elas, sentiu que ainda faltava algo para selar aquela noite e parou à entrada do prédio. Tratava-se de uma noite especial, e merecia algo a mais. Merecia um *grand finale*, e sabia exatamente como fazê-lo. Dali mesmo olhou lentamente para cada menina. Nádia logo percebeu o que ele buscava e adiantou-se em sua direção.

— Posso ajudá-lo? — disse, oferecendo-se.

Luos analisou-a dos pés à cabeça. Aquele vestido curto parecia flutuar sobre as curvas minuciosamente desenhadas e grandiosamente atrevidas.

— Sim, quero...

— Não prefere variar de cardápio? — interrompeu Raquel, enquanto era fuzilada pelo olhar de Nádia.

Luos apenas sorriu, e então foi fisgado por um deslumbrante sorriso que brotava por detrás de Nádia e Raquel. Uma belíssima jovem, praticamente uma menina, parecia se convidar para a festa. Aqueles olhos que o fitavam de uma forma timidamente sedutora o encantaram.

– Quem é aquela? – perguntou apontando para a jovem.

–Você não vai querer ela, é uma novata. Está começando aqui hoje – desdenhou Nádia.

– Qual o nome? – insistiu Luos.

– Bianca – disse Raquel por entre os dentes.

Luos acenou para a menina enquanto admirava seu angelical sorriso. A jovem hesitou por um instante, mas a insistência de Luos a fez ceder e se aproximar.

– Olá, Bianca, o que acha de subir comigo?

– Não sei se devo, já possui duas ao seu lado.

– Faço questão de sua presença. Afinal, hoje é seu primeiro dia aqui, seria uma honra que me concederia.

– Muito cavalheiro você. Gosta de encantar as meninas, não é?

– Não se iluda, menina, nem todos são assim – disse Raquel.

– Na verdade, Luos é um tipo raro – completou Nádia.

– Ótimo então! O novo e o raro, uma mistura e tanto. Sendo assim, vamos lá – disse conservando o seu belo sorriso.

–Vai preferir ela? – questionou Nádia, enquanto torcia o nariz para a citação bajuladora da novata.

Luos olhou as expressões incrédulas de Nádia e Raquel, e uma ideia um tanto luxuriosa lhe ocorreu.

– Não acredito que irá preferir uma novata? – resmungou Raquel.

– Não. Claro que não.

E as mulheres abriram um imenso sorriso, aguardando a definição dele, que em seguida as deixou de queixo caído.

– Por que escolher uma opção se pode ter todas?

As mulheres sorriram sem graça. A ideia de divisão não era o que imaginavam inicialmente. Nem o que mais agradava, mas era isso ou nada. Luos seguiu à frente, tomando Bianca pela cintura, enquanto era seguido de perto por Nádia e Raquel. E foi assim que os quatro subiram as escadas para uma noite que parecia prometer.

7

Mais problemas

O sol nasceu sobre a linha do horizonte, banhando a fresca manhã de inverno, com seu brilho acolhedor. Inverno este que fora dos mais amenos que já tinham ocorrido em Jardim dos Anjos. Ultimamente, as estações do ano já não são como antes. Faz frio no verão, calor no inverno, não há exatamente uma definição correta de estações. Alguns culpam o aquecimento global, mas na verdade trata-se do atual desequilíbrio em que o mundo se encontra.

Em seu apartamento, Luos dormia um sono pesado. Havia gastado muita energia na noite anterior, e precisava recuperá-la. Bem ao fundo, um som insistente o incomodava, mas suas pálpebras estavam demasiadamente pesadas. Talvez fosse um sonho, pois não esperava por ninguém. Entretanto, o insistente som não o deixava em paz. Cobriu a cabeça com o travesseiro, tentando ignorá-lo, até que sua paciência se esgotou, e ele se sentou na cama.

– Quem é? – perguntou enquanto esfregava os olhos.

– Sou eu, Vanessa. A Bianca está aí?

Luos desviou o olhar da porta por um instante, enquanto bufava para extravasar seu mau humor, quando se deu conta de Bianca deitada nua sob os lençóis rubros de sangue. A jovem estava morta bem ao seu lado, e sequer precisava ser um especialista para constatar as causas do falecimento. Ambos os pulsos possuíam um corte profundo.

Por um momento se esqueceu de Vanessa, e mesmo sem entender como isso acontecera bem ao seu lado, sem que percebesse, precisava agir.

– Luos! Ela ta aí ou não?

– Não! Ela já se foi. Deixe-me dormir – esbravejou para tentar finalizar o assunto.

Vanessa não voltou a incomodá-lo, e assim pôde averiguar melhor o acontecido. Observou atentamente o corpo da jovem, enquanto tentava resgatar lembranças da noite anterior. Bianca não demonstrava sinais de violência, o que o levava a cogitar a hipótese de um suicídio.

– *Mas por que uma jovem tão bonita e aparentemente tranquila faria tal coisa?*

Uma pergunta para a qual talvez só ela tivesse a resposta.

Sem saber o que fazer e sem se lembrar da noite anterior, optou por se livrar do corpo, antes que se complicasse com a polícia. Indisposição com que não tinha o intuito de lidar.

– Meu senhor – disse uma voz oculta.

– O que foi?

– O senhor precisa de algo? – ofereceu-se Abmeck, amaciando a voz.

– Diga, Abmeck, desde quando está aí? – indagou desconfiado.

– Como assim, senhor? – desconversou o diabrete.

– Acabou de chegar? – esbravejou.

– Sim, neste instante, meu senhor.

– Então faça algo de útil e livre-se deste corpo.

– Corpo? Que corpo? – disse subindo no armário, de onde pôde avistar Bianca sobre a cama.

– Meu senhor, agora está sacrificando suas fêmeas? – disse com um sorriso cínico.

– Não lhe devo satisfações. Quando voltar, não quero mais isso aqui.

– E como irei tirá-la?

– Essa é uma dificuldade sua. Mostre que não é só um bichinho de estimação e comece a ser útil de verdade. Agora, se for demais para você, diga-me e o mando de voltar a Zeobator.

– Não, meu senhor, não há necessidade.

– Assim espero.

– Meu senhor, e o que faço com sua adaga?

– Como assim?

– Esta aí debaixo da perna da moça.

Luos puxou a arma branca pelo cabo, e confirmou que ela havia sido usada para cortar os punhos da jovem.

– Nada – disse, limpando-a no lençol e colocando-a na cintura.

Luos sabia que Abmeck não possuía meios de tirá-la dali, mas esse seria o pretexto formidável para livrar-se do diabrete sem ouvir sermões de seu pai. Além do mais, com Abmeck ocupado, não seria vigiado.

O jovem vestiu-se rapidamente e saiu em busca de respostas. Havia muitas lembranças sobre aquela noite, mas nada depois de ter entrado no prédio. Partindo de tal premissa, apenas duas pessoas poderiam lhe fornecer informações sobre o acontecido. Se é que estas não estavam envolvidas.

Sem saber onde encontrar Nádia, seguiu em busca de Raquel. Lembrava-se vagamente de tê-la visto entrar num prédio a algumas quadras dali. E como na oportunidade ela não ostentava roupas no habitual padrão de seu uniforme noturno, pressupunha-se que estava entrando em casa.

Sendo assim, caminhou por algumas quadras e pediu informações para algumas pessoas. Observou construções e tentou lembrar-se de pontos de referência que o levassem ao prédio. Andou bastante, mas nem suas lembranças nem as informações obtidas na rua o levaram a Raquel. Por horas, seguiu esse roteiro de observar construções, pedir informações e forçar a memória. Num raio que beirou a um quilômetro no entorno da quadra onde morava, ninguém viu ou ouviu falar de uma Raquel com as características físicas descritas por ele. Tal repetição de insucessos fez sua vibrante determinação dar lugar a uma insuportável impaciência.

O Sol começou a se pôr e Luos percebeu que havia perdido parte de sua manhã e toda a tarde atrás de uma pessoa que provavelmente estaria em frente à sua casa naquele instante. Sua afobação em obter respostas havia custado um dia de aborrecimentos e um empenho desnecessário.

Retornando para casa, se deparou com algumas meninas batendo boca com dois homens mal-encarados na frente de seu prédio. E sorrateiramente se aproximou até ouvir o motivo da discussão. Parecia que os homens pediam dinheiro, uma espécie de tributo por trabalharem na área que supostamente seria deles. Quando notaram que não estavam sozinhos, cortaram o assunto e ficaram observando Luos.

Como não era de costume interferir no negócio das meninas, exceto quando se tratava de Yumi, seguiu em frente e cruzou com eles sem olhar para o lado. Já à porta de seu prédio, cerca de cinco metros depois de passar pelos cafetões, ouviu um grito. Observando por cima dos ombros, viu um dos homens agarrar os cabelos de uma das meninas e apontar-lhe uma arma para a cabeça. Luos respirou fundo. Naquele instante, pensou na prematura morte de Bianca e resolveu intervir em seu nome.

– Ei, vocês! Deixem-na em paz.

Os homens olharam para o jovem incrédulos. Surpresos pela petulância do rapaz.

– Não se meta, rapazinho. Isso não é da sua conta.

– Isso aí, segue teu caminho – disse o outro homem.

— Estou tentando, mas vocês não estão deixando — disse Luos, enquanto caminhava em direção aos homens.

Os cafetões largaram a mulher e foram em direção a Luos, que parou à espera deles. Estes o rodeavam com suas pistolas à mão. Caminhavam lentamente enquanto observavam o abusado jovem do topo à base.

— Você não parece estar armado, ou estou enganado?

— Se estivesse, você diria?

— Está certo, provavelmente não, mas nós iremos averiguar — disse apontando a pistola para a testa de Luos e destravando-a.

As meninas observavam apreensivas, sem nada poder fazer.

— Vamos, reviste-o.

— Não é necessário — disse Luos. — Minha arma está na sua mão.

O homem sorriu erguendo as sobrancelhas para seu amigo, em sinal de desdém. Distraiu-se por um instante e o ágil e providencial Luos girou o corpo, passando para as costas do homem que o ameaçava, e postou a adaga em sua garganta.

— O velho truque da distração? — disse o ameaçado. — Parabéns garoto, é mais esperto do que eu esperava.

— Não se trata de esperteza ou de truque, mas assim que te matar sua arma será minha. E a sua também — disse dirigindo-se ao outro cafetão.

— E aí você terá cumprido o que disse sobre minha arma ser sua? — zombou o ameaçado.

— Eu não me vangloriaria estando sob o fio de uma lâmina. Ainda mais em mãos tão habilidosas — disse rindo debochadamente. — Agora os dois vão colocar as armas no chão para ninguém se machucar. Pelo menos por enquanto.

— Você só pode estar brincando. Você está na minha mira, e está em desvantagem.

– Concorda com seu parceiro? – disse pressionando a adaga.

– Sim – respondeu com uma firmeza duvidosa.

– Que pena. É uma pessoa de fibra. Não traiu seu amigo mesmo diante da morte.

O homem tentava manter-se firme, contudo seu medo era evidente. À sua frente via seu comparsa com o olhar fixo no alvo, e em sua garganta, aquela fria lâmina pressionando. Podia senti-la ferindo sua pele levemente.

Luos continuava protegendo sua cabeça, usando a de seu refém como escudo. Desviou seu olhar por um instante e encontrou o que buscava.

– Venha comigo.

O mestiço começou a andar lentamente para trás, trazendo seu refém consigo.

– Fique parado! – ordenou o homem armado.

Mas o garoto não obedeceu.

– Parado, agora! – berrou o homem.

E Luos deu seus últimos passos para trás, onde a sombra das reentrâncias das construções cobriu-o com seu negro manto.

– E agora? Vai atirar? – zombou.

– Solte-o!

– Se o quer tanto, pegue-o.

Luos empurrou o refém para frente ao mesmo tempo em que forçou sua adaga para cortar-lhe a garganta.

O homem cambaleou para frente enquanto o sangue jorrava de seu pescoço, e caiu de joelhos. As meninas gritaram diante da cena e cobriram os olhos. O comparsa se desesperou e começou a atirar contra a escuridão. Seus olhos agitados buscavam algum movimento, quando vislumbrou a arma do amigo próximo à fronteira entre a luz e a escuridão.

– Eu sei no que está pensando – brotou a voz da escuridão.

– Desgraçado! Eu vou acabar com você!

O homem furioso correu em direção à arma, e quando ia tocá--la, uma adaga cortou o ar num voo preciso e cravou-se em sua mão. O homem ajoelhou-se urrando de dor. Mal ergueu a cabeça e um chute acertou sua face. Era o fim da linha. Estava caído diante de seu oponente, com uma adaga cravada na mão, o nariz quebrado e uma pistola apontada para si. Ao seu lado, via seu amigo em seus últimos momentos, afogando-se em seu próprio sangue, agonizando sem que ele pudesse fazer nada. Viu sua presa virar seu predador com um sorriso da vitória estampado em sua face.

– Atire logo. Atire na cabeça. Será mais rápido.

– Seu desejo é uma ordem – e assim a arma disparou.

As meninas assistiram a tudo e estavam em estado de choque. Não eram acostumadas com essas cenas. E sequer puderam se aproximar de Luos e dos cadáveres.

– Cancelem o expediente de hoje. Vão embora antes que a polícia apareça e avisem as outras para não virem também.

As garotas não questionaram e saíram o mais rápido que puderam dali.

– Se virem Raquel ou Nádia, digam que preciso falar com elas. E não contem nada sobre o que viram aqui.

As meninas assentiram com a cabeça e correram para longe. Luos recolheu sua adaga e foi para seu apartamento. Daria a Abmeck mais uma tarefa que ele não seria capaz de cumprir.

Chegando ao apartamento, abriu a porta e vislumbrou sua cama com lençóis limpos, e nem sinal de Bianca.

– Abmeck? Abmeck? – chamava sem respostas.

– Abmeck?

– Onde será que esse miserável se meteu? – resmungou.

O som de palmas batidas lentamente em sinal de zombaria ecoou.

– Parabéns, irmãozinho.

Por um instante Luos duvidou que fosse aquilo, mas mesmo incrédulo de tal possibilidade, indagou:

— Baullor?

— Sim, vejo que ainda se lembra de mim. Achei que havia se esquecido da família.

Um homem alto, de quase dois metros, pele avermelhada e chifres proeminentes apareceu bem em frente a Luos. Em suas costas era visível o par de asas recolhido. Era seu irmão por parte de pai. Baullor, um demônio vil e impiedoso.

— Não, eu não me esqueci. Apesar de querer muito, vocês não me deixam.

— Que coisa feia de se dizer para uma visita.

— O que quer aqui, Baullor? Diga logo e suma.

— Nada. Apenas visitá-lo, não posso?

— Não, não pode!

— Em todo caso, percebi que papai investiu em você de forma correta. Foi muito legal o jeito como acabou com aqueles dois lá em baixo. Nada brilhante, porém eficaz.

— Foi necessário — argumentou.

— Realmente, foi necessário para alimentar seu ego.

— Não se trata de ego. Trata-se de...

— Sede! Sede de sangue, fome de matança. Matar nos faz bem, é assim que somos, meu irmão. Assassinos. Somos os enviados das trevas que irão limpar as ruas. Somos o empurrãozinho para que os que estejam em cima do muro juntem-se a nós.

— Não estou aqui para isso. Não vim recrutar soldados, Baullor. Vim executá-los, assim como farei com os celestiais.

— Fará? Acho que Zeobator não acredita muito nisso, ou talvez eu não estivesse aqui.

— Não me encha com suas baboseiras. Preciso encontrar Abmeck, tenho um trabalho para ele.

– Limpar sua sujeira lá em baixo? – disse apontando para a porta. – Não se preocupe, já providenciei isso.

Luos não acreditou e saiu no corredor de seu andar, dirigindo-se à janela que dava visão para a rua. De lá observou a rua vazia, sem corpos ou curiosos.

– Já disse, maninho, estou aqui para ajudar – disse Baullor às suas costas.

Luos olhou-o sem entender suas reais intenções, e limitou-se ao silêncio.

– Bom. Acho que já chega por hoje. É hora de ir, já deu para matar as saudades. Até breve, irmãozinho.

Luos mantinha-se quieto. Franzia o cenho demonstrando sua insatisfação com a visita surpresa, e assim assistia ao irmão desaparecer nas sombras, quando ouviu um ruído embaixo da cama.

Aproximou-se furtivamente, mantendo a adaga em punho, e foi então que viu Abmeck limpando as últimas manchas de sangue do chão.

– Onde estava?

– Ai! – berrou de susto. – Assustou-me, senhor.

– Onde você foi, Abmeck?

– Eu? Fui a... Fui conseguir um pano limpo e material para finalizar minha tarefa.

– E o que fez com a Bianca?

– Dei um fim no corpo. Não foi o que ordenou?

– Sim.

– Sabia que Baullor estava aqui?

– Baullor? Aqui? Onde? E como ele passou para cá? Possessão?

– Não, passou em carne e osso. Sei que demônios do seu nível não têm permissão, e é exatamente isso que preciso descobrir. Como e por que ele esteve aqui? Como fez a transição física e não apenas de sua alma.

– Meu senhor, pelo visto isso não é somente um privilégio seu.

– E é isso que me preocupa.

– É provável que Zeobator saiba. Pergunte a ele.

– Não. É melhor que eu descubra por meus próprios meios.

Luos ouviu passos pelo corredor. Alguém se aproximava.

– Esconda-se, Abmeck, rápido.

O diabrete se enfiou novamente embaixo da cama. Em seguida, Raquel surgiu à porta.

– Queria falar comigo?

– Sim, obrigado por vir.

– Teremos uma festa particular hoje? – interrompeu.

Por um momento Luos iria negar. Contudo deixou que ela entrasse, talvez assim obtivesse informações de um modo mais natural.

– Entre e tranque a porta. Hoje seremos apenas nós dois.

– Ótimo! Achei que esse dia nunca fosse chegar.

A morena tirou as alças de seu vestido, deixando-o cair. E foi como um animal faminto para cima de Luos.

A dupla se amou ardentemente, e sempre que possível Luos tentava extrair algo sobre a noite anterior. Enquanto a morena insaciável usava de todos os artifícios para conquistá-lo.

Por fim, conversaram um pouco antes que resolvessem dormir. Nesse bate-papo, descobriu que ela e Nádia foram embora, e que Luos havia pedido para Bianca ficar. A morena disse que ficara chateada, mas que talvez o perdoasse se tivessem outras noites como aquela, sem dividi-lo com ninguém. Conversaram mais um pouco sobre diversos assuntos, e quando Raquel tocou no nome de Yumi, Luos se aborreceu. A moça pediu desculpas, prometendo não tocar mais no passado, e o abraçou. Mesmo contrariado, o jovem aceitou o abraço, e assim o casal adormeceu.

8

Juntando as peças

— Luos! Abra a porta, rápido — disse uma pessoa, batendo à porta.

— Eu sei que você está aí. Abra logo!

O rapaz, ainda sonolento, questionou com a voz embargada:

— Quem é?

— Sou eu, Nádia. Abra logo...

Luos abriu a porta e Nádia o agarrou pelo braço.

— Venha. Precisa ver uma coisa — disse a mulher, pálida.

— O quê, garota? — indagou, enquanto era arrastado pelo corredor trajando apenas um short de dormir.

No corredor, Luos observou uma corda presa à armação da janela que dava acesso à rua. Não queria sequer cogitar o que aquilo significava. Desvencilhou-se de Nádia e seguiu em direção à janela. Analisando o local, observou respingos de sangue que escorriam pelo peitoril e findavam numa poça próxima à janela.

Respirou fundo. Já imaginava o que viria a seguir. Olhou para Nádia e engoliu a seco. Sentia um pesar em seus ombros. Aproximando-se da janela, sua mórbida especulação concretizou-se. Havia um corpo pendurado na corda.

Luos puxou a corda, içando o cadáver. Ao trazê-lo para dentro do corredor, identificou Raquel, sem vida em seus braços. Seus pulsos exibiam cortes semelhantes aos de Bianca, e seu pescoço tinha as marcas da corda. Mais uma vez havia acontecido, e como antes, nada percebeu.

— *Como isso era possível?* — questionava-se.

Estariam armando contra ele, só poderia ser isso. E depois da visita de ontem, ficava fácil imaginar quem estava por de trás disso.

— O que vamos fazer com ela? — perguntou Nádia.

— Não sei. Agora vá. Vá para casa e não fale com ninguém. Deixe que eu me encarrego do resto.

— Mas, Luos...

— Vá! Ande logo!

Nádia obedeceu e foi embora. Luos correu até o quarto, vestiu-se de jeans e blusa de malha e pegou o lençol de sua cama, juntamente com sua adaga, que desta vez estava limpa em cima do armário. Voltando ao corredor, cortou a corda e embrulhou a mulher no lençol. Olhou pela janela e viu Nádia andando rápido pela rua, sem olhar para trás. Um relâmpago cortou o céu, anunciando a chegada da chuva. Iria aproveitar as nuvens negras para se camuflar.

Luos pegou o corpo de Raquel e lançou-se pela janela, abrindo as asas que em seguida o impulsionaram para o céu. Em sua cabeça, analisava como Baullor teria entrado e saído de seus aposentos sem que percebesse. Logo ele que sempre esteve de prontidão e se vangloriava de sua percepção, e esta em nada o ajudara. Era difícil acreditar, mas era a única explicação plausível no momento.

Deixando de lado as especulações, tinha que pensar num local para o corpo de Raquel, e ainda desviar-se dos raios fatalmente perigos. Em sã consciência, ninguém tentaria executar tal voo, mas Luos não queria arriscar ser visto e os trovões já estavam diminuindo gradativamente, para sua sorte.

Assim, voou por alguns minutos até avistar uma rodovia. Sobrevoando a via, tentou se afastar do trecho urbano, e assim acabou optando por um ponto próximo a algumas árvores e arbustos, cerca de dois quilômetros afastados da povoação.

Pousando no local escolhido, distanciou-se um pouco do acostamento, o suficiente para que a moça não fosse encontrada. A chuva intensa e o pequeno fluxo de veículos colaboraram para que passasse despercebido. Ainda hesitante, deixou carinhosamente o corpo da mulher no chão. Por um instante se viu colocando Viviane ali, mas era apenas sua imaginação, encarregando-se de cutucar essa dolorosa ferida. Não que o momento que estava vivendo não o incomodasse, porém Raquel definitivamente não era uma de suas preferidas. Mesmo assim, merecia o mínimo de respeito. Ainda com os pensamentos viajando entre o real e a ficção, Luos viu novamente o rosto de Viviane. E tentando evitar tais lembranças, abreviou a despedida a Raquel, desejando-lhe paz em seu descanso, e em seguida alçou voo.

Enquanto cortava os céus, refletiu sobre maneiras de retirar seu meio-irmão do caminho. Pensava sobre quanto tempo este estava entre os homens, e chegou a cogitar um possível envolvimento de Baullor na morte de Viviane. Era uma lógica simples: Zeobator ordenara a Baullor que eliminasse qualquer coisa que desvirtuasse Luos de seu caminho. Até porque tal eliminação não só findaria com possíveis deturpações de comportamento como o castigaria e o faria sofrer, colocando sua fúria à prova e, consequentemente, induzindo-o a planejar vinganças e matanças por conta própria, agir por impulsos caóticos, como fizera com os motoqueiros, que agora lhe pareciam inocentes.

Sendo assim, decidiu que, quando voltasse ao apartamento, convocaria seus servos para uma reunião urgente. Todavia, esses planos foram por água abaixo, logo que avistou seu prédio. Bem em frente à portaria estava parada uma viatura da polícia, e voltar para casa talvez não fosse a melhor ideia.

– *Será que eles iriam revistar seu apartamento?* – pensou.

Esse era um risco que não podia correr. Não se quisesse salvar algum pertence. E mesmo que não possuísse objetos de valor, achava que deveria checar.

Voando em círculos sobre a rua, aguardou o melhor momento para investir. Lá embaixo, os policiais conversavam com duas meninas, e quando se dirigiram para a entrada do prédio, Luos iniciou sua ousada manobra. Sem poder desperdiçar a chance, mergulhou direcionando-se para a janela, enquanto observava uma das meninas ainda parada à porta, conversando com os policiais encobertos pelo beiral do prédio. A velocidade com a qual a janela crescia à sua frente era colossal. E quando percebeu que não poderia cruzá-la em sua forma original, mesmo recolhendo suas asas, teve de optar por uma última e desesperada alternativa. Abdicando de sua forma abissal, Luos cruzou pela janela como um "homem-bala" que cruza um anel de fogo, aterrissando bruscamente sobre o velho assoalho de madeira e provocando um enorme estrondo.

Os policiais imediatamente se alarmaram com o estrondo e subiram as escadas o mais rápido que puderam em busca da origem do barulho.

Luos havia ralado os cotovelos, os joelhos e parte da costela. Sentia muitas dores. E levantando-se com dificuldade dirigiu-se imediatamente ao seu apartamento. Revirou suas coisas rapidamente, em busca de algo que lhe interessasse. Bagunçou gavetas e o armário, até que agarrou sua jaqueta favorita e as pistolas que pegara de suas vítimas. Caminhou até a porta, ainda mancando um pouco, quando entendeu o porquê de seu sexto sentido tê-lo feito realizar aquele grotesco pouso. Estava deixando para trás o tão precioso diário. Talvez este fosse o único objeto de valor que tivera e não o deixaria. Correu até o seu esconderijo e, com ele em mãos, deslocou-se o mais rápido que pôde para a janela do corredor. Chegando à metade do percurso, foi surpreendido.

– Parado! – gritou o policial.

Mas Luos não obedeceu e jogou-se pela janela, deixando uma das pistolas cair no corredor. O policial correu em sua direção, mas nem sinal do suspeito.

– Merda! – esbravejou.

– Acalme-se, detetive, não tem ninguém – disse seu parceiro ao se aproximar.

– Acalmar-me? Já não sou mais o mesmo Joaquim. Não sou mais.

– O que é isso? – disse apontando para a pistola no chão.

– Ele deixou cair.

– Ele quem? Realmente tinha alguém aqui?

– Claro que sim. Acha que estou surtando?

– Não quis dizer isso.

– Mas foi o que fez. Não estou ficando louco, apenas lento.

– *Eu acho...* – pensou Benevites.

– O que é isso, Benevites? Você é um excelente detetive. Um verdadeiro exemplo para nós iniciantes.

– Não quero servir de exemplo só para iniciantes.

– Foi um elogio.

– Sem elogios... Vamos ao trabalho! Comece catalogando esta prova – disse, dirigindo-se à pistola.

Os agentes da lei revistaram o apartamento. E durante o trabalho, Benevites não conseguia tirar da cabeça aquele jovem se lançando pela janela sem deixar rastros.

– *Será que estou ficando louco, algum delírio devido à idade avançada?*

Não! Nem era tão velho assim. Estava no melhor de sua profissão. Gozando de sua magnífica experiência, e de seu faro apurado. E mesmo assim não entendia o que acontecera, sua experiência de nada servia diante desses acontecimentos.

– Benevites! Olhe isso.

Joaquim entregou um bilhete a Benevites, onde se lia em letras apressadas a seguinte frase: "rua da Liberdade, 25 – Ap. 403".

Enfim algo de concreto que ligava o misterioso jovem suicida à vítima. Algo que pudesse usar para investir de vez contra o seu, a partir de agora, maior suspeito.

De volta ao DP, Benevites digitalizou o bilhete e o encaminhou para o arquivo do caso. Já a pistola seguiu para o teste de balística, que iria confirmar se os projéteis encontrados na rua do suspeito foram realmente disparados com aquela arma.

– Detetive! – gritou Joaquim.

– O que foi?

– Acabaram de encontrar quatro corpos – disse com voz inquieta.

– Quatro? E você fica eufórico assim? – desdenhou.

– Isso porque você não sabe onde encontraram.

– Sem rodeios, Joaquim – esbravejou.

– No mesmo local onde encontramos Viviane. Coincidência?

– Duvido. Em todo caso, vamos logo. Temos que chegar antes dos peritos ou não pegaremos a cena em sua verdadeira configuração.

Alguns minutos depois, os detetives estavam na suposta cena do crime. Três patrulhas faziam cerco no local, mantendo o perímetro seguro enquanto aguardavam a chegada dos peritos.

Benevites, logo que desceu do carro, foi saudado pelo tenente responsável pela operação.

— Boa tarde, Benevites.

— Boa tarde, Rocha — disse apertando a mão do policial. — O que temos aqui, tenente?

— Detetive. Não me comprometa. Sabe que a prioridade é dos peritos.

— E quando foi que eu te comprometi, tenente? Nos conhecemos desde antes do senhor pensar em entrar na corporação.

— Eu sei, detetive, mas os dias são outros.

— Vamos lá, só vou dar uma olhadinha. Acompanhe-me e verá que não vou mexer em nada.

— Ricardo Benevites! Você não desiste. Vamos lá, mas seja rápido.

— Serei — disse, acenando com a cabeça para que Joaquim o acompanhasse.

— O que temos aqui, Rocha? — disse enquanto caminhavam em direção aos corpos.

— Bom, temos duas mulheres e dois homens. Óbito de no máximo 48 horas.

— Talvez. A chuva pode enganar um pouco.

— Venha. Temos uma logo ali.

Benevites coloca suas luvas e se aproxima do corpo.

— Afaste-se! Não mexa aí.— ecoou uma familiar e desagradável voz.

— Wilson Cervantes! O que o traz aqui? — indagou Benevites enquanto franzia o cenho.

— Esse caso é meu, Benevites. É mais uma da gangue das facas.

— Gangue das facas? O que seria isso, companheiro?

— Um grupo de maníacos amantes de armas brancas. Venho seguindo eles desde o massacre do motoclube.

— Bom, não temos somente óbitos com facas aqui. E esse caso também não é seu, detetive. Ainda não — disse Rocha.

– Como assim?

– Tenho ordens expressas para aguardar os peritos. Contudo, se quiser dar uma volta conosco, os levarei aos corpos, mas não toquem em nada, e andem com cuidado.

– Não está lidando com principiantes, tenente – disse Wilson.

Juntos, os detetives Benevites, Wilson e Joaquim acompanharam o tenente Rocha.

– Aí está a primeira vítima – disse, aproximando-se de uma jovem de pele branca e cachos negros.

– Vejamos... Mulher, aparentemente entre 18 e 22 anos, sem marcas de violência, exceto por profundos cortes nos pulsos – analisou Wilson.

Benevites ficou apenas observando ao redor do corpo, deixando que Wilson se vangloriasse, enquanto analisava os detalhes com maior rigor.

– *O que levaria o assassino a deixar suas vítimas no mesmo lugar? Ainda mais tão fácil de serem encontradas?*

Assassinos em série. Nunca entendeu o que os levava a fixar um ponto para a desova, deixando-os muito vulneráveis para a identificação do lugar. Talvez por isso ele fosse um detetive e não um assassino, pois se fosse, suas vítimas estariam a quilômetros umas das outras, o que dificultaria qualquer investigação, mas, para sua sorte, o assassino não era tão sagaz.

– *Será que algum psicopata estaria brincando com ele?*

Muitas questões brotavam em sua mente ao mesmo tempo. Mal conseguia eliminar uma possibilidade, e dezenas de outras borbulhavam em seus pensamentos.

– Detetive? Está bem? – questionou Rocha.

– Sim, estou. Vamos aos outros.

Os homens caminharam cerca de dez metros, e lá estavam mais dois corpos. Um possuía um violento corte na garganta. E o outro tinha três ferimentos. Uma perfuração por algum objeto pontiagudo que atravessou a mão direita. Nariz quebrado. E um ferimento à bala entre os olhos, que pelo estrago deixado, fora executado à queima-roupa.

Benevites manteve-se em silêncio, apenas analisando e fazendo suas anotações, enquanto seguia para o quarto e último corpo.

Esta última vítima era a que Benevites esperava encontrar em breve, mas não tão rápido. A jovem nua que, segundo uma denúncia anônima, estava pendurada na janela do sexto andar daquele prédio. O detetive observou o corpo e não entendeu o porquê do cuidado minucioso em envolver a vítima num lençol. E por que o corpo estava tão longe da pista, se comparado aos outros? Fatos que oscilavam da linha padrão traçada com as outras vítimas. Contudo, nada é fácil de entender quando se trata de um assassino em série, e este não seria diferente.

– Vamos, Joaquim. Já vi o que precisava.

Joaquim bateu suas últimas fotos, e confirmou estar pronto para partir.

– Obrigado, Rocha.

– Por nada, Benevites.

– Já vou indo também – disse Wilson. – Se possível, me mandaria estas fotos depois, Benevites?

– Claro, meu caro colega. Por que não?

– Por nada, Wilson. Me deve uma! – resmungou o tenente Rocha.

O arrogante detetive sequer olhou para trás. Deu de ombros e seguiu em direção a sua viatura.

Já sob o teto da delegacia de homicídios, Benevites refletia em sua mesa. Tentava unir as peças desse nefasto quebra-cabeça. O local onde encontraram os corpos, o lençol no corpo da última vítima, o bilhete com o endereço de Viviane e as estranhas ligações do misterioso informante.

— *Todas peças de um só jogo? Ou apenas iscas para ocultar algo maior?*
Em sua profissão, nem sempre o que vem fácil é o que é verdadeiro. Na maioria das vezes, o caminho mais estreito e sinuoso é o melhor a ser seguido. E mais uma vez o destino colocara uma bifurcação em seu caminho.

Tocou o telefone.

— Delegacia de Homicídios, Ricardo Benevites falando.

— Ricardo Benevites — disse uma voz familiar.— Muito bom falar com você. Sentiu minha falta? — indagou a mesma voz arrastada que lhe dera informações havia poucos dias.

— Só um pouquinho, e você? — zombou Benevites.

— Nenhuma. Não costumo dar crédito a quem não confia em mim. Entretanto, de algum modo simpatizei com você. Ainda não sei o porquê, mas simpatizei.

— Sério? Legal!

— *Rastreia a ligação* — sussurrou Benevites para um operador que passava à sua frente, enquanto tampava o fone.

— Pois é, detetive, mesmo com todas as pistas que te dei não pôde poupar as quatro vidas. Não pelos homens, estes fizeram por merecer. Mas as mulheres? Ainda mais nuas? Que maldade!

— O que quer desta vez?

— A doce Bianca... A belíssima Raquel. Não mereciam o fim que tiveram.

— Como sabe o nome das vítimas? — blefou.

— Sem blefes, detetive. Fala como se soubesse esses nomes. Conheço seu jogo.

— Meu jogo? Você que está jogando comigo.

— Se é o que acha.

— É o que acho, e eu não costumo perder.

— Que bom... A propósito, Benê, pergunte ao seu operador o que ele acabou de descobrir. — Benevites olhou para o operador que rabiscava algo velozmente num pedaço grande de papel. - Pode se surpreender.

Benevites esperava ansioso pelo operador, que ergueu um cartaz que exibia em letras grandes o número do ramal de Benevites como sendo a origem da misteriosa chamada. O detetive gelou instantaneamente e arregalou os olhos, quando repentinamente a ligação caiu.

9

O diário de Viviane

Luos vagou sem destino, batendo asas no céu mesclado por tons acinzentados. Como outrora, afundava-se em seus pensamentos. E novamente Viviane encabeçava a lista dos conflitos que jaziam em sua mente. Eram tantas imagens simultâneas, que sua cabeça estava a ponto de estourar. E agora, ainda tinha a polícia em seus calcanhares. Outro problema a ser resolvido.

Ainda confuso sobre suas prioridades, definiu que iria buscar um pouco de paz. Um local onde pudesse refletir um pouco, adiando por enquanto a reunião que tinha em mente. Pensou onde seria esse local de serenidade, e então, sua mente se confortou com a ideia de descansar junto aos que dormem eternamente. Assim, ficaria um pouco com sua querida Viviane.

Ao sobrevoar o campo santo do repouso eterno, Luos confirmou suas expectativas ao observar o cemitério completamente deserto. Pela quantidade de chuva que havia caído, seria difícil encontrar pessoas perambulando entre as tumbas.

Caminhando um pouco, buscou o sepulcro de sua venerada, e ao chegar inclinou-se reverenciando-o. Com toda cautela e respeito, acomodou-se sobre túmulo e pôs-se a refletir sobre seus próximos passos. Questionava-se sobre tudo que havia passado até então. Sobre todos os episódios macabros dirigidos por Zeobator. Todos os sofrimentos sem sentido. Talvez esta fosse a palavra-chave: "sentido".

— *Qual seria o meu? Qual seria o verdadeiro sentido da minha vida? Sou fruto dos opostos. Filho da luz e das trevas. Tenho que escolher em algum momento a quem seguir?*

Provavelmente, essa escolha já havia sido feita no momento em que fora afastado da luz.

— *Mas quem fez essa escolha? Meu pai? Minha mãe? Sou um rejeitado pela luz ou um escravo das trevas?*

Talvez nunca soubesse, mas tal escolha o fez ser o que é. Ou o forçou a ser o que é. Fez com que endurecesse e aprendesse a encarar sem medo os seus adversários, por mais impossível que fosse sua vitória. E por diversas vezes foi assim. Mas isso era passado, e precisava pensar no futuro, que por enquanto estava se monstrando um tanto quanto nebuloso.

Redirecionado os pensamentos, lembrou-se de seu passado mais recente. Das três jovens mulheres que perdera, e ainda não sabia por qual motivo. Tinha que começar a agir com mais afinco, e tentar achar de uma vez por todas os culpados, pois parecia que eliminar os motoqueiros não fora o suficiente.

— *Mas de quem ir atrás? Por onde começar?*

Sem ideia do que fazer, resolveu buscar algumas respostas na única coisa concreta que possuía no momento, o diário de Viviane. Atrás daquela capa marrom, poderia ler coisas que não deveria saber. Coisas que poderiam deixá-lo ainda mais abatido. Contudo, era o único passatempo naquela ocasião. E o único meio de obter alguma ideia de destino. Ao abrir o caderno, iniciou sua viagem aos pensamentos mais íntimos de sua amada.

Sinto-me só. Estou envolta numa nuvem de escuridão chamada solidão.

Minha vida há muito tem sido a mesma. Mesmo roteiro e mesma trilha sonora. Tudo se resume a casa-trabalho e trabalho-casa.

Não posso mais viver assim. Tenho que tomar uma atitude.
Se eu falasse com ele mudaria algo?
Talvez, mas não quero que o teto da rejeição desabe novamente sobre mim. Tenho medo.
Temo que ele se afaste. Esse é um risco que não posso correr.
É melhor vê-lo e não tê-lo do que não vê-lo nem tê-lo.

Quarta-feira – 01h29

❋ ❋ ❋

Hoje ele conversou comigo.
Não tivemos o contato que eu queria. Mas aquele negro olhar me penetrou a alma.
Sua boca me deixa desnorteada. Aquela voz soa como uma doce e relaxante melodia aos meus ouvidos.
Seus olhos penetram em minha alma. E seu corpo me deixa em chamas ardentes, chamas de um fogo eterno.
Assim me sinto nesses breves momentos, é pena não se perpetuarem, pois o dia seguinte vem, e as chamas eternas se transformam nas cinzas frias que minha vida se tornou.

Sexta-feira – 04h25

❋ ❋ ❋

O vazio dentro de mim cresce cada vez mais.
A angústia tem caminhado lado a lado comigo.
Acho que, se eu morresse hoje, ninguém daria falta.
Talvez fosse enterrada como uma indigente.

Ou talvez um simples enterro, para que meus companheiros de trabalho me vissem uma última vez.

Minha lápide teria pichações. E as únicas flores seriam as pétalas secas trazidas de outros túmulos pelo vento.

Sim. Posso até estar sendo dramática. Mas o drama seria o estilo perfeito para um roteiro sobre minha vida.

Um filme no qual tudo caminharia para o abismo.

Um filme de elenco pequeno. Uma atriz principal para fazer meu papel e um ator para o do Carlos. Todos os outros seriam figurantes na minha estória. Assim como eu sou nas deles.

Meu filme teria um orçamento ridículo. Só precisaria de três cenários. Meu trabalho, meu apartamento e minha cova.

Seria um daqueles no qual a atriz principal terminaria sem o seu final feliz.

Se é que já existiu algum outro assim.

Segunda-feira – 02h30

✻ ✻ ✻

Hoje percebi que ele me olha diferente.

O olhar dele e o seu modo de agir mudam na minha presença.

Acho que percebeu que olho para ele. Mesmo não dando bandeira.

Será que ele não percebe que eu o trato diferente?

Será que não sou o seu tipo ideal de mulher?

Nossa! São muitas questões sem respostas. Pior que estas, só minhas respostas para as perguntas que ele ainda não fez.

Sei tudo o que diria se ele me perguntasse.

Sinto-me uma adolescente às vezes, fico sonhando como uma delas. Será que aproveitei pouco da minha adolescência?

Talvez isso me faça ser assim. A adolescente que não tive oportunidade de ser.

Mãe! Como sinto sua falta. Por que me abandonaste tão cedo?

Quinta-feira – 05h02

❋ ❋ ❋

Mais um dia de tristeza. Um passo para frente e cinco para trás. Só vejo meu objetivo se afastar de mim.

Não tenho mais forças para lutar.

Dói muito. Meu coração está muito ferido.

Minha alma está em pedaços. E minha mente, nem se fala. Está em pane geral.

Ultimamente não sinto fome. Não tenho vontade de fazer nada. Só quero ficar deitada e escrever.

Escrever estas coisas me deixa mais leve. Por mais que ninguém leia, sinto como se estivesse contando a alguém, sinto como se a cada palavra um tostão dessa carga aliviasse o peso de minhas costas.

Minha vida está desmoronando. E o pior é que nem tenho mais minha querida mãe para me apoiar.

Estou um caco, ou melhor, sou o próprio.

Não durmo mais, não como mais. Não vivo mais.

Quarta-feira – 03h17

❋ ❋ ❋

Estou aqui novamente, abrindo-me para minha melhor amiga. Eu mesma.

Desta vez não é para falar dele ou de minha vida medíocre.

Hoje é para falar de como tenho sido injusta com os outros, principalmente com o Carlos.

Ele tomou a coragem que eu temia que tomasse.

Na saída do trabalho me segurou firme pelo braço e me beijou. Por alguns instantes eu me entreguei àquele beijo. Era algo intenso. Seus braços me puxaram contra seu corpo, e sua respiração acelerava.

Dava para sentir que ele ansiava por aquele momento.

Não tive coragem de empurrá-lo.

Por mais que não fosse o rosto dele que viesse à minha mente.

Quando ele acabou, olhava para mim como se estivesse me vendo pela primeira vez.

Seu olhar era sereno e puro assim como seu sentimento.

Sentimento que eu não podia corresponder.

Olhei séria para ele e disse a verdade.

Falei para não se iludir com aquele momento. Expliquei que gostava de outro.

E mesmo assim não se abalou. Manteve-se firme. Sua expressão era imutável. Sua alegria era maior do que qualquer coisa que eu dissesse naquela ocasião.

Ele me pediu outro beijo e não tive como negar, retribuí a ele com um selinho.

Depois disso, ele se foi. Caminhando em nuvens.

E eu me afundei ainda mais em minha tristeza.

Domingo – 13h51

❉ ❉ ❉

Outro dia, outro episódio deste martírio.

Esse amor mais parece uma utopia.

Acho que é assim que funcionam as drogas. Nós fazemos o uso de uma pequena porção, e depois ficamos num carrossel de deslumbramento. Viciados naquela substância, naquela sensação, naqueles instantes nos quais nos sentimos nas nuvens, somos os donos de tudo e de todos. Ou melhor, donos de algo.

Sexta-feira – 06h24

❋ ❋ ❋

Já estou ficando redundante. Sempre a mesma história, as mesmas reclamações, os mesmos desabafos. Acho que nem meu próprio diário me aguenta mais. E tentando dar um alívio para ele, fui à igreja me confessar. Disse ao padre tudo que estava sentindo e pensando. Ele ficou no mínimo assustado com tantas reclamações, tantos pensamentos pecaminosos.
 Disse que devo ter paciência, e que se for da vontade de Deus, irá acontecer em seu tempo. Acho que não posso esperar por isso, não novamente. Da última vez, a espera me custou caro. O padre também me passou dúzias e mais dúzias de orações. Como se elas fossem resolver meus problemas, e sei que não vão. Existe alguém que pode resolvê-los, mas este alguém me abandonou há algum tempo. E depois de tudo que disse dele quando minha mãe se foi, acho que jamais irá me pegar no colo novamente. Jamais irá me chamar de filha, assim como não tenho mais coragem de chamá-lo de Pai.

Domingo – 20h47

❋ ❋ ❋

Hoje eu levei um grande susto. Ao sair do trabalho fui seguida por alguém. Pude ver sua sombra desaparecer na escuridão. Fiquei muito assustada e comecei a correr. Olhava para trás e não via ninguém, mas ouvia seus passos. Eu corri o máximo que pude. Até que alguém me puxou para dentro de uma casa. Não pude ver seu rosto, mas pude sentir uma serenidade incomum acalentar minha alma. Senti-me protegida. Ele sussurrou em meu ouvido, dizendo que eu não temesse mal algum, e que estaria olhando por mim. Logo depois me soltou e desapareceu, deixando uma pluma branca no chão. Será que Deus resolveu olhar por mim? Será um anjo que o Senhor mandou para me proteger?

Segunda – 22h15

❊ ❊ ❊

Gostei tanto de hoje que estou escrevendo aqui no Garagen's mesmo, preciso compartilhar com alguém, e na ausência dessa pessoa, entra o meu diário.
Não sei como dizer, mas ele sorriu para mim como nunca havia sorrido antes. Senti-me presenteada com aquele lindo sorriso.
Também o ajudei com uma aposta. Tudo bem que terminou numa confusão sem tamanho, mas ele se saiu bem.
Finalizamos em uma conversa na qual ele me deixou o troco de sua conta. Não me senti à vontade com essa atitude, mas fiquei sem graça de negar.
Como posso me sentir feliz com tão pouco? Um simples sorriso, ou um tempinho a mais em sua companhia, e já fico melhor. Não totalmente satisfeita, mas são essas migalhas que vêm alimentando meu coração.

Acho que devo falar com ele, assim resolveria dois problemas de uma vez só.

É melhor resolver isso logo, Carlos irá pressionar em breve. Sei que não irá desistir e não quero magoá-lo. Tenho um grande carinho por ele. É um homem carinhoso e cativante, se eu continuar assim tão carente talvez não suporte a pressão dele, e isso só pioraria as coisas. Tanto para mim, quanto para ele. Devo tomar uma atitude já.

Então está decidido. Amanhã será o grande dia, e que Deus me abençoe.

Terça-feira – 04h11

10

O confronto

A última noite fora bastante longa. Muitas revelações e reflexões, todas juntas num carrossel enlouquecedor de sentimentos, assim como disse Viviane. Contudo, outro dia se apresentava. E novas possibilidades iriam brotar junto com a bruma matinal. E se novas possibilidades iriam nascer, novas táticas teriam de ser adotadas. Começando por uma reunião extraordinária.

– Bom dia a todos – disse Luos.
– Bom dia.
– Desculpem-me pelo horário, mas trata-se de uma emergência.
– Algum problema?
– Sim. Temos uma nova e indesejável companhia rondando a cidade. E o nome dela é Baullor.
– Baullor? O seu...
– Isso! Meu meio-irmão, e com certeza não está aqui para unir-se a nós. Sendo assim, decreto a caça de Baullor e de seus bajuladores nefilins sombrios. Tomem cuidado. Baullor é bastante astuto, e nem um pouco piedoso. Agora vão e tragam a cabeça dele e de seus comparsas.
– Senhor?
– Diga.
– Acho que deve dar uma olhadinha nisto – disse um de seus soldados ao lhe entregar um jornal.

Luos olhou para o cabeçalho procurando a data:
"Jardim dos Anjos, 24 de março de 2010."

O jornal era daquele dia, e estampava em sua primeira página uma notícia nada animadora:

"POLÍCIA IDENTIFICA O ASSASSINO DAS FACAS"

Abaixo da manchete via-se uma foto de Luos. Um tanto embaçada, mas ainda assim dava uma boa noção sobre a identidade do suposto assassino, transformando a excitação de Luos em uma grande dor de cabeça. Abaixo da foto, a seguinte mensagem completava a chamada para a notícia:

> POLÍCIA IDENTIFICA SUSPEITO DE ESTUPRAR E
> ASSASSINAR TRÊS JOVENS NA ZONA OESTE DA CIDADE.
>
> A Polícia de J.A. conseguiu o vídeo de uma câmera de segurança no qual o suspeito de assassinar três mulheres e dois homens aparece conversando com a jovem Viviane, sua futura vítima, no bar onde a moça trabalhava. O vídeo foi gravado uma semana antes do desaparecimento da jovem, e neste é possível observar o suspeito conversando intimamente com a vítima. Segundo a polícia, essa foi a tática premeditada utilizada pelo criminoso para conseguir a confiança da vítima e atraí-la para a cena do crime.
>
> O detetive responsável pelo caso, Ricardo Benevites, deu uma nota à imprensa na qual alertou a população, principalmente mulheres, para evitarem andar sozinhas durante a noite. O detetive também salientou que, com esse vídeo, iniciará a partir de hoje um cerco pela cidade em busca do suspeito.

Luos amassou o jornal e o jogou longe. Estava furioso com o que acabara de ler. Não imaginava que as coisas tomariam esse caminho. E agora, além de ter que caçar Baullor e tomar cuidado com os celestiais, deveria também se preocupar com a polícia. Pelo menos leu a notícia antes de sair pelas ruas, caso contrário, poderia ter surpresas nada amistosas.

Ainda assim, com todos esses problemas, não poderia ficar sentado. Não queria ficar esperando que algo caísse do céu, e partiu numa busca cega. Caminhou pelas ruas ocultando o rosto com o capuz do casaco. O dia não estava frio, mas ainda chovia bastante, o que de certo modo justificava o uso do capuz. Ainda sem saber o que realmente deveria buscar, teve uma ideia que fugia do clássico Luos, mas poderia ajudar.

Alguns minutos depois, estava em frente a uma biblioteca de porte médio, com arquitetura que remetia aos anos 1950. A fachada cinza-concreto exibia algumas fissuras, como rugas na face dessa "sessentona". Três lances de degraus levavam o visitante da calçada até a entrada da biblioteca. Subindo-os lentamente, observou o interior da construção brotar acima do último degrau. O local estava praticamente vazio, apenas quatro pessoas ocupavam as duas longas mesas no centro da biblioteca. A tecnologia realmente havia assassinado certos costumes. Talvez, se fosse uma sala cheia de computadores, provavelmente estaria cheia.

– Bom dia, jovem – disse uma simpática senhora.

– Posso ajudá-lo?

– Bom dia. Na verdade não busco nada de especial, só matando a saudade dos livros – gabou-se.

– Oh! – exclamou transbordando de alegria. – Como é bom ouvir isso nos dias de hoje.

– É muito difícil ver jovens como você se interessando por livros – complementou.

– Pois é! – sorriu.

– Você gostaria de matar a saudade de algum estilo em especial?
– Eu... Pode ser. Gosto bastante da linha sobrenatural, do ocultismo e de livros antigos sobre bruxas.
– Temos uma seção pequena, fica bem no final daquele corredor – disse apontando.
– Obrigado.
– Por nada, jovem.

Luos seguiu para o corredor indicado e iniciou sua pesquisa. A "seção pequena" indicada pela senhora possuía cinco estantes que iam do chão ao teto. Havia pelo menos uns mil livros ali, e não seria fácil achar algo interessante. Sem fazer corpo mole, iniciou a busca. Revirou livros sobre magias brancas, negras, xamanismo, druidismo, paganismo, neopaganismo, *stregheria*, simbolismo, dentre outros. Porém, apenas definiam os termos superficialmente: nenhum explicava como fazer um feitiço de verdade, apenas apresentavam sobre o que cada segmento tratava. Em sua busca, chegou a encontrar alguns livros atraentes, como: *A prática da magia branca no catolicismo tradicional*, *Símbolos: a origem*, *Criaturas da noite*. Mas não eram o que buscava, e ficariam para outra oportunidade. Chegou a ler alguns trechos de livros sobre exorcismo, mas novamente empacou na barreira que o limitava à definição e exemplificação de casos, nada de concreto sobre as práticas reais que intitulavam os livros. Num outro sobre símbolos, encontrou definições sobre pentagramas, *ankhs* ou cruzes de Ansata, as três Luas, os olhos de Hórus, ferraduras e afins. Cultura inútil naquele momento.

Algumas horas depois, percebeu que magia negra, Wicca e rituais pagãos não faziam parte do acervo de uma biblioteca comum, e que seria bem mais difícil do que pensava procurar esse tipo de livro.

– Oi, moço. Precisa de ajuda? – disse uma linda menina.

Luos assustou-se com a repentina aparição daquela linda garotinha. Uma menina de pele alva, cabelos loiros, olhos impecavelmente azuis e trancinhas. Aparentando ter nove anos, usava um vestido branco estampado por florzinhas vermelhas, e possuía um olhar angelical.

– Não, obrigado.

– O senhor tem certeza? Acho que não encontrou o que procurava.

– Por que diz isso?

– Humm…. – analisava a menina – Sua fisionomia entrega.

– Você é uma menina muito esperta. Qual seu nome?

– Lili.

– E como poderia me ajudar, Lili?

– Simples, dizendo onde encontrar os livros que busca.

– Está certo, mas…

– Não me entenda mal – interrompeu a garotinha – Mas é muita ingenuidade buscar esse tipo de livro aqui.

Luos olhou atravessado para a menina, sentia algo diferente naquela criança.

– Cadê sua mãe, menina?

– Está em casa – disse, abrindo um sorriso.

– O que faz aqui sozinha? – indagou olhando para os lados em busca de um responsável por aquela criança. – Você deveria…

– Sei que quer ajuda – interrompeu novamente. – Mas seu orgulho não permite.

O mestiço estava sem ação diante daquela criança. E olhava-a sem piscar. Sabia que não se tratava de uma menina normal. Era muito inteligente e falava com certa autoridade. Parecia um adulto.

– Vá ao Recanto das Bruxas, no beco do Siridó, lá encontrará o que procura.

Luos olhou para o livro que estava em sua mão, capa preta com título em letras vermelhas: *As bruxas de Salém*. Sorriu e olhou novamente para a garotinha, que havia simplesmente desaparecido.

— Ei! Lili? — disse Luos intrigado.

Correu até o início do corredor e pôde avistar as trancinhas loiras saindo de sua visão ao descer as escadas.

Quem sabe fosse sua imaginação. Talvez o Recanto das Bruxas nem existisse. Podia ser apenas uma travessura de criança. Bem esperta por sinal. Por um instante chegou a deixá-lo intrigado, mas provavelmente teria lido o título do livro em sua mão, e dali começou o diálogo.

— Essas crianças não são fáceis — resmungou.

Voltando ao final do corredor, recolocou o livro em seu devido lugar e se dirigiu à saída com a intenção de ir fazer uma boquinha. Ao passar pela simpática senhora na recepção, esta o chamou.

— Ei, jovem! Encontrou o que procurava?

— Ainda não, acho que volto após o almoço.

— Bom apetite, meu jovem.

Apenas confirmando com um gesto de cabeça, Luos desceu as escadas e seguiu para uma lanchonete.

Não demorou muito e encontrou uma pastelaria. O local era simples, e os preços condiziam com as instalações. Atrás do balcão, um homem de aparência oriental; mais ao fundo, uma jovem preparava as massas de costas para o balcão e as entregava para uma terceira pessoa, que era encarregada de fritá-las.

— O que "deseza"? — indagou com seu característico sotaque oriental.

— Eu queria um pastel de frango e um suco de laranja.

— "Flango" com ou sem "catupili"?

– Sem o quê?

– "Catupili". "Quezo catupili".

– Ah! "Catupili" é um tipo de queijo?

– Isso!

– Pode ser.

– Yumi, traga um de "flango" com "catupili", e um suco de "lalanja" – gritou o homem.

Luos ficou estático.

– *Yumi?... Seria a minha Yumi?* – pensou. – *Por que estava trabalhando numa pastelaria?*

Com sua beleza, poderia até ser uma modelo. Todavia, suas expectativas foram por água abaixo quando a jovem se virou. Não era a sua Yumi. Estava longe de ser. E assim comeu seu pastel enquanto regressava ao seu passado.

– *Por onde andaria minha oriental?*

Sentia falta dela. E não estava se referindo apenas aos assuntos sexuais, mas também a sua agradável companhia.

– *Queria que ela estivesse aqui* – pensava.

Então, pôs a cabeça no lugar e alinhou seus pensamentos, ponderando uma questão um tanto ardilosa.

– *Se ela estivesse aqui, poderia estar no lugar de Bianca ou Raquel?* – perguntava-se. – *Talvez fosse melhor que estivesse longe neste momento.*

Concentrando-se novamente em sua refeição, comeu rapidamente. Em seguida pagou sua conta, pois já era hora de retornar ao trabalho.

Saiu da pastelaria caminhando lentamente, e por cima do ombro observou a homônima oriental por um instante. Queria estar com ela novamente. Navegando em seus pensamentos, atravessou a rua distraidamente, e somente do outro lado da calçada percebeu que alguém o seguia. Sem dar pista de sua desconfiança, continuou a caminhada e notou mais outro indivíduo suspeito em sua cola.

— *Seriam policiais?* — ponderava.

Mesmo que fossem, teriam que pegá-lo primeiro, e fazer isso não seria tão fácil. Começou a apertar o passo, forçando os homens a segui-lo. A chuva era fina naquele momento, e o som dos homens pisando nas poças d'água era claramente audível.

Chegando à entrada de um beco, Luos virou e começou a correr. Queria evitar um confronto, principalmente se fossem policiais, o que sujaria ainda mais a sua ficha, colocando muitos outros em sua cola. Além disso, era muito mais divertido brincar de "pique-pega" com eles. Correndo em direção ao fim do corredor, Luos ouviu uma voz chamando-o e reconheceu um de seus servos abrindo a porta de um velho galpão.

— Aqui, Luos! Venha!

O mestiço entrou sem pestanejar e a porta logo se fechou, devolvendo a escuridão ao ambiente.

— O que fazem aqui?

— Fomos perseguidos, senhor.

— Por quem?

— Aqueles lá fora são nefilins celestes comandados por Lucas — dizia ofegante.

— Esses mestiços agora estão nos caçando? Eles são a caça, não nós — esbravejou Luos.

— Eles usaram água benta e tentaram nos exorcizar, mas conseguimos fugir.

— Deixem que entrem, aqui será o túmulo deles.

— *Nosso túmulo?* — indagou uma pacata e misteriosa voz em meio à escuridão.

Luos e seus comandados olharam ao redor apreensivos.

— Quem está aí? — questionou Luos.

— Não reconhece minha voz? — questionou surpreso.

— Você?

— Pois é, meu caro. Mas caso não se lembre do nome, me chamo Lucas.

— Ó, excelentíssimo Lucas. É um prazer inenarrável encontrá-lo pessoalmente — disse Luos caminhando na direção da voz, enquanto era seguido de perto por seus três servos.

— Vocês demônios são um tanto arrogantes.

— Dissimulados, manipuladores, vis... Esqueci de algo? — zombou enquanto procurava os nefilins.

— Creio que não.

— Pois é, meu caro, é nossa função. Agora, cadê seu outro amiguinho? Ficou lá fora?

— Estou aqui — ecoou uma voz mais rouca.

— Isso, qual sua graça mesmo?

— Meu nome é Mateus — disse firmemente.

— Diga-me, Mateus, não acha que seu amigo está muito confiante? Ainda mais estando em menor número?

— Não estamos confiantes pelos números, até porque somos seis e vocês, quatro.

Luos imediatamente pediu que seus abissais ficassem de prontidão.

— O que nos dá vantagem é o campo de batalha, que nos é totalmente favorável.

Luos apenas sorriu, e naquele instante avistou os dois nefilins.

— Se fizeram o dever de casa direito, sabem que essa escuridão em nada nos prejudica.

— Sabemos disso.

— Sendo assim, até onde sei contar, só estou vendo dois malditos nefilins empoleirados nessa porcaria de estrutura.

— Surpresa! Demônios miseráveis.

Luos e seus servos assustaram-se quando uma voz feminina brotou do alto de suas cabeças, ao mesmo tempo em que uma grande quantidade de água benta caía sobre eles. Luos se encolheu enquanto seus servos malignos urravam de dor e corriam em direção à saída, quando esbarraram numa barreira invisível que os impedia de sair.

— Essa confiança toda sempre os coloca em encrenca — disse Lucas.

— Nem mesmo prestaram atenção em onde pisavam — completou Mateus.

As luzes do galpão ascenderam ofuscando por um momento os olhos acostumados à escuridão. No chão via-se um gigantesco pentagrama dentro de um círculo, o mesmo visto por Luos em um dos livros que lera na biblioteca. Símbolo de proteção, conforme a descrição que constava no livro, utilizado para aprisionar seres malignos. Sem levar muita fé nas inscrições, tentou sair do círculo, mas fora impedido pela barreira invisível.

Acima de sua cabeça, mais quatro nefilins jogavam as últimas provisões de água benta. Luos tentou desviar-se, mas foi pego em cheio. Fechou os olhos esperando pela dor intolerável de que ouvira dizer. Contudo, nada sentiu, enquanto seus seguidores gritavam de dor à sua volta. Nesse momento, os nefilins perceberam que não estavam lidando com um demônio qualquer. E Luos descobriu a sua tolerância à água benta.

— Como não se feriu? — indagou Mateus.

— Já disse. Aqui será o túmulo de vocês — desafiou Luos.

— Vejamos se pode com isso — disse a mulher, tomando a frente de seus parceiros e proferindo uma série de palavras em latim.

— *Exorcizamus te, omnis immundus spiritus, omnis satanica potestas, omnis incursio infernalis adversarii, omnis legio,...*

Luos permanecia imóvel enquanto seus soldados gritavam e se debatiam no chão.

— *...omnis congregatio et secta diabolica, in nomine et virtute Domini Nostri Jesu Christi, eradicare et effugare a Dei Ecclesia, ab animabus ad imaginem Dei conditis ac pretioso divini Agni sanguine redemptis.*

Ao concluir o ritual de exorcismo, os três demônios queimaram instantaneamente, restando apenas algumas fagulhas e um rastro de fumaça pelo ar.

— Acabaram? — debochou Luos.

Os nefilins estavam assustados, e começaram o ritual de exorcismo novamente, mas desta vez, a uma só voz.

— *Exorcizamus te, omnis immundus spiritus, omnis satanica potestas...*

Luos deu as costas enquanto os seis nefilins tentavam mandá-lo de volta ao inferno. Caminhou até a linha do círculo e tocou a barreira invisível. Era uma espécie de campo de força que o impedia de seguir.

Luos fechou os olhos. Concentrou-se na tarefa que desejava executar. Dedicou-se apenas a transpor aquela barreira e, mantendo os olhos fechados, sentiu como se uma ruptura tivesse ocorrido na barreira. Como se uma passagem tivesse sido criada bem à sua frente, como uma porta no círculo de proteção. E por ela, transpôs aquele obstáculo.

Os nefilins continuaram seu ritual, mesmo vendo o abissal seguir em direção à saída. Luos abriu a porta do galpão, no instante em que concluíam o exorcismo.

— Isso não funciona comigo — disse Luos ao sair.

Os nefilins correram ao seu encontro e se depararam com o jovem esperando por eles do lado de fora, com o peito estufado e um sorriso sádico, enquanto manipulava sua adaga com extrema destreza.

— Vamos ao que interessa. Saquem suas armas — exigiu o mestiço.

Os seis obedeceram, desembainhando suas espadas curtas, preparando-se para o confronto.

Luos estudou os seis por um instante, riu libertinamente e perguntou:

— Poderiam dizer os seus nomes? Para eu colocar nas lápides depois.

Os nefilins entreolharam-se como quem diz: — *Vamos lá!*

E assim se iniciou a batalha. O celestial de cabelos negros foi o primeiro a investir, seguido por Mateus. Os nefilins desferiam golpes firmes com suas espadas, mas eram facilmente bloqueados pelo ágil demônio. Saltou uma nefilim desferindo um golpe vertical que por pouco não acertou Luos. O híbrido aproveitou e a chutou, fazendo com que se desequilibrasse. Lucas e outra nefilim também investiram sem sucesso, enquanto Luos apenas se defendia e recuava. Esquivava-se e tentava afastar seus inimigos.

Outro nefilim tentou acertá-lo circulando o de cabelos negros a noroeste. E novamente o jovem esquivou-se por pouco. Porém, dessa vez, desferiu um contragolpe, ferindo o tórax de seu adversário.

A batalha estava intensa, e Luos continuava limitado a tentar se esquivar e se afastar de seus inimigos. Eram muitos, e não sobrava tempo para atacar. Quando Luos já cogitava uma fuga, a nefilim acertou seu braço, e a distração foi o suficiente para que uma sequência de três golpes o derrubasse. Pensando rápido, o demônio sacou sua pistola e apontou para a nefilim que o derrubara.

— Parada! A brincadeira acabou.

Os celestiais se entreolharam.

— Para trás! – berrou Luos. – Vocês são apenas nefilins. Híbridos assim como eu. Uma bala na têmpora faria um estrago e tanto.

Os celestiais ficaram estáticos. Esperavam por uma distração de Luos.

— Para trás... Agora! – exigiu.

— Afastem-se – pediu Lucas.

— Mas Lucas...

— Sem mais, Maria. O pegaremos numa próxima.

Luos levantou-se sem tirar a mira da nefilim. Encarava-a com um olhar fulminante. Olhar de quem vai apertar o gatilho. Em sua mão direita ostentava sua adaga, que, como a pistola, estava preparada para atacar.

Recuando lentamente por entre seus adversários, afastou-se cerca de cinco metros, e então começou a correr. A nefilim não se conteve e foi atrás do demônio por alguns metros.

– Não, Maria! – gritou Mateus.

Era tarde. A espada curta da celestial já havia sido lançada e cortava o ar ao encontro do alvo.

Para sorte de Luos, o grito de Mateus alertou-o, e ao se virar pôde evitar o pior. Mesmo assim, a espada acertou seu ombro de raspão, e seus instintos não puderam mais ser reprimidos. Apertou o gatilho por três vezes contra a celestial e fugiu.

– Cuidem dela – disse Lucas.

O nefilim não iria deixar aquilo barato e partiu ao embate de seu rival. Luos percebeu que estava sendo seguido, no entanto era o que desejava. Ainda mais por Lucas. Chegando ao final do corredor, Luos guardou suas armas e utilizou-se de um contêiner de lixo para alcançar a escada de incêndio de uma edificação. A perseguição seguiu escadas acima, Luos aproveitou-se de uma janela aberta e cruzou por dentro de um apartamento que dava acesso ao corredor. Lucas o seguia de perto, sem dar chance para que sumisse de vista. A perseguição continuou pelas escadas internas do prédio, até chegarem ao terraço.

Luos posicionou-se no beiral do prédio esperando por Lucas, que logo chegou.

– Fim da linha, amigo – alertou o celestial.

– Para ambos – lembrou Luos.

– Para ambos – concordou.

– Esclareça-me uma dúvida, por que banca o nefilim?

– Do que está falando? – questionou o celestial arqueando as sobrancelhas castanhas.

– Entendeu o que eu disse, arcanjo. Sei que é a mesma pessoa do cemitério.

– Que cemitério?

– Não subestime minha inteligência. Agora, por que bancar um nefilim para seus amigos? Por que finge ser mestiço?

O homem sorriu e balançou a cabeça negativamente. Não havia como negar.

– Tem uma bela percepção. Ninguém jamais desconfiou de algo.

– Já disse que não está lidando com qualquer um. E responda minha pergunta. Por que se esconde atrás de uma pele de nefilim?

– Essas são as regras, meu caro. Não devemos andar por aí exibindo asas e afins.

– Foram as regras que o fizeram quebrar sua promessa?

– Que promessa?

– Aquela que fez a Viviane quando a salvou de um ataque.

– Como sabe disso?

– Responda, arcanjo.

– Não pude salvá-la, estava ocupado...

– Ocupado? Ocupado? – seu punho cerrou-se de ódio – Vocês são mesmo desprezíveis. Prometem o que não podem cumprir e se justificam com uma desculpa dessas? Ocupado demais para salvar uma vida? Os seus amiguinhos me afastaram de Viviane. Sendo assim, você é mais culpado pela morte dela que eu.

– Certo – assentiu amargamente.

– Então vamos decidir isso em combate. Mostre-se, arcanjo, exiba seu par de asas.

Lucas fechou os olhos, e uma intensa luz branca o rodeou. Em seguida, a face comum transformou-se nas finas e angelicais feições. O cabelo curto e castanho deu lugar à longa cabeleira loira, e às costas, um par de alvejadas asas.

— Muito bom. Agora é minha vez.

Luos também assumiu sua verdadeira forma, causando espanto em Lucas.

— Você... Que tipo de demônio você é?

— Surpreso?

— O que é você? Ignorou a água benta, o círculo de proteção e até o exorcismo.

— Isso me surpreendeu também — confessou o abissal.

— Como atravessou? — continuava incrédulo. — E como pode caminhar, e se transformar sob a luz do sol?

— Cada um possui seus privilégios — gabou-se.

— Mas eu não entendo.

— Não entenda, apenas lute — disse Luos ao sacar sua adaga.

— Então vamos, demônio. Mas fique sabendo de uma coisa, não sou um arcanjo. Eu represento as potências.

Em seguida um brilho emanou da mão direita do celestial, fazendo brotar chamas.

— Pegue essa! — disse Lucas lançando a esfera de fogo contra seu oponente.

As chamas acertaram Luos em cheio, fazendo com que se esforçasse para manter o equilíbrio sobre o beiral. O fogo celestial ardeu na alma. Era diferente de um simples fogo. E aquele anjo era diferente de todos os rivais que Luos já tivera.

— Não contava com essa?

Luos desceu do beiral e investiu contra seu rival. Lucas também sacou sua espada e foi ao encontro de Luos. Os combatentes se chocaram furiosamente, enquanto a adaga e a espada curta cortavam o ar desferindo poderosos golpes.

Lucas atacava ininterruptamente, enquanto Luos apenas bloqueava e se esquivava. Enfrentar o celestial era diferente de enfrentar simples nefilins.

– O que foi? Não consegue atacar?

Luos estava sem ação. O anjo era muito hábil no manejo de espadas. Seus golpes eram rápidos e concisos. E limitar-se às esquivas iria cansá-lo em breve, deixando-o mais vulnerável.

– Vamos! Ataque! – ironizava o celestial.

A fúria começou a tomar conta de Luos. Sentia-se diminuído. Era como uma caçada de cão e gato. Não poderia ficar assim. E saltou para trás, batendo suas asas.

– O que pensa que está fazendo? Desça! – disse Lucas, que com um simples gesto de mão criou um turbilhão no ar, desestabilizando o voo de Luos e derrubando-o.

– Ainda não entendeu. Por mais que possa andar sob a luz do dia, não é um abençoado de Deus. E voltará para seu devido lugar.

Lucas atacou Luos ainda no chão, que escapou rolando para o lado. O celestial golpeava sem clemência, como um caçador atrás da presa. E Luos mal conseguia se levantar. Estava encurralado e não sabia o que fazer. O golpe seguinte derrubou sua adaga, deixando-o totalmente vulnerável. Lucas encarava-o com olhar triunfante. Estava no lugar que sempre desejou: frente a frente com um demônio. Uma oportunidade única. Há muito não tinha o prazer de devolver um desses ao inferno.

– Quando o vi sofrendo no túmulo daquela jovem, pensei: um nefilim demoníaco sofrendo a perda de uma humana? Contudo, me enganei sobre você. Não possui aquele coração. Era apenas uma fachada para me ludibriar. Mais um truque funesto de sua raça.

– Não fiz truque algum.

– Demônio... Não sei o que você realmente é, no entanto, matou pessoas e isso sujou a única parte limpa de sua alma. Carimbou sua passagem.

Luos tentou manobrar girando para que suas asas acertassem a face de seu adversário, ou pelo menos desviassem sua atenção para que novamente pegasse a adaga, mas o celestial se precaveu. Esquivou-se das negras asas e com um pontapé derrubou o demônio.

– Chega de truques. Vamos acabar logo com isso.

Lucas preparou o golpe final. Erguendo sua espada, olhou uma última vez para Luos, e uma brilhante luz surgiu repentinamente, seguida de um silvo extremamente agudo. O som era tão intenso que confundia até mesmo a aguçada audição do celestial. A luz igualmente poderosa brilhava de tal forma que até mesmo o radiante servo de Deus se rendeu, cego, surdo e totalmente descrente do que estava acontecendo.

– O que é isso? – retrucou.

Em meio à balbúrdia, o som de asas chegou a seus ouvidos. Realmente estava ocorrendo o que imaginava.

– Não!... Ele é meu! – berrava. – Não podem fazer isso!

Lentamente o som se afastou e sumiu em meio ao silvo que ainda o desestabilizava.

– Voltem aqui! Voltem aqui! – exigia sem resposta.

E a luz cessou, deixando que sua visão voltasse lentamente. Com os olhos ainda um pouco embaçados e um zumbido no ouvido, procurava por Luos. Olhou ao seu redor, e nenhum sinal dele. O demônio havia fugido. E com uma ajuda com a qual Lucas não contava.

11

A profecia

Luos abriu os olhos ainda com dificuldade. À sua frente algo emanava uma luz branca de poderosa intensidade.

– Quem é você? – perguntou Luos.

– Digamos que nossos interesses convergem para um ponto comum.

– Que interesses? Do que está falando?

– Descanse, Luos, pois logo virão atrás de você.

A voz cessou, levando o intenso brilho branco, mas deixando muitas perguntas sem respostas.

Luos estava numa rua estreita, e o humilde acabamento das residências à sua volta indicava que estava próximo de casa. Levantando-se, caminhou até a esquina, e suas expectativas se confirmaram. Estava em seu habitat natural, um pouco longe do antigo apartamento, mas pelo menos sabia onde estava. O local era movimentado, estava próximo a uma via arterial do bairro no qual diversos carros e pedestres transitavam. Era estranho observar o esquema de vida repetitivo dos humanos. Os carros iam e vinham, o semáforo tornava-se vermelho, os carros paravam e em seguida se iniciava o "processo ganhar a vida", se é que se podia chamar assim. Crianças faziam malabarismo com limões, algumas limpavam para-brisas e outras vendiam balas. Uma maratona executada nos poucos segundos em que o semáforo mantinha-se vermelho, e rapidamente encerrada ao mudar para verde.

Passado pouco tempo, o sinal amarelo deixava todos atentos para o recomeço da maratona.

— *O que estas pessoas fizeram para merecer essa vida?* — era o que Luos se perguntava.

Alguns motoristas paravam o carro e sequer abaixavam os vidros, enquanto outros o levantavam à medida que se aproximava o farol vermelho. A diferença de poder aquisitivo era gritante, e o modo como os que possuíam uma condição superior tratavam os mais necessitados era de fazer doer até mesmo o coração de um demônio. Parecia que estavam protegendo-se de alguma doença altamente contagiosa e mortal. Sabe-se que as ruas são perigosas, mas isso não justificava o tratamento.

Deixando um pouco os humanos de lado, era melhor pensar em si mesmo. Em como resolver os seus problemas. Se os próprios humanos não se ajudavam, não seria ele que consertaria o mundo. Na verdade, nem estava lá para isso, e sim para contribuir ainda mais para a desordem. Esse conflito de sentimentos permeando seus pensamentos o deixava louco. Como podia ir tão rápido da compaixão ao ódio? Era uma transição do tipo água para vinho, e que Zeobator nunca o visse utilizando tal comparação. Isso era resultado da mistura de raças. Dentro de suas veias corria o sangue das duas vertentes. Apesar do mal estar sempre à flor da pele, às vezes, seu lado bom se esforçava para sair, e este lado sempre lhe proporcionava momentos agradáveis. Era péssimo admitir isso, mas esses momentos eram apaziguadores à sua alma. E o faziam pensar em como ele seria se tivesse sido criado na luz.

— *Será que esses momentos incomuns seriam os instantes de maldade? Será que conseguiria ser bondoso? Provavelmente, não.*

O som de sirenes cortou sua reflexão, trazendo-o para a realidade nua e crua. Era um foragido, e aquele som deveria soar como: "Vêm problemas aí!".

E tentando evitá-los, desviou o caminho seguindo por uma praça. Mais uma vez a miséria estava à sua volta. Moradores de rua disputavam palmo a palmo um espaço sob a marquise da velha biblioteca local. Ainda passeava por seus pensamentos e demorou alguns instantes para perceber que estivera ali pela manhã, antes de toda a confusão. Ao reorganizar seus pensamentos, resolveu retomar sua pesquisa, e agora tinha mais algumas coisinhas para procurar.

– Olá, meu jovem, achei que não voltaria – disse a simpática senhora.

– Sabe como é! A leitura nos atrai – disse Luos tentando ser simpático.

– Isso mesmo, meu jovem – disse sorridente. – Ah! Quase esqueci. Uma linda menininha deixou este cartão para você.

– Menina? – indagou, franzindo a testa.

– Isso, uma loirinha que estava aqui mais cedo. Ela disse que você sabia do que se tratava.

– Ah, claro, eu sei. Ela disse mais alguma coisa?

– Não. Mas estava com bastante pressa. Acho que chegou a comentar que voltaria outra hora.

– Está certo, então. Obrigado.

Luos pegou o cartão e conduziu-se ao corredor da biblioteca, enquanto lia um cartão negro com letras vermelhas.

RECANTO DAS BRUXAS

O LAR DA BRUXARIA MODERNA

– Livros, patuás, amuletos etc.
Venha conferir
Beco do Siridó, sala 210.

Chegando ao mesmo corredor em quem estivera mais cedo, questionava-se sobre a veracidade daquele encontro e lembrou-se de que aquela garotinha não era uma criança normal. Mas checaria isso depois.

De volta aos empoeirados livros, mudou um pouco o rumo de suas pesquisas e buscou uma definição que eliminaria algumas curiosidades.

– Pronto! Achei.

A capa encardida exibia, em letras que um dia foram prateadas e que já não passavam de um metálico fosco, *Anjos*. Este era o nome do livro, e ao abri-lo, encontrou o que queria. O título simples e objetivo, que de certo modo ofuscava a infinidade de informações que o sumário prometia abordar.

"O que são anjos?" era o primeiro capítulo.

Tentando se aprofundar um pouco, chegou a ensaiar a leitura deste, mas ao ler a definição de que anjos são mensageiros que executam ordens do criador, começou a pensar se aquele livro era o que realmente estava procurando.

Sua falta de paciência para a leitura o levou somente aos pontos que mais lhe interessavam, deixando definições do tipo "a palavra anjo veio do grego *ángelos*, e do latim *angelu*", para os teólogos.

A única definição que realmente lhe interessava era a que leria a seguir: "Hierarquia angelical". Este capítulo prometia algumas informações interessantes.

Após ler o capítulo de cerca de vinte páginas, descobriu que os anjos se dividiam em três categorias hierárquicas, e que estas se subdividiam em mais três coros cada. A primeira hierarquia é a que mantém íntimo contato com o criador, e é formada pelos coros de "serafins", encarregados de transmitir amor aos demais anjos. Formada por "querubins", uma espécie de "guardas" e "mensageiros" dos mistérios divinos, e encarregados de transmitir a sabedoria. E por fim o coro dos "tronos", anjos que recebem as mensagens de Deus e as transmitem às demais ordens celestes.

A segunda hierarquia tem a responsabilidade sobre acontecimentos no universo, e é inicialmente composta pelas "dominações", coro designado a cuidar para que os outros seres celestiais cumpram as vontades de Deus, cabendo a eles julgar os atos de seus irmãos celestiais. Em seguida as "potências", responsáveis pela manutenção da ordem e pelos elementos da natureza, sendo eles ar, água, terra e fogo. E por último, o coro das "virtudes", que é designado a traduzir as vontades de Deus.

A terceira hierarquia é sem dúvida a mais atuante entre os seres humanos, responsável por executar as ordens divinas, conhecendo a fundo a natureza humana e interferindo conforme a necessidade e a vontade de Deus. O coro dos "principados" é o incumbido de proteger os grandes líderes da sociedade. Os "arcanjos" são os que executam as grandes tarefas e anunciações de Deus, conhecidos também como "guerreiros do criador". E por fim os "anjos", designados a levar as mensagens de Deus aos seres humanos, o que os transforma nos mais próximos da humanidade.

Essas definições eram suficientes para Luos entender melhor seus adversários. Informações valiosas para um demônio. Agora sabia a quem deveria respeito, e quem seria alvo fácil num possível encontro, levando em consideração que os celestiais da primeira hierarquia seriam mais poderosos, devido à proximidade com Deus. Mas essas eram apenas especulações sem fundamento.

– Meu jovem, a biblioteca fechará em quinze minutos, sugiro marcar onde estava no livro para continuar amanhã.

– Obrigado, já estou indo. A propósito, sabe onde fica o beco do Siridó?

— Claro, meu filho, fica mais no centro do bairro. De quinze a vinte minutos daqui.

— Obrigado novamente.

Luos recolocou o livro na estante e caminhou para a saída. Acima da porta da biblioteca, um grande relógio marcava dezessete horas e quarenta e sete minutos. Do lado de fora, o Sol já se escondia atrás das construções mais altas e logo se despediria. Apressando-se, caminhou em direção ao centro do bairro, e lá conseguiu informações sobre o tal beco.

Chegando ao local, uma placa indicava que o seu destino na verdade era um pequeno prédio comercial. E que beco era apenas um apelido devido às pequenas dimensões de seus corredores, bem diferente do que sua imaginação se encarregou de criar. Subindo as estreitas escadas, chegou ao segundo andar na sala 203 e seguiu para a esquerda em direção ao final do corredor. Passou por um estúdio de tatuagens, uma loja de eletrônicos, um salão de beleza e por fim chegou à porta de vidro fumê com letras vermelhas: Recanto das Bruxas.

— É só isso? — murmurou.

Até aí parecia uma simples loja, com uma propaganda razoável. Algo feito para despertar a curiosidade dos leigos, atraindo clientes que possivelmente comprariam coisas que não lhes serviriam para nada.

Forçando a porta, percebeu que estava fechada, e um pouco acima desta, uma câmera de segurança o observava.

— Boa tarde — disse uma feminina voz ao interfone. — Posso ajudar?

— Eu recebi um cartão daqui. E gostaria de conhecer a loja.

— O que procura?

— Livros. De diversos assuntos.

— Que assuntos?

– Demônios, por exemplo.
– E *diversos* se resume a isso? Demônios?
– Demônios, anjos e bruxas. Você tem livros sobre isso?
A mulher esperou um pouco, mantendo o silêncio.
Em seguida ouviu o som da fechadura destravando. Empurrou a porta entrando no recinto. O local estava na penumbra, uma possível tática para gerar um clima sombrio. As paredes eram claras, talvez brancas, cobertas por símbolos que não reconhecia, e todas tinham prateleiras cheias de livros. No fundo da loja um balcão de madeira possuía diversos patuás pendurados, e atrás do balcão, uma jovem de aproximadamente 25 anos o olhava de cima a baixo. Luos espiou o teto negro com o desenho de círculo de proteção com pentagrama, o mesmo utilizado pelos celestiais, estendendo-se do começo do balcão até a porta. Ao centro da pequena loja, um caldeirão antigo, meramente decorativo, dava o toque final ao lugar.
– Vejo que está bem protegida aqui – disse Luos, apontando para o teto.
– É só uma precaução, a soleira da porta é oca. E possui uma espessa camada de sal grosso, mas caso falhe, o círculo de proteção resolve o restante.
– Já teve problemas com demônios aqui?
– Uma vez, mas mandei-o de volta rapidinho.
– Exorcismo?
– É. Vejo que sabe algumas coisas. É algum tipo de caçador de seres malignos? – indagou curiosa.
– De certo modo. E estou buscando mais conhecimento.
– Um conselho? Esqueça isso. São perigosos. Sua expectativa de vida é mínina depois que começa a incomodá-los.
– Você fala com bastante propriedade sobre o assunto. Digo, para alguém aparentando ser tão jovem.
– São anos bem vividos.

– Creio que sim.

– Agora vamos aos negócios. O que busca aqui?

– Não sei ao certo.

– O que quer aprender?

– Tipo... Suponhamos que eu esteja numa guerra contra seres malignos. O que eu deveria saber para enfrentá-los?

– Tudo o que conseguir aprender. E ainda assim será pouco contra alguns em especial.

– Poderia começar a me explicar sobre o sal grosso, ou o exorcismo.

– Não é um caçador? Deveria saber que barreiras de sal são intransponíveis para certos seres das trevas.

– Sim, claro. Só queria que me desse uma visão mais ampla sobre o assunto.

– Sou uma comerciante, não uma professora.

– Ok! – bufou Luos um tanto descontente. – Que livro eu deveria comprar então?

– Leve este – disse pegando um livro de capa preta e letras vermelhas, semelhantes às usadas no cartão dado por Lili.

– E o que encontrarei neste?

– Possui feitiços, símbolos e algumas armas.

– É o suficiente?

– Já disse. Mesmo que tenha tudo, não será suficiente se os mais poderosos resolverem atacar.

– E quem estaria na lista de mais poderosos para você?

– Tem alguns do tipo Lilith, Azazel, Uriel, Baltazar, entre outros que formam o "All Stars of Hell". A burguesia do enxofre, como costumo brincar.

Luos sorriu dos termos usados pela mulher. Eram um tanto engraçados, e até corajosos. Falava deles como quem não se importava, ou apenas desacreditava na existência dos mesmos.

— Ok. E quanto custa este livro?
— Cem pratas.
— Cem pratas?
— Não se encontra um destes por aí.
— Como pode ter certeza?
— Eu que escrevi!

Luos arcou as sobrancelhas.

— *Como uma jovem poderia reunir conhecimentos sobre esse assunto para escrever um livro daquela espessura? Deveria ter pelo menos umas quatrocentas páginas ali* — pensava.

— Surpreso?
— Você? É uma bruxa de verdade?
— Claro. Esperava o quê? Uma velha com verrugas?
— Talvez, mas não uma jovem e…
— Bonita? Não se sinta envergonhado, conheço meu potencial. Agora que tal mostrar o seu?
— Do que está falando?
— A cara que esconde sob esta. Como já havia falado, se o sal falhar, o círculo resolve.
— Você está louca?
— Não estou. Já lidei com vários do seu tipo, mas nenhum nunca atravessou uma barreira de sal. Vamos lá, mostre-se, ou terei que obrigá-lo?
— Como assim? Do que está falando?
— Vamos. Diga logo o que quer aqui. Ainda não desistiram de me caçar, não é?
— Te caçar? Você só pode estar pirando — disse Luos, dando as costas para a mulher. — Deixe-me ir, talvez seja contagioso.
— Não! Não irá a lugar algum. Não pense que entrará em minha morada na intenção de me destruir e depois sairá caminhando como se nada tivesse acontecido.

Luos parou para encará-la. Não se acovardava diante de seres bem piores, não o faria com uma suposta bruxa.

— O que irá fazer? — desdenhou Luos lançando um olhar vil.

A mulher não se intimidou. Pegou uma caixa de fósforos e acendeu três velas com vértices que formavam um triângulo. Ao centro, um recipiente de cera com maior diâmetro possuía um líquido em seu interior. A jovem olhou ameaçadoramente para Luos, parecia estar um tanto confiante. Em seguida balbuciou algo em latim.

— *Ad Constrigendum, ad ligandum eos pariter Et solvendum. Et ad congregantum eos coram me.*

Acendendo mais um fósforo, jogou-o sobre a mistura dentro do recipiente ao centro do triângulo, provocando uma pequena explosão. Em seguida, a cabeça de Luos começou a doer. Ajoelhou-se por não suportar aquela dor avassalante. Sua cabeça parecia que ia explodir, como aquela mistura ao centro do triângulo, quando labaredas percorreram seu corpo, metamorfoseando-o. Estava com os olhos arregalados. Suas asas cresceram rapidamente, derrubando alguns livros, e por fim, a dor cessou.

— *Como ela fez isto?* — indagava-se assustado.

Estava de joelhos diante daquela jovem. Estava um tanto surpreso. Não sabia ao certo o que ela havia feito. Jamais imaginara que algo do tipo pudesse existir. Era como se arrancasse a sua verdadeira forma de dentro de seu corpo. Talvez não fosse apenas uma jovem de língua afiada e blefes convincentes.

— Então é isso? Um anjo caído.

— Não sou um anjo caído. Sou um híbrido.

— Híbrido? Conta outra.

— É a mais pura verdade.

— Vamos ver se sua metade má sofre com isso.

— *Exorcizamus te, omnis immundus spiritus, omnis satanica potestas...*

– Não perca seu tempo. Isso não serve comigo. Veja, sequer sinto algo.

Era curioso, mas realmente nada estava acontecendo ao demônio. Não reagia diante do ritual de exorcismo.

– Que tal água benta?

A mulher pegou uma pequena garrafa prateada, que possuía uma cruz em alto relevo e jogou seu conteúdo sobre Luos, porém nada aconteceu.

O suposto demônio se ergueu com um sorriso na face. Algo do tipo "E agora? O que irá fazer?". Em seguida, recolheu suas asas.

– Um híbrido. Vamos falar sério agora. Que porcaria de criatura é você?

– Um...

– Híbrido! – interrompeu. – Essa não vale.

– Já te falei a verdade, se não quer acreditar, não acredite.

– Tá! Suponhamos que seja verdade. Seu pai então seria um anjo e sua mãe um demônio, certo?

– Não. É o contrário.

– Contrário?

– Meu pai é o demônio.

– Ah, meu... Você realmente está levando isso a sério.

– Sim, sou uma espécie de miscigenação entre a luz e as trevas. Pode rir, mas essa é a mais pura verdade.

– Oh! Grandissíssimo filho da luz e das trevas...

E a mulher não chegou a concluir a frase. Ficou imóvel repentinamente. Olhava para Luos com olhos arregalados.

– Vamos lá... Continue. Zombe mais um pouco, sua bruxinha de merda.

– Claro! Como não pensei antes? Só pode ser isso.

– Ser o que, feiticeirazinha?

– Bruxa! Seu idiota. E talvez eu saiba muito mais sobre você do que você mesmo.

– Como assim? Não tenho um passado muito conhecido.

– Meu caro, pode-se dizer que daqui a algum tempo você será uma espécie de *pop star* demoníaco.

– O quê?

– A profecia, seu tolo.

– Que profecia?

– Você está de sacanagem comigo? O Apocalipse.

– Eu sei do Apocalipse, mas o que tem a ver comigo?

– Não o Apocalipse tradicional que todos conhecem. E sim um que foi banido há alguns anos.

– Apocalipse banido. Isso foi há quantos anos?

– Não faz muito tempo. Uns cinquenta anos talvez.

– Mas o Apocalipse é muito mais antigo que isso.

– O que está na Bíblia cristã. O Apocalipse a que me refiro foi escrito por um jovem, quando ainda aspirava a padre. O nome dele é Ebenezer Manakel. Segundo ele, teria recebido de Uriel as instruções dessa variável apocalíptica.

– O detentor da chave do inferno?

– Teoricamente, sim. Continuando, segundo Ebenezer, Uriel teria lhe dito que o próprio Anjo da Luz, como Lúcifer era chamado antes de ser expulso do céu, o teria encarregado de tal tarefa.

– E se for só uma armação de Uriel?

– Acho que ele não ousaria usar o nome de seu mestre em vão, contudo, Ebenezer também duvidou inicialmente, e assim, segundo ele, Lúcifer em pessoa teria vindo convencê-lo a terminar o livro e a divulgá-lo pelo mundo.

– Mas por que esse tal Ebenezer foi escolhido? E por que aceitou fazer isso se estava num templo que cultuava o opositor de Lúcifer?

— Bem, foi escolhido por ser quem era. Um aspirante a servo de Deus, cultuando um evangelho diabólico. No mínimo uma afronta ao poder divino, não acha?

— Pode ser.

— Sem falar em seu sobrenome, Manakel. Segundo escrituras antigas, é o nome de um dos anjos do Senhor. Postulante do coro de anjos da terceira hierarquia, responsáveis por levar as mensagens de Deus aos seres humanos.

— Falou muito sobre Ebenezer e a tal profecia, mas não contou o que ela realmente diz.

— Simples, a profecia de Manakel dizia que nasceria um filho da união entre a Luz e as Trevas, e que este marcharia à frente de um exército de anjos e demônios, devastando todos que se opusessem a seu comando. Ostentaria uma arma em cada mão. Na direita, a Vingadora Sagrada, e na esquerda, a Lança do Destino. Choveriam cinzas, enquanto o mundo sucumbiria a seus pés, e uma Nova Era começaria ao final da Grande Guerra. Um reino de fogo e de dor, transformando a terra no novo inferno.

— Depois sou eu que viajo — debochou.

— Não é uma viagem. Muito menos um conto da carochinha. Senão eu não estaria falando com você agora.

— Então eu serei o futuro Deus do mundo. O rei do trono de chamas. Fala sério!

— Talvez, mas para isso teria que vencer a tal Grande Guerra. Além do mais, me procurou com a intenção de aprender como destruir um demônio. Talvez não seja tão maligno assim. Talvez seu lado angelical tenha sobressaído ao demoníaco.

— Talvez, talvez e talvez... Muitas deduções e poucas provas. Estou indo.

— Espere. Leve o livro que queria.

— Não tenho cem pratas.

— Não estou pedindo seu dinheiro. Já imaginou se essa catástrofe realmente acontecer? Não quero ser quem deu o pontapé inicial. Abdico dessa culpa.

Mesmo contrariado, aceitou o presente.

— Obrigado pelo livro. Será de grande ajuda.

— Agradeça não destruindo o mundo.

— Quem sabe — disse Luos ao se virar para sair. — A propósito. Aquela de *pop star* do Inferno... Fala sério... Você se superou.

— *Isso só o tempo dirá* — pensou ela.

12

Esfriando a cabeça?

Luos refletiu bastante sobre a conversa com a bruxa. A suposta profecia o deixou preocupado. Não acreditava que seria capaz de tais atos. Ações grandiosas demais para quem quase foi destruído por um único celestial. Essa tal profecia teria de ser tirada a limpo com Zeobator em breve. E até lá, deveria investir mais um pouco nas pesquisas e ler um pouco do livro da bruxa.

A noite estava quente. E o calor remetia-o a lembranças de noites de igual calor, nas quais seu corpo estivera em brasas. Noites intensas, em que a pequena oriental o levara à loucura.

– *Por onde você está?* – pensou.

Talvez precisasse disso. Uma fêmea e um pouco de álcool. Fazia tempo que essa combinação não alegrava suas noites. E buscando por entretenimentos, chegou a um lugar chamado Hot Girl's Night Club.

O discreto letreiro o convidou a entrar. À porta, dois homens grandes faziam a segurança em frente a uma escada.

– Boa noite – disse Luos.

– Boa. Já conhece a casa? – perguntou um deles.

– Não.

– Então é o seguinte. Vinte pratas para entrar, e estas serão parte de sua consumação. Pegue – disse entregando um tipo de tabela a Luos.

– Esta é sua comanda. Tudo que gastar ficará registrado aqui. Se perder, tem que pagar o valor total. Ou seja, não perca ou estará ferrado – completou sorrindo.

– Obrigado – disse Luos ao pegar a comanda.

– Vai lá, mano. Suba e divirta-se.

Luos subiu as escadas estreitas, iluminadas apenas por luzes vermelhas. Já conseguia até ouvir o som ritmado das batidas eletrônicas. Após subir os três lances de escada, deparou-se com uma porta dupla de madeira, um tanto refinada, onde outro homem montava guarda.

– Seja bem-vindo – disse o homem ao abrir a porta.

Luos entreviu um bar, alguns homens dançando e mulheres circulando entre eles. Seguiu direto para o balcão, acomodou-se e pôs a observar o ambiente. O cheiro de sexo estava no ar. Aquelas lindas mulheres circulando de um lado para outro em peças provocantes era um excitação sem precedentes para qualquer homem.

O bar estava ao centro do recinto, bem à frente da entrada. À direita de quem entrava havia confortáveis sofás que contornavam as paredes, nos quais os homens papeavam intimamente com as mulheres. À esquerda, um pequeno palco com um mastro ao centro deveria ser o local onde se realizavam os principais números, e ao lado deste, uma porta de madeira era vigiada por um brutamontes.

– E aí, vai querer o quê? – disse uma atendente.

Ao virar-se, Luos deu uma boa olhada para a atendente ruiva. Uma mulher bonita, não tanto quanto as que desfilavam para lá e para cá entre os homens, mas também possuía seus encantos.

– Acho que vou começar com uma cerveja.

– Boa pedida.

Luos observou que havia mais uma mulher atrás do balcão. Morena, alta, cabelos castanhos e olhos negros. Seu corpo esguio era delineado em harmonias perfeitas, uma obra de arte da natureza.

— *Talvez eu devesse ir a mais bares* — pensou.

A ruiva serviu uma long neck, e Luos pôs-se a admirar o ambiente.

Não demorou muito e uma mulata, usando um curto e provocante vestido branco, começou a trocar olhares com ele. A mulher jogava as trancinhas de um lado para o outro e mordia os lábios, provocando-o.

Como não obteve sucesso, tomou a iniciativa e atravessou o salão em direção ao jovem frequentador.

— Boa noite, jovem. Gostou? — disse referindo-se a si mesma.— Vejo que não para de me olhar.

— Pois é, belezas como a sua são assim mesmo, atraem.

— Uau! Galanteador. Adoro homens assim. E aí, é sua primeira vez aqui?

— A primeira de muitas.

— Que tal ter estas "boas-vindas"? — disse novamente referindo-se a si mesma.

— Quem sabe?

A mulher sorriu em seu estilo safado e logo mudou a tática.

— Posso fazer companhia a você?

— Claro, sente-se.

— Hum! Só se eu puder sentar no seu colo.

Luos sorriu. Em hipótese alguma deixaria de degustar de uma amostra grátis daquelas. Pegou sua cerveja e caminhou para um sofá trazendo a mulata pela mão.

Logo que se sentou, a moça acomodou-se em seu colo, encaixando seu enrijecido glúteo sobre o membro já pulsante do freguês. Inclinando-se para trás, acomodou-se no tórax do homem, apontando sua boca próximo ao ouvido dele, onde sussurrava besteiras no intuito de convencê-lo a pagar por seus serviços.

Papo vai, papo vem, e Luos continuou resistindo bravamente aos encantos da crepitante mulata. A mulher tentava de todas as formas convencê-lo, mordia sua orelha e seu pescoço. Rebolava lentamente sobre o membro já a prumo. Chegou a pegar a mão de Luos e executar um tour pelo seu corpo, visitando seus seios, suas coxas e até sua quente e úmida intimidade, mas não parecia estar surtindo efeito.

– Você é osso duro de roer, hein, mocinho?

– Que nada. Sou menos do que você acha que sou.

– E eu, sou o que você achava que era?

– Mais do que isso.

– Uau! Vejo que estamos progredindo. O que acha de subirmos para ficarmos mais à vontade?

– Depende. Como seria isso?

– Nada demais. Nada que cento e cinquenta bem investidas pratas não paguem.

– Cento e cinquenta pratas? Acho que hoje eu não tenho isso.

– Aceitamos cartões de crédito.

– Infelizmente não dá. Fica pra próxima, minha diaba.

– Tem certeza, galanteador?

– Por mais provocante que seja, sim, tenho certeza.

– Ok! Te garfo na próxima – disse a moça ao sair.

Luos observou a picante mulata afastar-se e ser abordada por um homem. Dirigiu o olhar para o bar, de onde era confrontado pelos negros olhos da bela atendente. Não pensou duas vezes em findar com a long neck que já estava quente e dirigiu-se ao balcão.

– Olá – cumprimentou a morena logo que chegou ao balcão.

– Olá – respondeu ela com um sorriso curioso na face.

– O que houve? – indagou ainda mais curioso.

– Dispensou a July? É o primeiro que vejo fazer isso.

— Sabe... Ela não faz o meu tipo.

— Ah sei! — disse em tom sarcástico.

— Sério.

— Claro que não. Pernas grossas, cintura fina, quadris avantajados, seios turbinados e pele como seda não fazem o tipo de muitos homens. Compreendo.

— Eu diria que prefiro... Pele morena clara, cabelos castanhos, corpo de proporções consensuais, um belo sorriso e um olhar que enfeitiçaria o mais forte dos homens.

A jovem apenas sorriu e Luos continuou.

— Acha que encontro alguém assim por aqui?

— Tirando o olhar de feiticeira, talvez até encontre. Mas não estará disponível para o que quer.

— Bom, pelo menos está disponível. Quanto a ser para o que quero, precisa antes saber minhas intenções.

— Vocês são previsíveis. Suas intenções sempre convergem a um só objetivo.

— Que pena. Pensei em chamá-la para sair.

— Ei! Uma cerveja! — gritou um cara na outra extremidade do balcão.

— Bruna, atenda aí! — pediu a morena.

— Continuando... Ela não sai com pessoas que conhece no trabalho.

— Mas ela ainda nem sabe meu nome. Eu poderia falar apenas fora do trabalho — tentou descontrair.

— Talvez numa próxima.

— Ok. Podemos falar sobre trabalho então?

— Ótima ideia — respondeu enquanto preparava um drinque.

— O que quer saber?

— Como funcionam as coisas aqui?

A morena apenas sorriu, enquanto servia alguns clientes.

— Tipo... Os homens vêm, dançam, bebem, assistem às *strippers*, escolhem uma mulher, pagam e vão se divertir. Deixe-me ver se esqueci de algo... Acho que não.

— E você?

— Disse que falaríamos de trabalho – alertou.

— Mas é sobre seu trabalho que estou perguntando – tentou justificar Luos.

— Ah! Eu fico aqui no bar, converso com pessoas diferentes todos os dias, recebo cantadas de tipos como você a noite toda, e em todas as noites. Depois vou embora com algumas das meninas que trabalham aqui. Sou meio que uma conselheira delas.

— Nunca te ofereceram dinheiro para...

— Várias vezes, mas não curto isso.

— Ei, calma. Não estou querendo te pagar pra nada.

— Vocês sempre fazem isso – disse brava.

— Eu não sou como...

— Todos! Sou diferente! – completou. – Aqui eu convivo com todo tipo de homem, sei o que costumam dizer e pensar.

— E o que costumamos fazer? Você sabe?

— Tipo, insistir irritantemente até levarem um não curto e grosso?

— Não estamos falando de você. Estamos falando de trabalho. Não foi o combinado?

— Boa tentativa. Mas está falando indiretamente de mim.

— A propósito, outra cerveja.

A morena se virou para pegar a bebida e em seguida colocou-a sobre o balcão, demonstrando certa impaciência.

— Toma! Tá aí a cerveja.

Luos tentou contornar a situação e seguir com a conversa.

— Estávamos falando de trabalhar aqui. De ver todas essas meninas maravilhosas vendendo seus corpos, certo? Acha isso correto? – argumentou, tentando se fazer de puritano.

— Não acho certo, por isso continuo aqui. Sabe quantas já deixaram essa vida com minha ajuda?

— Quantas? — indagou curioso.

— Várias! Várias já não se vendem. Acharam um caminho melhor a seguir.

— Então você é algum tipo de anjo da guarda das desencaminhadas.

— Mais ou menos. Ajudo apenas as que querem ser ajudadas. Por exemplo, a July, aquela mulata que chegou a você. Ela gosta do que faz. Faz não só pelo dinheiro, mas pelo prazer.

— Entendo. Acho o que faz interessante. Resgata as almas que querem ser salvas.

— Engraçado, você é a primeira pessoa que interpreta assim.

— Talvez eu realmente seja diferente.

— É! Talvez!

— Até breve, acolhedora de almas. Boa sorte em seus resgates — despediu-se Luos, repentinamente.

— Obrigada! — respondeu um tanto surpresa.

Luos dirigiu-se à saída e foi informado de que deveria pagar a comanda no caixa. E então voltou para lá observando a "acolhedora de almas" de longe, acertou sua conta e se dirigiu à saída. No final das escadas, entregou a comanda para os seguranças e seguiu para seu novo lar.

Chegando à necrópole, como Zeobator costumava se referir ao cemitério, encontrou um grupo de jovens incomodando o silêncio de sua morada. Observando de longe, viam-se cinco garotos com calças jeans desfiadas e camisas de malha preta. O maior deles usava uma cruz invertida no pescoço, em apologia ao anticristo, e instigava os outros a baterem num outro garoto. Os roqueiros "satânicos" diziam que o jovem deveria fazer o pacto de sangue e jurar lealdade a Lúcifer, ou iria morrer.

Luos se aproximou lentamente e estranhou o comportamento do instigador anticristo.

— Já não nos conhecemos? — disse Luos.

— Acho que não. E é melhor sair daqui se não quiser se machucar.

— Me machucar? Você tá maluco? — disse impressionado. - Deixe o garoto ir antes que eu me aborreça.

— Quem pensa que é, homem? Sou muito mais do que esta fisionomia aparenta.

— Então mostre o seu muito mais, moleque.

Nesse momento, os olhos do garoto ficaram completamente negros, seu semblante se modificou e os de seus amigos também. Não eram simples garotos, eram demônios. Tratava-se de uma possessão em massa, algo de que não ouvia falar havia muito tempo.

— Acho que se meteu em encrenca.

— Fuja, garoto! — mandou Luos.

— Isso! Fuja! Sabemos onde te encontrar. E hoje já temos diversão. Vai! Corre, corre!

O garoto correu o máximo que pôde. Vislumbrou uma pessoa abaixada atrás de um túmulo, mas sequer quis saber o que fazia ali.

— O que te faz pensar que pode nos vencer?

— Na verdade possuo uma carta na manga.

Luos fechou os olhos e se metamorfoseou no anjo da morte.

— Uau! Temos um conterrâneo.

— Que bons ventos o trazem aqui, meu caro amigo?

— Não é da conta de vocês!

Luos mal terminou sua frase e os demônios urraram, enquanto saíam dos corpos dos garotos. Os vultos negros giraram pelo ar, e em seguida explodiram em chamas. O que quer que os tenha expulsado, não era um inimigo que gostaria de enfrentar.

— Quem está aí? Apareça!

— Veja lá como fala com seu pai. Mais respeito ao chanceler do inferno.

— Chanceler?

— Gostou?

— Eu diria que estou sem palavras.

— A concorrência também agiu assim, antes de ser massacrada, literalmente.

— E o que faz agora?

— Praticamente a mesma coisa, mas com algum poder a mais.

— O que quer comigo? – disse Luos voltando à forma humana.

— Primeiro, que tenha mais cautela ao usar sua forma natural. E... Francamente, meu filho, tomando sufoco de nefilins? – disse Zeobator em sua já conhecida forma sombria, ao erguer-se de trás de uma lápide.

— Não eram somente nefilins. Havia um anjo com eles, na verdade um representante do coro das potências.

— Então agora é um profundo conhecedor da hierarquia angelical?

— Conheço o suficiente para saber com o que lido.

— Muito bem, será de extrema necessidade para a missão que venho te passar.

Zeobator foi interrompido pelos garotos antes possuídos pelos demônios.

— O q-q-que é isso? – disse um dos garotos ao ver aquela sombra alada bem à sua frente.

— Corram! – disse a sombra.

E os garotos não hesitaram em fazê-lo. Correram o mais rápido que puderam, até que sumiram na escuridão.

— Você terá que caçar os celestiais. Começando pelos nefilins, e chegando à potência que te atacou.

– Devo matá-los?

– Não! Os quero vivos. Preciso interrogá-los.

– Deseja alguém em especial?

– Sim, quero o tal Mateus. Traga-o para mim.

– Claro, meu senhor. Assim o farei.

– Muito bem, meu filho, muito bem.

– Senhor, tenho algumas perguntas a fazer.

– Faça-as.

– O que sabe sobre a profecia de Manakel?

Parecendo um tanto intrigado com a questão, não titubeou em repudiar a suposta profecia.

– Ebenezer Manakel era um lunático. Não o leve em consideração, apenas cumpra sua missão.

– E Baullor? O que faz aqui?

– O mesmo que você. Só que com mais competência.

– Mais competência? Eu eliminei as crianças conforme me ordenou. Uma a uma. O que ele fez de tão especial?

– Saberá no momento certo. Traga-me os celestiais e repensarei sobre a permanência dele aqui.

– Está certo, meu senhor. Assim o farei – disse Luos, reverenciando Zeobator com um leve inclinar de corpo.

Zeobator sumiu entre as sombras dos túmulos e Luos sentou-se para ler um pouco o livro da bruxa, mesmo sem uma iluminação que lhe fosse ideal à leitura.

A leitura era interrompida por suas ponderações. Pensava o tempo todo naquela corja de demônios caminhando juntos. Se existem outros demônios além dele e de Baullor perambulando por aí, seria interessante saber como mandá-los de volta ao inferno, visto que não possui poderes iguais aos de Zeobator.

✳ ✳ ✳

A paciência é um dom adquirido com o tempo. A euforia e afobação são sentimentos que levam os jovens detetives a maus bocados. E assim Benevites exercitava o dom que somente os anos de experiência dão ao homem. Mantinha-se firme à espera de sua presa. Como uma serpente, sabia que não valia a pena correr atrás da presa, pois ela acabaria vindo até ele. Bastava saber onde esperar, e dar o bote na hora certa.

Algumas horas se passaram e, quando menos esperava, sua presa saiu da toca. O suspeito saiu em passos lentos pelo portão do cemitério. Analisou por um instante e confirmou que as feições batiam com a descrição. Preparando-se para segui-lo, Benevites titubeou por um momento. Atrás do suspeito, um colega de trabalho o seguia como um felino em sua primeira caçada, barulhento e desajeitado. Wilson Cervantes era um inimigo declarado de Benevites, porém não costumava atrapalhá-lo, apenas tentava superá-lo a todo custo. E talvez esse fosse o motivo de estar ali.

Wilson seguiu o rapaz por alguns metros, tentando alcançá-lo. O homem percebeu que estava sendo seguido e parou. Benevites também não se aproximou. Manteve uma distância segura, observando o diálogo deles, sem saber do que se tratava. A conversa não durou muito, e o suspeito deu as costas e começou a caminhar. Em seguida, Wilson sacou seu revólver lentamente: uma atitude típica do traiçoeiro detetive, atirar pelas costas. Mas para sua surpresa, o homem apontou o revólver para a própria cabeça e disparou.

– Merda! – disse Benevites desviando o olhar.

Colocou a chave na ignição e deu partida no motor. Olhando à frente, o suspeito sumia na escuridão da noite. Dirigiu-se rapidamente até Wilson, mas era tarde. Sua massa encefálica já decorava a calçada de concreto.

13

Um novo rumo

O dia seguinte transcorreu veloz como um raio. A luz solar sequer tocou seus olhos. O foco às vezes doentio em seu trabalho era o que lhe fazia ser o que era. O detetive que raramente perdia um caso, o detetive que não se dava por vencido.

Benevites chegava a passar dias na delegacia, apenas cochilando em sua cadeira. Férias? Nunca tirou sequer um final de semana prolongado. Quanto a promoções por sua competência, negou todas. Não gostava de comandar operações, de ficar esperando que as respostas chegassem até ele. Muito menos de perder um suspeito por imperícia de um novato.

Atitudes como essas o transformaram numa espécie de lenda entre seus companheiros. Todos reverenciavam sua perseverança e sua competência. Nem mesmo os superiores se metiam em seus casos. Apenas pediam relatórios de andamento, pois sabiam que o restante seria facilmente resolvido por essa astuta raposa velha.

Em contrapartida, Wilson Cervantes, seu opositor declarado, nunca lidou bem com a liberdade que Benevites possuía. Não concordava com as regalias dadas a um detetive igual a ele. Igual pelo menos no cargo, pois em capacidade Benevites ganhava de longe. Esses sucessos apenas esquentavam a disputa silenciosa que Wilson travava com Benevites. Disputa essa que o levou a um final nada feliz.

— Ei, você! Posso falar com você um instante?
— Não falo com estranhos!
— Não sou um estranho, sou da polícia. Prefere conversar aqui ou na delegacia?
— O que quer?
— Isso eu pergunto. O que foi aquilo no cemitério? Algum tipo de filme de terror?
— Não sei do que está falando.
— Acho melhor falar. Pois podem ser suas últimas palavras em liberdade.
— E essas, as suas últimas neste mundo...

— Benevites! Ouvindo isso outra vez? Vá para casa. Não irá resolver nada ficando aqui sem descansar. Não é mais um garotão.
— Obrigado, Juarez, mas sabe que só funciono assim. Sou como uma velha panela de pressão, se não ajeitar tudo com carinho o vapor escapa e o feijão não cozinha, se é que me entende.
— Bela metáfora, meu digníssimo parceiro — disse Joaquim.
— Por onde esteve, rapaz?
— Investigando. A propósito, fiquei sabendo sobre o Wilson; no mínimo intrigante.
— Eu estava lá, e ainda não compreendo.
— O que é isso que estava escutando?
— Wilson gravou sua conversa com o suspeito. Trinta segundos de conversa mole, e o detetive colocou um balaço em seu próprio crânio.
— Por que faria isso?
— Boa pergunta.
— Dá pra tirar algo de útil da gravação?
— Nada demais. A única coisa é que parece que nosso garotão é mais perigoso do que pensávamos.

— Por falar nele, sei onde esteve esta noite.

— Onde?

— Hot Girl's Night Club.

— Que merda é essa?

— Não conhece? É um dos melhores prostíbulos da cidade. Devia dar uma passadinha lá, aliviar as tensões.

— Não preciso pagar para aliviar tensões, garoto.

— Eu também não, mas aquelas mulheres valem cada centavo.

— Onde fica isso?

— Não fica longe.

— Ótimo, vamos ver algumas bundas.

— É assim que se fala, Benê.

✢ ✢ ✢

Num galpão a poucos quilômetros do centro, Luos preparava-se para testar os conhecimentos obtidos com o livro da bruxa. Havia lido bastante durante a manhã, e sabia onde encontrar o alvo perfeito para seu treinamento.

— Me chamou, maninho? Sentiu saudades? — disse Baullor, caminhando pela penumbra.

— Na verdade, eu queria dividir um momento mágico com você.

— Mágico? Adoro magia. Quando começa o show?

— Já começou. Você bem ao centro do palco agora.

Baullor não compreendeu bem a afirmativa, e olhou para os lados buscando uma explicação.

— Acalme-se, irmão, não tem mais ninguém aqui. Ninguém irá roubar seu número.

— Do que está falando, Luos?

— Do show de fogos.

— Está louco, Luos? É isso?

— Jamais. Digo isso porque acima de você encontra-se um círculo de proteção feito especialmente para o seu show. Meu primeiro truque.

Baullor olhou para cima vislumbrando o pentagrama com uma circunferência ao redor. O círculo de proteção contra o mal sendo usado por quem deveria estar no centro dele. As marcas premeditadamente desenhadas o deixaram inconformado. Em seguida, Baullor encarou Luos com um olhar furioso, e mais uma vez contemplou o desenho preto acima de sua cabeça.

— Então quer brincar, maninho. Tem certeza de que esse truque foi bem feito? Se tiver uma falha eu posso te pegar, sabia?

— Sabe que nunca fomos de brincar, Baullor. E não possui falhas. Além do mais, o *colorjet* é de altíssima qualidade.

— Qual o próximo número?

— Oh! Já que perguntou. Que tal água benta? — disse erguendo um pequeno galão translúcido, que deixava à mostra um terço em seu interior.

Era notável a preocupação de Baullor. Estava numa posição desfavorável, e suas alternativas se limitavam a uma boa negociação.

— Não precisa fazer isso, Luos, não comigo. Estamos aqui para o mesmo propósito.

— Sério? Não me lembro em nenhum momento de ter recebido ordens para matar jovens. Estuprar, cortar pulsos e enforcar também não eram itens da lista de ordens. Zeobator não nos pediu isso.

— Você realmente não está bem... Do que está falando?

— Talvez isso te faça lembrar.

E Luos jogou uma farta quantidade de água benta em Baullor.

— Ahhh!... Desgraçado!

— Pense bem, Baullor, não foi coincidência demais?

— Do que está falando, seu desgraçado?

– Você sabe! Todos aqueles corpos empilhados no mesmo local. Não acha muita coincidência?

E mais uma abundante quantidade de água benta foi lançada.

– Ahhh... Pare! Pare!

– Dói? Dói muito? Imagine o que Viviane sentiu enquanto abusava dela.

– Chega! Eu não fiz nada! Ahh...

– Fez, Baullor. Mas não fará mais mal a ninguém!

– Você também tem a ficha suja, meu caro irmãozinho. Como foi que você optou por colocar aquela jovem justamente junto dos outros corpos? Uma grande coincidência também, não acha?

– Não se faça de sonso, Baullor, você me seguiu e depois levou os outros corpos para lá apenas para me incriminar.

– E o que me diz da Viviane, Luos?

– Essa sim foi coincidência, e a única neste assunto.

– Não existem coincidências.

– Chega! Não fale dela. Não manche sua memória.

– Eu? Manchar memórias? Me poupe, Luos, tenho mais o que fazer. Tenho que cumprir as missões que não possui competência para executar, ou talvez não possua um nível de confiança suficiente para que Zeobator o designe.

E Luos jogou outra farta quantidade de água benta em Baullor.

– Ahh! Seu miserável! Eu ainda acabo com você, Luos, nem que tenha que passar por cima de Zeobator pra isso.

– Nossa! Que valentia repentina é essa?

– Me liberte, se é tão valente!

– Acho melhor não. Prefiro seguir para o último e mais aguardado número da noite. O truque do desaparecimento.

– O que vai fazer? Torturar-me com água benta até que eu derreta? – disse gargalhando. – Já senti dores piores, maninho.

— Não vou mais perder meu tempo com você. Vou devolvê-lo a Zeobator e deixar meu caminho livre. Sem qualquer estorvo que possa vir a me atrapalhar.

— Quem você pensa que é? Um anjo? Sabe que não pode me devolver assim.

— Não, realmente não sou um anjo, mas ainda sim sou um cara com um livro de exorcismo em mãos, pronto para ser usado.

—Você não... Não sabe fazer o ritual.

Ignorando-o, Luos iniciou a leitura do livro que recebeu da bruxa.

— *Exorcizamus té, ômnis immundus spiritus, ômnis satanica potétas, ômnis incursio infernalis adversarii, ômnis legio, ômnis congregatio et secta diabólica...*

— Era isso? — disse Baullor gargalhando. — Acho bom melhorar o seu latim.

Luos estava intrigado. Baullor parecia não se abalar com as palavras proferidas. Luos sentiu-se diminuído, talvez a pronúncia correta não fosse aquela. Contudo, Baullor não iria longe. E mandá-lo de volta seria uma questão de tempo. Pouco tempo.

— Ok — disse fechando o tomo em suas mãos. — Eu volto para vê-lo em breve.

— Aonde vai, exorcista? — alfinetava em meio a gargalhadas. — Vai buscar um padre?

Mas Luos não se deu o trabalho de responder.

—Vá! Mas vá rápido, pois essa porcaria não vai me segurar por muito tempo.

※ ※ ※

Luos retornou ao beco do Siridó com o intuito de que a bruxa lhe ensinasse os rituais, e encontrou-a saindo do local.

— Precisamos conversar — bombardeou Luos.

— Oi, primeiramente — respondeu a mulher.

— Oi. Preciso conversar com você.

— Volte outra hora e faremos isso.

— Não — disse pegando-a pelo braço com firmeza. — Tem que ser agora.

— Ei! Primeiramente me solte — e Luos assim o fez.

— Está pensando que é quem para chegar assim? Não é só porque você é o futuro *pop star* do inferno que pode me tratar assim não. Sei de feitiços que o colocariam andando de quatro.

— Sem ameaças por hora. Preciso de ajuda.

— Mocinha! — sorriu. — É um bom começo. Sobre o que quer falar?

— Sobre os rituais, e outras dúvidas que tenho.

— Tem mesmo que ser agora? — tentou desvencilhar-se pela última vez.

— Tendo em vista que possuo um demônio preso num círculo de proteção, esperando para ser exorcizado... Acho que seria bom se fosse agora.

— Bem, se o círculo foi bem feito, ele não irá sair de lá, ou seja, podemos ver isso depois.

Luos não desistiu. E manteve sua expressão de "Por favor".

A mulher olhou para ele com uma expressão de aprovação em seu semblante. Sentia que estava colaborando para que a profecia fosse por água abaixo.

— Ok. Vamos entrar, é mais seguro.

A bruxa observou um tanto preocupada a rua e entrou no prédio. Caminhou olhando para os lados, parecendo bastante preocupada.

— Está tudo bem?

— Não, lá dentro conversamos, ande mais rápido.

Chegando ao segundo andar, as luzes do corredor começaram a piscar, a leve brisa que passava pela ventilação do corredor transformou-se em um vento repentinamente forte.

– Corre, Luos!

A bruxa empurrou Luos para tomar a frente e começou a correr. Subiu a escada pulando o máximo de degraus que fosse possível. Chegando a porta de sua loja, seu nervosismo era tamanho que não conseguia acertar a fechadura. Uma espiada no corredor para ter certeza de que ainda estavam a sós, e as luzes se apagaram. Seu coração acelerou ainda mais, não tinha obtido sucesso com as chaves, e para piorar o molho caíra no chão. Apalpando o chão escuro, buscava pelo chaveiro, enquanto seu peito sentia o batuque incontrolável de seus batimentos. Enfim, conseguiu encontrar o chaveiro e um lapso de sorte presenteou-a com o sucesso em colocar a chave na fechadura. Abriu a porta o mais rápido que pôde e entrou na loja.

– Venha rápido. Ande, Luos! – resmungava.

Luos entrou logo em seguida, e a mulher bateu a porta.

– São eles. Eles vieram atrás de mim – disse assustada.

– Eles quem?

– Os servos de Typhon.

– Typhon?

– Isso. Typhon.

– Quem é esse?

– Filho de Amitiel e Lúcifer. Ele deseja o seu posto, Luos, sabe que está aqui. Agora veio atrás de você e de mim.

– Eles não podem entrar aqui.

– Ele não é como os outros. Não podemos contra ele.

– Como assim não podemos?

– Simplesmente não podemos. Lembra de quando falei sobre o "All Stars of Hell"? Pois então, ele seria um membro desse seleto grupo.

A mulher mal terminou de falar e a porta começou a sacudir em intensos solavancos, como se algo forçasse para entrar. O que quer que estivesse do lado de fora, estava furioso. Luos e a bruxa se afastaram da porta e ficaram observando os violentos golpes. Lentamente, o vidro de espessura razoável foi trincando com os seguidos golpes, cada vez mais rápidos e fortes.

— Faça alguma coisa, são apenas seus servos, exorcize-os — disse Luos.

— Só servos? Já ouviu falar sobre Ifrits?

— Criaturas aladas formadas por fumaça?

— Isso!

— Não passam de mito?

— Diga isso para estes que estão aí fora.

— Mesmo que existissem, as lendas sobre Ifrits dizem que não são capazes de perambular por este plano.

— E esses aí fora? Acha que estão tocando a campainha direto do inferno?

— Não se preocupe, são criaturas malignas, não podem entrar aqui.

— Desde quando você é uma criatura do bem? E mesmo assim está aqui, não está?

Luos teve de concordar e, procurando se mostrar mais útil, sacou sua adaga.

— Guarde isso. Eles não podem ser feridos com uma simples adaga. Não possuem matéria, Luos, são constituídos apenas de sombras e crueldade.

— E como os atacamos?

— Usando lâminas planares. Mas creio que não possuímos uma disponível no momento.

— Acalme-se, mulher! — tentou abrandar Luos. — Estamos protegidos pela barreira de sal e o círculo.

— Isso! Venha, para trás do balcão.

A porta parou de ser golpeada por um instante, mas logo voltou a sacudir violentamente. Assim continuou por mais alguns segundos e então simplesmente parou. O silêncio caiu sobre o Recanto das Bruxas como uma maldição. Sequer se ouvia o som da respiração. O clima ainda estava tenso no local. Poderiam estar lá fora apenas espreitando.

— Eles se foram? — indagou a bruxa.

— Parece que sim.

— Droga! Parece que as coisas estão mais feias do que imaginei.

— Qual o problema? — questionou Luos, olhando ao seu redor com mais atenção, e assim percebendo que boa parte dos livros estavam encaixotados.

— Está indo embora? — investigou descrente.

— Olha, Luos, isso é bem mais complicado do que pode imaginar.

— Está indo embora? — perguntou novamente, mas de uma forma mais branda.

— Irei me refugiar, buscar um lugar seguro.

— Você vai fugir? Mesmo sabendo todas essas coisas de proteção, e feitiços e...

— Como acha que sobrevivi todos esses anos? Lutando contra demônios? Não! Eu não os enfrento. Apenas me defendo. É mais fácil assim.

— Como assim todos esses anos?

— Há muitas coisas que não sabe sobre mim.

— Pode falar, sou todo ouvidos — disse puxando uma cadeira.

— Quem você pensa que é? Meu pai? Meu dono? Não tenho que falar sobre meu passado. O que está em jogo agora é o presente, e sem ele, não haverá futuro.

— Lindas palavras, mas ainda não me disse nada de útil.

— Luos, diga logo o que veio fazer aqui. Não quer ajuda? Você pergunta, eu respondo, e fico logo livre de você e dos perigos que traz consigo.

— Tá legal. Que tal começarmos com o exorcismo? Seria propício até para o momento em que estamos.

— Qual o problema?

— Como havia dito, eu prendi um demônio e comecei o ritual, mas ele sequer sentiu algo.

— Muito bem, pronuncie o ritual.

Luos pegou o livro e começou a ler.

— *Exorcizamus té, ômnis...*

— Parou! Sem forçar tanto. Não é *Exorcizamus té*, e sim *Exorcizamus te*. Entendeu? Não precisa forçar o "te".

— *Exorcizamus te... ômnis ímmundus spiritus...*

— Para! Vejo que temos bastante coisa para consertar.

Assim, algumas horas e muitas correções depois, Luos começou a entender melhor o latim, e começou a ler o ritual da forma correta. Mais alguns dias de treino e estaria perfeito.

— Pronto! Essas eram suas dúvidas?

— Por hora, sim.

— Bem, o que aprendeu é o suficiente para exorcizar. Ainda não é um exímio exorcista, mas dá para o gasto.

— A princípio é só isso. Mas poderá haver outras dúvidas no decorrer da leitura de seu livro. No momento, é a única pessoa a quem posso recorrer.

— Fico lisonjeada, mas não sou do tipo que curte lecionar.

A bruxa caminhou para a porta e abaixou-se em frente a ela.

— Acho que vou reforçar essa linha de sal para evitar transtornos.

Ao remover a tampa de metal da soleira da porta, para seu espanto, não havia sal algum lá, apenas sinais de fogo, que provavelmente incinerou sua barreira.

— O que houve?
— O sal sumiu.
— Como assim?
— Ele queimou. O sal queimou.
— Queimou? Mas como?

Imediatamente a porta estourou, lançando seus estilhaços por toda a loja e parte do corredor. Por ela Baullor atravessou, pondo as mãos diretamente na garganta da mulher que estava caída à sua frente.

— Então é você que anda ensinando isso ao Luos? Vou te mostrar alguns truques que conheço.

Luos jogou o restante de sua água benta em Baullor e ele soltou a mulher, que rapidamente correu ao encontro de seu salvador.

— Fique atrás do balcão.
— Ah... Acabou a água, maninho?
— A água sim, o círculo não.

Baullor olhou para cima e se viu novamente preso ao círculo com pentagrama.

— Acha que isso vai me impedir? Já saí do seu último e sairei deste também.

— Sério? E o que acha de um exorcismo? É imune a ele também?

— Você não sabe o ritual correto.
— Eu ensinei — disse a mulher.
— Até a próxima... Maninho.
— *Exorcizamus te, omnis immundus spiritus, omnis satanica potesta...*

Baullor começou a se debater, desta vez o ritual estava sendo proferido da maneira correta. Não haveria escapatória.

— E aí? Está gostando? — perguntou Luos.
— Isso ainda é só o começo, Luos, só o começo!

– Concordo plenamente. E só por isso vou começar de novo.

– *Exorcizamus te, omnis immundus spiritus, omnis satanica potestas, omnis incursio infernalis adversarii, omnis legio, omnis congregatio et secta diabolica, in nomine et virtute Domini Nostri Jesu Christi, eradicare et effugare a Dei Ecclesia, ab animabus ad imaginem Dei conditis ac pretioso divini Agni sanguine redemptis.*

– Ahhh!...

Baullor ardeu em chamas, que logo o consumiram, sobrando apenas um punhado de cinzas e resíduos de enxofre.

Luos olhava para a bruxa com um olhar triunfante. Olhar de quem vencera uma batalha há muito iniciada.

– Parabéns, meu jovem, ótimo exorcismo. Talvez esse seja o caminho que te afastará da profecia.

– Será? Eu não tenho muita certeza.

– Não temos certeza de tudo, apenas fé.

– Bruxas têm fé?

– Todos têm fé, Luos. Cada um expressa de seu modo.

– E então? Vai me ajudar? Viu que preciso de você?

– Não sei se devo.

– Seu nome ficará registrado na história. Será a pessoa que evitou o Apocalipse.

– Caia na real, Luos, quando profecias falham, elas são dadas como falsas, e não como evitadas por alguém.

– Nossa! Importa-se mesmo com isso.

– Deixa isso pra lá, você nunca vai entender.

– Experimente me explicar.

– Não quero falar sobre isso.

– Poderia apenas me dizer seu nome completo?

– Beatriz Rilayne.

– Beatriz. Selamos aqui uma parceria que fará muito sucesso – disse Luos estendendo a mão.

Beatriz olhou para Luos. Seu olhar transparecia uma sinceridade pura, uma amizade verdadeira.

– Espero que sim, garoto – disse, esticando a mão.

Luos sorriu, sentia-se aliviado por ter alguém com quem pudesse conversar sobre tudo. Alguém que compreendesse suas dificuldades e soubesse lhe dar conselhos. Alguém em quem pudesse confiar.

– Vamos lá, parceiro. Vamos limpar essa bagunça.

– Vamos. Mas depois estudamos um pouco mais. Combinado?

– Combinado.

E assim se iniciou uma amizade, com a promessa de que dias melhores chegariam em breve.

14

Torturas e perguntas

— Olá, Luos! Por que demorou?
— Estive um pouco ocupado. Essa nova missão está me consumindo.
— Não me subestime, filho. Sei o que anda fazendo e sabe o que penso disso.
— Estou treinando. Não podemos vencer a guerra e construir um novo inferno somente eliminando os celestiais. Teremos que afrontar as alianças adversas a nós.
— Vejo que fala como um líder. Está amadurecendo, Luos. Nisso esse treinamento tem ajudado. Está transformando-o num homem.
— Zeobator...
— Pai! Não se esqueça de que sou seu pai.
— Pai, sabe que sou leal a você.
— E foi num ato de lealdade que exorcizou Baullor?
— Perdoe-me, não era para ser assim.
— Poupe-me de seu sentimentalismo, Luos. Sabe que não somos bons em perdoar.
— Eu sei.
— Agora de uma coisa não sabe, ou melhor, de várias — disse Zeobator, aumentando o tom de voz.
Luos abaixou sua cabeça e, ao erguer os olhos, a mão de Zeobator já estava em sua garganta.

— Sabe o que precisei fazer para conseguir a passagem de seu irmão para o outro lado? – gritou Zeobator. – Nem imagina, não é! – sussurrou.

Zeobator jogou Luos ao chão. E o olhou com uma ira devastadora.

— É um irresponsável. Acha-se poderoso, mas sequer sabe superar seus próprios medos. Medos que o levarão às ruínas.

— Não tenho nenhum medo.

— Cale-se! Essa é a fraqueza do sangue de sua mãe pulsando em suas veias. Criando dúvidas... Medo. Você acha mesmo que trará o inferno para a Terra? Acha que aquela profecia é verdadeira? Não sabe nada sobre o mundo, meu jovem, nada.

— Eu sei muito mais do que pensa, pai.

— Sabe? Então por que não me trouxe nenhum celestial até agora? Baullor me trouxe um. E foi por isso que te chamei aqui. Para que me ajude a obter respostas.

A raiva tomava conta de Luos, queria matar seu pai a todo custo. Queria trucidá-lo. Picá-lo em pedaços, e depois dá-los aos cães do inferno.

— Você me odeia, mas tem medo de mim. É assim que deve ser. Agora venha, vamos depenar umas asinhas.

Caminharam juntos pelos corredores de pedra dos aposentos de Zeobator e desceram por escadas até chegarem à entrada de um calabouço. Luos lembrava-se daquele local. Estivera ali por diversas vezes, e enquanto Zeobator abria a porta e caminhava até o final da masmorra, o jovem revivia em flashes rápidos os momentos de dor que passara.

— O que foi? Vai ficar parado aí?

As lembranças pesavam. Feridas não cicatrizadas que lhe causavam muita dor. Feridas que talvez não se curassem nunca.

— Não me diga que está com medo.

— Não estou.

— Então entre logo.

Luos cruzou a porta. E para cada canto que olhava, se via sendo chicoteado, amedrontado, espancado. Acontecera de tudo naquele sinistro calabouço.

— Vamos começar. Ali estão nossas respostas. Veremos o que podemos tirar dele.

Luos caminhou até o prisioneiro e, sobre uma mesa, pegou uma chibata. O celestial estava muito ferido, possuía grilhões nas mãos e pés que eram presos em correntes grossas fixas no chão e no teto. Olhando para a silhueta do anjo, via-se em sua infância. Lembrava-se daquele passado no qual só ele sabia o que havia resistido. E agora estava em suas mãos a oportunidade de causar a dor que lhe fora causada. Ostentava a arma da gloriosa vingança. Ali não estava seu pai, que era a quem realmente queria torturar. Porém, estava um celestial. Um inimigo. Um ser que não hesitaria em matá-lo e que não merecia sua misericórdia. O gatilho ideal para disparar a maldade contida em seu coração.

— Comece a falar, anjo, e preserve minha paciência — ameaçou, produzindo um estalar ao tracionar a chibata, puxando suas extremidades em direções opostas.

— Não sei o que quer.

— Vamos lá, diga qualquer coisa. Alimente minha paciência. Excite minha curiosidade e me brinde com informações que julgue nos ser úteis

— Não possuo quaisquer informações úteis a demônios. Não lido com sua laia.

— Uau! — surpreendeu-se Luos. — É bastante audacioso.

— ...E mesmo que soubesse, não diria a vocês, vermes inglórios.

Zeobator não se conteve e imediatamente golpeou o celestial com um soco na altura do estômago. O anjo sentiu o ar lhe faltar por alguns instantes, mas logo se recuperou e se postou firme, como se os desafiasse.

— Este miserável é um integrante do coro dos tronos, responsáveis por levar as ordens divinas a seus irmãos — alertou Zeobator, ladeando o prisioneiro.

— Então é um mensageiro sagrado? Bom. Muito bom. E qual ordem levava aos seus irmãos? Fale! — Luos pontuou a frase desferindo uma chibatada nas costas do celestial.

O mensageiro celeste contraiu-se, forçando os grilhões e trancando os dentes.

— Ah... — gemia o celestial, mas não se entregava.

Luos levantou o braço novamente, e a chibata riscou as costas de pele clara, deixando uma ferida profunda em seu dorso.

— Ah... Quer mesmo saber? Não fará diferença, pois a ordem já foi entregue.

— Ok! Então comece a falar. O que ordenou a eles?

— Primeiramente, não sou eu quem ordena. Apenas repasso as ordens.

— Sim, claro. E quais foram estas?

— Sua sentença de morte — referiu-se a Luos.

— Mesmo? Que lindo...

— Não se faça de tranquilo, demônio. Entre nossos irmãos costumamos dizer que "Ordem dada é ordem cumprida". Sendo assim, seu fim se aproxima.

— Qual seu nome mesmo? — indagou Luos.

— Ieiaiel — respondeu erguendo a cabeça.

— Sério? É o seu nome? Tá de sacanagem. Que nomes lindos vocês têm, hein?

— Já falei o que desejavam. Queriam saber a ordem, e agora sabem. Então terminem logo com isso.

— Logo? Por quê? Ainda nem me diverti — disse Luos.

– Pois então se divirta. Esta pode ser sua última oportunidade.

Luos sorriu e olhou para Zeobator, que apenas observava suas atitudes.

– Meu caro celestial. Essa ordem não passa de uma reiteração de dezenas de outras ordens de mesmo conteúdo. Desde meu nascimento que esta ordem está em aberto. Por que acredita que justamente agora será cumprida?

Zeobator deixou um sorriso escapar. Parecia estar satisfeito com as atitudes de seu filho.

– É porque não se trata de simples temores de hierarquias celestiais inferiores, e sim de uma ordem direta de nosso Pai.

– Então quer dizer que o próprio Deus encaminhou essa ordem? Ele me quer morto?

– Sim. Ele quer que o mundo seja limpo de toda a imundície. Ele nos entregou os esfregões e nos ordenou que lavássemos a casa. E adivinhe, as impurezas são vocês.

Zeobator fechou a cara imediatamente. Sua expressão deixava clara a insatisfação e a raiva. E a inquietação o fez ladear. Rodeou-se por duas vezes, até que parou atrás do celestial.

– Belas asas, meu rapaz. Pena que são pouco usadas. Não ouso falar muito do seu coro. Os tronos raramente são citados. Acho que sequer entraram nas escrituras sagradas de seu Deus, ou estou errado?

E Ieiaiel não se deu ao trabalho de responder.

– O que houve? Ficou magoado? Não fique. Alguns superiores são assim mesmo... Bastante injustos. Mas me diga uma coisa, não há tanto trabalho a se fazer no seu coro, certo?

– Isso não é assunto para vocês.

– Claro que é, meu oneroso celestial. Suas mensagens influenciam diretamente os nossos planos.

– Não tenho nada a dizer a vocês.

– Acho bom começar a falar tudo o que sabe, ou...

– Não sabem o que sei. Como podem perguntar sobre o que não sabem?

– Quero saber a localização do livro do Apocalipse – disse Zeobator, surpreendendo Luos e Ieiaiel.

– Quem és tu? Pensas que poderás abrir os Sete Selos? Não és digno de tal tarefa.

– Onde o livro se encontra, Ieiaiel?

– Protegido.

– Teme que possamos abri-lo?

– Já disse! Não és digno de tal tarefa. Sequer és digno de olhá-lo.

– Se não acreditam que podemos abri-lo, por que o protegem?

– O dia de sua abertura não tardará, e sua leitura acontecerá na hora nomeada por nosso Senhor.

– Pelo visto não teme sua vida, Ieiaiel. Ainda não nos deu nenhuma informação de grande importância – disse Zeobator, caminhando ao redor do celestial.

– Já disse o Senhor: "Aquele que quiser salvar a sua vida, perdê-la-á, e quem perder a sua vida por amor de mim, achá-la-á".

– Belas palavras – disse Zeobator parado às costas de Ieiaiel – Então perca isto.

O demônio puxou as asas do celestial para baixo com tamanha violência, que os ossos alveolares estalaram e quebraram-se em diversos pontos.

– Ahhh!... Não adianta, infiel... Jamais trairei meus irmãos e meu Pai.

– Mandarei isto de presente a eles.

E Zeobator continuou a tortura, deslocando os poucos ossos que ainda sustentavam as asas e destacando-as lentamente das costas do anjo, o maior símbolo de sua espécie.

O pobre celestial se retorcia. A dor era tão insuportável que Ieiaiel não resistiu e desmaiou. Luos ladeou o celestial, observava sua respiração fraca, como na história que Zeobator havia lhe contado. Um abate sem propósito e mal-planejado. Ato que não lhes deu nenhuma informação que já não conhecessem.

– O que achou, meu filho?

– Desnecessário.

– Desnecessário? Desnecessário? E quanto ao exorcismo de Baullor, aquilo foi necessário?

– Para mim, sim.

– Está ficando um moleque muito insolente, Luos. Ousa me desafiar na minha presença? – indagou entoando sua voz ameaçadoramente. – Isso é bom! Muito bom. Significa que está crescendo. Está aprendendo a não temer seus adversários, por mais poderosos que sejam.

Luos não esboçou nenhuma reação aos elogios de Zeobator. Não disse aquelas palavras com tal intenção. Não queria fazê-lo sorrir, e sim desafiar sua autoridade e vingar-se de seu inescrupuloso meio-irmão.

– Mas se tranquilize. Esta morte não foi em vão. Conseguimos uma informação interessante aqui.

– Conseguimos o quê? Saber que eles me querem morto? Isso você já sabia há vinte anos.

– Não, Luos! Descobrimos que o *Livro dos Sete Selos* existe. E que está sendo protegido. Ou seja, está em algum lugar no plano material, pois por que precisaria de proteção se estivesse no céu?

– *A teoria de Zeobator possuía lá seus fundamentos* – pensou Luos.

– O que esse livro tem de importante? – indagou curioso.

– É um dos presságios do Apocalipse. Os quatro cavaleiros, as pragas, tudo o que precede o evento maior.

– O que são estes Sete Selos?

– O rompimento de cada selo desencadeará uma série de acontecimentos calamitosos. E estes anunciarão o nosso retorno à Terra para a Grande Guerra. O inferno e o céu batalharão. E teremos lutando ao nosso lado um exército de condenados. Todos aqueles que não forem assinalados lutarão conosco.

– E onde fica o exército de anjos que estará ao meu lado?

– Este se aliará a nós no momento certo e seguirá nosso propósito até que a morte os tire da linha de frente.

– Pode esclarecer outra dúvida?

– Diga.

– Quem é Typhon?

– Typhon? Nunca ouvi falar.

– Nunca ouviu falar no filho de Amitiel e Lúcifer?

– Já! Mas nunca ouvi dizer que ele tinha um nome.

– Pois é, agora tem. E mandou seus capangas atrás de mim. Ifrits tentaram me pegar hoje.

– Como sabe que eram Ifrits? Chegou a vê-los?

– Não... Mas acho que eram.

– Fique tranquilo, Luos. Criaturas do inferno não podem ir e voltar da Terra quando bem entenderem.

– E eu? O que me diz de mim?

–Você é diferente, você tem um sangue especial em suas veias.

– Zeobator! Typhon é filho de Lúcifer e Amitiel. Ele também tem sangue especial nas veias.

– Entenda uma coisa, Luos, o filho deles possui sangue de dois caídos em suas veias. Ele foi concebido após a queda dos dois, não tem nada de especial, e por isso foi jogado numa das camadas mais baixas do inferno.

– Então ele não passa de um demônio, como os outros?

– Bem mais vil e poderoso do que os demônios com quem já lidou até hoje, mas ainda assim um demônio.

– E os Ifrits?

– Devem ter se aliado a Typhon no tempo que ele passou lá embaixo, pois Ifrits não costumam frequentar as camadas mais superficiais do inferno.

– Eles são perigosos?

– Eu diria que não devem ser subestimados. São criaturas extremamente fortes. E costumam andar em grupo. Ou seja, se vir um deles, pode ter certeza de que há outros por perto. Era só isso mesmo?

– Por enquanto só. Volte para a Terra e descubra onde está guardado o livro.

– Até breve, pai – disse Luos se curvando.

Caminhando para a saída, o jovem deixou uma pequena caixa de madeira sobre uma mesa e saiu da masmorra. Zeobator olhou a caixa e ficou curioso. Seguiu até ela e tomou-a na mão. Havia um bilhete preso com fita na lateral da caixa. Abrindo-o pôde ler:

"Para que Baullor lembre-se de sua estada na Terra."

Zeobator abriu a caixa, e lá estava um punhado de cinzas. Provavelmente as de Baullor. Por um instante pensou em esbravejar, mas acalmou-se ao pensar que a cada dia Luos se aproximava mais do padrão maligno que ele tanto desejava. Cada vez mais se aproximava do Luos que iria instalar o novo Reino de Fogo.

※ ※ ※

– Joaquim, esta é a segunda vez que viemos a este lugar e... – Benevites ficou de boca aberta com o decote de uma morena que passou por eles.

– Pode olhar, Benevites, não paga nada.

– ...E até agora nada de nosso suspeito.

– Aonde foi parar sua paciência, detetive?

— Não há como se manter paciente vendo todas essas mulheres... Maravilhosas.

— Chega a ser hilário você dizendo isso — disse Joaquim sorrindo.

Benevites olhou atravessado para Joaquim, deixando sua insatisfação à mostra. — Pronto! Olha nosso garotão ali, Benê.

Luos acabara de entrar no salão, e dirigindo-se diretamente ao balcão, pediu uma bebida à balconista.

— E aí, Benê, vamos ao trabalho?

— Acalme-se, Joaquim, vamos ver qual é a dele.

O jovem pegou sua bebida e começou a papear com a balconista. O tipo de conversa com sorrisos demonstrava que não era a primeira vez que se falavam.

— Ele gosta de balconistas e prostitutas, hein? — disse Joaquim.

— E me parece que esta já está caindo na dele. Fique de olho.

Os detetives continuavam a observar discretamente, enquanto Luos e a balconista prosseguiam com a animada conversa.

— Eu sei que estamos no seu trabalho. Mas poderia apenas saber seu nome? — esforçava-se Luos em sua tentativa de se relacionar com a balconista.

— Nina! — atende esse homem aí — gritou a ruiva com a balconista em questão.

A morena olhou para Luos como quem dizia "Respondido?". E atendeu o homem no balcão. Em seguida, voltou para perto de Luos.

— Agora já sabe o meu, e quanto ao seu?

— Luos.

— Luos? Diferente.

— Eu diria original — gabou-se.

— Pode ser.

Mais atrás, os detetives continuavam de olho no suspeito. Uma atenção um tanto quanto dispersa devido à quantidade de mulheres exuberantes circulando ao redor deles. Contudo, tentavam não perdê-lo de vista.

– Ei, Luos!

– Diga.

– Aqueles dois homens ali atrás...

– Quem?

– O quarentão e aquele mais jovem. Você os conhece?

Luos procurou os homens por um instante, e logo que fixou o olhar neles, lembrou-se imediatamente do que se tratava.

– Não, por quê? – desconversou.

– Não param de olhar para cá.

– Eles vêm sempre aqui? – investigou.

– Nunca reparei antes, acho que é a primeira vez.

– Boa coisa não deve ser. Preciso que me ajude com isso.

Os detetives perceberam que haviam sido notados, e tentaram disfarçar. Desviaram seus olhares por alguns instantes, e quando olharam novamente, o rapaz havia sumido. Levantaram-se rapidamente procurando o homem, mas não o encontraram.

– Droga! – esbravejou Benevites. – Ele parece um rato.

– Aonde esse miserável foi, Benê? Estava aqui agora.

– Não sei, vamos sair logo, talvez esteja lá fora.

Os detetives saíram rapidamente e esbarraram no segurança parado à porta.

– Aonde pensam que vão? Já pagaram as comandas?

– Não...

– Voltem e paguem. Estão pensando que isso aqui é o quê? Alguma casa de caridade?

– Ele paga as duas.

– Não! Só podem sair com a comanda carimbada. Cada um com a sua.

Sem opção, os detetives correram para o caixa. O homem responsável pela conferência e recebimento das comandas estava papeando com uma das meretrizes e parecia não estar com muita pressa.

– Ei, senhor! Estamos com um pouquinho de pressa.

O homem os olhou atravessado e continuou a conversar animadamente.

– Ei, senhor, estamos realmente com pressa – insistiu Benevites.

– Merda! Vocês vêm aqui e escolhem uma mulher sem a menor pressa. Deixam sentar no colinho, fazer carinho e tudo mais. Agora quando querem sair, ficam cheios de pressinha.

– Senhor. Só queremos pagar e sair.

– Senhor não! Senhorita! Cruzes, que bofes mais apressados.

Benevites olhou para Joaquim com uma expressão de desconforto. Em seguida pegaram as comandas e saíram.

– Vamos logo, Joaquim.

– Impressão, ou você se sentiu desconfortável com o gay lá no caixa?

– Não concordo muito com essas coisas de hoje em dia.

– Relaxa, Benevites. As coisas estão mudando.

– Para mim não. Agora vamos andar mais rápido e esquecer esse assunto.

Os detetives chegaram à saída, e como já era de se esperar, o suspeito novamente havia deixado os detetives a ver navios.

– Mas que cara mais escorregadio, hein.

– Nem me fale, Joaquim, nem me fale. O jeito é voltarmos aqui outro dia. Não acho que desistirá dela facilmente.

– Ainda mais daquela morena. Coisa linda!

– Vamos, Joaquim, chega por hoje.

– Eles já foram faz um tempinho – disse a morena a Luos, que estava escondido atrás do balcão.

O jovem retornou ao balcão, pediu outra bebida e reiniciou o diálogo com a interessante Nina. A conversa se estendeu por mais alguns minutos, e quando o movimento começou a se intensificar, Luos resolveu se retirar.

– Já vou, Nina. Até uma próxima.

– Volte mesmo, Luos, você é uma companhia agradável.

– Valeu por sair da defensiva por um instante.

– Apenas um deslize. Minhas defesas já estão novamente a postos – disse sorrindo.

– Está certo, então. Até.

Luos saldou seu consumo enquanto apreciava Nina de longe. Não queria sentir aquilo, mas era como se estivesse tendo a sua segunda chance. Uma nova oportunidade de ser feliz. Ainda amargava a ausência de Viviane e, se pudesse, daria tudo para que ela estivesse ao seu lado. Contudo, isso não seria mais possível, e se quisesse ter alguém, deveria parar de buscar uma Viviane em todas as mulheres com as quais se relacionava. Pois essa busca tola só o levaria ao mais profundo isolamento. Um local do qual ninguém poderia resgatá-lo. Um abismo de onde só ele poderia sair.

15

Conflitos internos

Após uma noite de reflexões e incertezas, Luos deixou o mausoléu no qual vinha se escondendo e caminhou pelo campo santo. Todos aqueles corpos ao seu redor, uma quantidade imensa de pessoas que já passaram pela Terra. Indivíduos que cumpriram seu período, e outros que foram arrancados da vida sem sequer ter a chance de compreender seus verdadeiros desígnios. Muitos abandonaram missões inacabadas, outros nem ao menos as começaram. Alguns fizeram o suficiente para garantir a graça dos céus, outros o suficiente para carimbar sua descida. Um caminho de infinita aflição, no qual os murmúrios são inaudíveis, o perdão não possui poder ou sentido e o tempo simplesmente se esquece de passar.

Um café da manhã rápido, composto por ovos, bacon e suco, e o audaz guerreiro estava com força total. Preparado para o que desse e viesse. Assim pensava ele e, com ânimo revigorado, foi à busca de mais algumas informações. Tinha em mente uma rápida passada pela biblioteca, mas antes deveria visitar Beatriz para ver como estava.

A manhã de sol forte fez Luos suar bastante enquanto caminhava. E próximo a um semáforo, um velho senhor usando vestes sujas e portando uma Bíblia à mão proferia palavras com tamanha convicção que o deixou intrigado.

— Não temam o que está por vir. Convertei-vos! E nada de mal lhes acontecerá.

Luos observava o homem de cabelo e barbas longos e brancos. Sua aparência cansada em nada diminuía sua determinação. Sua fé cega em algo que jamais vira e que nem ao menos sabia se existia era algo que o jovem híbrido invejava de certo modo.

— *Como alguém poderia se entregar daquele modo a profecias que nem se sabe quando irão acontecer? Se é que vão acontecer* — se perguntava Luos.

E o senhor seguia veementemente:

— Já foi dito antes, e não me canso em repetir... Ora, a fé é o firme fundamento das coisas que se esperam, e a prova das coisas que não se veem.

Luos chegou a se arrepiar quando tais palavras foram proferidas, enquanto o olhar do homem se fixava em seus olhos. Parecia até que havia lido seus pensamentos.

— Convertei-vos, meus irmãos! Porque pela fé os antigos alçaram testemunho. Pela fé entendemos que os mundos pela palavra de Deus foram criados; de maneira que aquilo que se vê não foi feito do que é aparente. Convertei-vos! Pois somente os que possuírem a marca de Deus serão salvos.

Com mais uma frustração em sua mente, Luos atravessou a rua e, do alto da escadaria da biblioteca, uma criança de cabelos loiros o observava. Sua fisionomia não era estranha, mas antes que pudesse confirmar suas expectativas, a pequena menina se virou e entrou na biblioteca.

Luos apressou-se em segui-la. Olhou para todos os lados em busca da menina e foi surpreendido pela simpática senhora da recepção.

— Bom dia, meu jovem! Voltou para mais algumas horas de prazerosa leitura?

— Na verdade não! – Luos olhou mais uma vez para os lados e indagou. – A senhora viu uma menininha que acabou de entrar?

— Uma menina? Acho que não... Eu devia estar distraída.

— Ok! Obrigado!

Caminhando para o final do corredor, onde a encontrara na última vez, suas expectativas se confirmaram. Lá estava a pequena Lili parada de costas. Suas trancinhas deram lugar a um rabo de cavalo preso por uma fita vermelha. E seu vestido branco de florzinhas foi substituído por um rubro com babados brancos.

— Olá, Luos! – disse Lili ainda de costas. – Há muito não vem me ver.

— Não sabia que estaria aqui.

— Você nem ao menos veio ter certeza. Nem ao menos agradeceu o cartão. Um menino mau! É isso que você é!

— Me desculpe, Lili, mas não tive oportunidade. Realmente te devo essa. Sem aquela informação não teria destruído Baullor.

— Bem... Então você me deve um favor?

— De certo modo... Sim.

— Então está certo! No momento oportuno irei cobrar – disse se virando e olhando bem no fundo dos olhos de Luos.

— Como assim? – indagou Luos um tanto apreensivo pela expressão de Lili.

— Não vá me dizer que não gosta de sorvete? – disse a menina com um belo sorriso.

— Sorvete?

— Isso. Numa outra hora você me paga uns e estaremos quites.

— Só isso? Sorvetes?

— Sim! O que achou que eu fosse pedir?

— Nada. É... Talvez... Pipoca.

— Não! Eu quero sorvete. Mas não hoje! Estou resfriada e pode me fazer mal.

— Claro!

— Agora tenho que ir. Até mais, e não se esqueça dos meus sorvetes.

— Até, Lili! — despediu-se ainda desconcertado com o encontro.

A criança saiu pelo corredor alegremente. Como se comemorasse a futura aquisição de sorvetes. E Luos tentou esquecê-la e ir ver Beatriz.

Passou direto pela recepção, ignorando a sempre simpática senhora. E descendo as escadas da biblioteca, a voz do senhor voltou aos seus ouvidos.

— *Ainda que eu andasse pelo vale da sombra da morte, não temeria mal algum, porque estás comigo; a tua vara e o teu cajado me consolam...*

A mensagem era bonita, palavras ditas por quem sabia o que estava falando, pensava ele.

— *Será que realmente existe um Deus que irá detê-lo no momento certo? Se existe um Deus puro e bondoso, por que existiria tamanha maldade no mundo?* — perguntava-se. — *Por que ele, o fruto do pecado maior, haveria de existir? Será que Deus sabia e não evitou? Mas por quê?*

Luos estava entrando em parafuso com tantos porquês. Pensar em Deus era como negar tudo que aprendera em sua infância. Jamais disseram que Ele não existia, mas o contrário também nunca fora dito. Eram assuntos que não ousava questionar quando jovem, e que agora estavam diante dele, inquietando-o.

— *...Certamente a bondade e a misericórdia me seguirão todos os dias da minha vida; e habitarei na casa do Senhor por longos dias.* — seguia o senhor em suas preces.

Luos estava entre a cruz e a espada. Cercado e confuso. Segundo Manakel, ele era o detentor do poder que iria trazer o inferno para a Terra. O Reino de Fogo se instalaria por suas mãos.

— *Por que Deus não o impedia?* — remoía em pensamentos.

– *Não queria fazer isso. Não queria ser rei. Não queria reinar para súditos tão gananciosos, inescrupulosos e indignos. Abdicaria dessa corte maliciosa, desse poder amaldiçoado, dessa coroa de sangue e de dor.*

– ...*Convertei-vos, irmãos! Convertei-vos!* – seguiam ecoando as palavras do idoso.

Angustiado, aquelas palavras o atingiram na alma, de tal maneira que se sentia queimar por dentro. Como uma chama verdadeiramente poderosa, queimavam todo o mal que habitava o seu ser. Davam-lhe um caminho a seguir. Um caminho extremamente conflitante com sua natureza, incompatibilidade que o levava à loucura.

– Não fique assim, meu irmão. Deus proverá.

Estava tão desnorteado que quase não percebeu que o idoso estava se aproximando dele. Não sabia o que fazer naquele momento. O impasse voltava a massacrar sua mente. Seu lado de luz tentava puxá-lo para cima, enquanto a escuridão agarrava firme as suas pernas. Sentia-se o cabo de guerra do céu e do inferno. O peso que iria fazer a diferença na pesagem final. A mínina diferença que faria a balança pender para um lado, ou para o outro.

– As dúvidas existirão, mas somente uma certeza existe... Deus voltará para resgatar seus verdadeiros filhos da caldeira de Satanás. Aqueles que o negarem pagarão com suas vidas. Os que se entregarem de corpo e alma a Ele... Desfrutarão da vida eterna – disse o idoso.

– Me deixe em paz! – esbravejou Luos, empurrando o homem e pondo-se a correr.

– Não temas o amanhã, irmão, não temas teus inimigos. Pois o Senhor está contigo.

Correndo desorientadamente, Luos trombou com Douglas, o garoto que havia defendido no cemitério. O rapaz olhou-o sem entender o motivo de seu nervosismo. Sem nem pedir desculpas,

Luos continuou a correr. Precisava de auxílio urgente, e somente Beatriz poderia compreendê-lo naquele momento.

Quando chegou ao beco, entrou na construção tropeçando e ziguezagueando. Estava com medo. Havia muito não se sentia assim, e ao deparar-se com a entrada do Recanto das Bruxas, apertou incessantemente o interfone.

– Vamos lá, Beatriz... Diga que está aí!
– Luos?... É você?
– Sim, abra, por favor.
– Ok!

A porta destravou e Luos entrou o mais rápido que pôde. Estava com a respiração acelerada.

– Ei! O que houve, mocinho?

Luos tentava se tranquilizar. E a frequência de sua respiração diminuía gradativamente. De certo modo, aquele senhor tinha mexido com ele. Havia cutucado uma ferida antiga, e que ainda incomodava por falta de um diagnóstico conclusivo.

– Desembuche, Luos. O que aconteceu?
– Não sei... É que...
– Acalme-se, garotão! Assim vai surtar.
– Certo... Acalmar... acalmar.
– Já está calmo?
– Acho que sim.
– Agora me explique o que houve.
– Eu não sei dizer bem o que aconteceu.
– Então uma coisa que nem sabe o que é te pôs esse medo todo? Que tal começar a falar a verdade?
– É sério... Não sei explicar isso. É como se Deus estivesse me chamando.
– Você quer dizer... Deus. Tipo... do céu?
– Esse mesmo. Acredita que Ele exista?

– Olha... Se existe eu não sei, mas caso seja verdade, está um tanto quanto omisso, não acha?

– É exatamente o que acho. Se Ele existe, por que permitiu que uma aberração como eu viesse ao mundo?

– Pergunte a Ele. Talvez te responda.

Confuso, o homem olhou para Beatriz com um olhar de reprovação.

– É sério, Luos. Já tentou conversar com Deus?

– Você realmente acredita que tem alguém escutando?

– Talvez. Esse é o grande mistério da fé, Luos. Crer. Apenas crer.

– E no que você crê?

– Enquanto todos creem num mundo melhor, mais justo, creio apenas no mundo como um lugar para viver. E de preferência sem guerras, sem bombas nucleares e coisas do tipo. Não creio nesse lance de vida eterna.

– E como explica tudo o que sabe? Isso conflita com o lance de vida eterna, não acha?

– Sabia que ia me perguntar isso, cedo ou tarde. Tá legal. Vamos falar do passado.

Beatriz puxou uma cadeira e se sentou diante de Luos. Parecia que iria findar com suas curiosidades. Olhava para ele como se buscasse as palavras certas para iniciar o assunto.

– Luos... Não sou nenhuma santa. Não espero ser canonizada ou beatificada. Nem ao menos acho que irei para o céu... Se é que existe um. Contudo, sei de uma coisa. Não importa o que fomos, quem somos, mas sim quem seremos... E você, o que quer ser? Responda a si mesmo e saberá o caminho que deve seguir.

– E você, o que quer ser, Beatriz?

– Que tal começarmos com o que eu fui, e com o que sou? Já disse. Não sou um exemplo a se seguir. Esse corpo que você vê não me pertence. Eu o roubei. Assim como fiz com diversos outros. É isso que faço. Quando um corpo começa a me oferecer perigo, eu mudo de um para outro, me escondendo e deixando para trás os meus atos pecaminosos.

– Então você vive eternamente? Por que escolheu isso?

– Para fugir do inferno, Luos. Fiz coisas ruins das quais não me orgulho. Minha passagem já está garantida.

– Então me ajudar é um modo de diminuir sua dívida com o céu?

– Desde que você siga o caminho da luz. Caso contrário, estarei me afundando ainda mais.

– Que responsabilidade a minha, hein? – Luos sorriu.

– Até que enfim você sorriu. Cena extremamente rara.

– Não tenho muitos motivos para sorrir. Ainda mais ultimamente.

– Esqueça os motivos, apenas sorria. Sorrir é um santo remédio.

– Santo remédio?

– Força de expressão – disse sorrindo.

– Força de expressão... Sei... Mas qual será o verdadeiro potencial dessa força?

– Não há como saber... Mas por que isso te põe tanto medo?

– Acho que medo é exagero. Talvez... Respeito.

– Respeito?

– É! Devemos mostrar respeito ao desconhecido – justificou Luos.

– Sábia observação, meu amigo.

– Beatriz. Acho que já é hora de ir.

– Já vai? Você é minha única companhia, sabia?

– Quer que eu fique, ou é somente falta de opção?

– Oh! Que bonitinho. Adorei o drama.

– Deixa pra lá!
– Ei! Só estava brincando.
– Tudo bem. Não esquenta, estou bem.
– Tá legal, então. Tchauzinho. E pense no que te falei. Fale com Ele, talvez te responda.
–Vou pensar nisso.

Luos saiu do Recanto pensativo. Os caminhos há muito traçados em seu coração já não pareciam tão claros. Os contornos bem definidos transformavam-se em tortuosas e confusas trilhas. Uma trilha nevoenta, cheia de provações.

Caminhando sem propósito por horas e horas, contornou diversas ruas, observando os humanos e seus costumes. Observando os locais onde bebiam e comiam. Viu crianças, jovens, adultos e idosos. Lanchonetes, lojas de roupas, acessórios e diversos outros comércios, até chegar à frente de uma capela. A singela construção, cor de concreto, refletia o alaranjado tom que emanava ao pôr-do-sol. À sua frente, um belo gramado se estendia das grades da entrada, onde algumas freiras cuidavam de cerca de cinquenta crianças.

Observando-as, percebeu que ainda existiam pessoas de boa índole. Deus punha as mãos na massa em alguns locais, justificando a tamanha fé Nele depositada.

Parado ali, Luos foi surpreendido por uma voz doce.
– O que faz aqui, rapaz? Não me parece ser do tipo caridoso.

Luos virou-se, e diante dele estava Nina. Ainda surpreso, olhou mais uma vez para as crianças e respondeu:
– Quem sabe?... Mas e você?... Além de cuidar de meretrizes, faz hora extra ajudando crianças?
– Na verdade, o Night Club é minha hora extra. Sabe como é? Caridade não enche barriga.
– E o bar, enche?

– Não, mas ajuda bastante. Garante o suficiente para que eu possa estar bastante tempo com as crianças.

– O que você...

Era quase impossível acreditar no que acabava de ver. O "nefilim" Mateus estava saindo de dentro da capela acompanhado por uma freira.

– O que foi, Luos? Você o conhece?

– Eu diria que não nos damos muito bem. O que ele faz aqui?

– Ele é um dos nossos.

– Nossos? Como assim?

– Dos que recolhem crianças necessitadas das ruas. E aquela é a diretora do orfanato.

– Então ele trabalha aqui?

– Sim. Ele, eu e mais alguns colaboradores.

– Quantos são?

– Acho que somos doze no total.

– Bem, Nina, acho que é hora de eu ir.

– Não quer entrar para conhecer minhas crianças?

– Talvez outra hora.

– Tia Nina chegou! – gritou uma menina.

A mulher olhou para a criança e, ao virar novamente para Luos, este já havia ido. Estava atravessando a rua sem ao menos olhar para trás.

– Quem era? – disse Mateus ao se aproximar.

– Apenas um conhecido. Vamos entrar, estou louca de saudades das minhas crianças.

Mateus deu mais uma olhada no homem que se afastava e entrou logo atrás de Nina.

16

21 anos atrás...

Batalhas e mais batalhas assolavam os planos, tempos difíceis para ambos os lados. Celestiais e abissais travavam duras disputas. Algumas vezes, abissais lutavam apenas por diversão, sem objetivos concretos. Simples competições nas quais ganhava aquele que derrubasse o maior número de celestiais. Já em outras ocasiões, golpes arquitetados levavam os celestiais a perigos extremos e a grandes baixas. Contudo, o lado sombrio a cada dia perdia mais membros do que os celestiais. Baixas constantes de contingente enfraqueciam o exército das trevas, e a luz avançava sobre eles como Sol que se ergue no horizonte dando fim à escuridão noturna.

Enquanto os planos paralelos serviam de palco para grandes combates, o plano material, ainda que na surdina, também acolhia investidas malignas. Algumas destas lideradas por nefilins e outras por seres bem mais perigosos, como era o caso de Zeobator.

Naquele tempo, ainda num posto mediano na hierarquia abissal, Zeobator liderava constantes ataques aos celestiais. Não costumava mostrar-se a um inimigo que fosse sobreviver, e com seus atos cruéis, era a maior pedra nos sapatos celestiais, por mais que estes nunca tivessem escutado falar seu nome.

Diversos ataques foram praticados. Muitas vitórias e derrotas aconteceram. Seus comandados iam diminuindo a cada investida, e o tenente abissal entrava em desvantagem a cada dia que passava.

O duelo entre as forças opostas seguia firme, e foi então que a final foi preparada. O pouco contingente que ainda lhe restava foi orientado a procurar o que para Zeobator seria sua certeza de sobrevivência. A última força comandada por ele seguiu ao encontro dos alvos. A emboscada contra um grupo de celestiais seria sua última chance de obter o êxito que lhe forneceria subsídio perante seus superiores.

Seus comandados esperaram por vários dias no local ordenado. Zeobator possuía uma informação privilegiada de que os celestiais estariam ali, até que por fim estes apareceram. Um combate duramente desleal ocorreu sobre as latrinas do campo cinzento. O número de seres das trevas era duas vezes maior que os da luz, e o confronto correu com uma larga vantagem para os donos do terreno.

Em meio ao sangrento embate, uma celestial bastante ferida tentou escapar, e alguns abissais a seguiram para finalizar o serviço. A outra parte, maioria no caso, continuou a massacrar os poucos celestiais que ainda restavam. Zeobator, sabendo de tal fuga, veio ao encontro da fugitiva, queria destruí-la com as próprias mãos. No entanto, foi informado de que os celestiais, que estavam praticamente derrotados, receberam reforços e assim viraram o jogo sobre os abissais.

Sem muitas opções, Zeobator possuía apenas os cinco soldados que seguiram a celestial e deveria pensar rápido. O subsídio salvador fora por água abaixo, e para que seu êxito pessoal não fosse junto, uma trama maliciosa teve de ser iniciada. Já podia vislumbrar seus capangas se aproximando da celestial, enquanto ela fugia o mais rápido que podia. Suas asas possuíam os sinais da dura batalha e limitavam sua fuga, enquanto os inimigos se aproximavam cada vez mais.

Os demônios, sedentos de sangue, farejavam a celestial como quem procura um suculento pedaço de carne, enquanto as forças da jovem estavam se exaurindo, deixando uma única escolha. Confrontar os abissais.

Pondo-se firme perante seus adversários, a celestial de pele alva e cabelos negros os encarou, e estes se puseram a cercá-la.

Zeobator permaneceu escondido. Sua cabeça fervilhava só de pensar nas consequências que um resultado negativo lhe imporia.

– Não há mais o que fazer. Não precisa correr – dizia o abissal.

– Será depenada sem piedade se tentar fugir, ou com mais carinho se cooperar. O que prefere? – ameaçavam.

– Prefiro morrer a me entregar a vocês.

– Não é uma escolha muito sábia, contudo, se é o que deseja... Assim será.

A celestial empunhou sua lâmina celeste, e os abissais prepararam-se para o ataque, quando uma voz ecoou no ar.

– Afastem-se dela, seus porcos!

Um homem de pele morena, cabelos pretos e trajando vestes negras aproximou-se. Em sua mão ostentava uma lâmina escura e serrilhada, cujas antigas manchas de sangue demonstravam o quanto já fora usada. O seu olhar ameaçador era um aviso de que não estava ali para brincadeiras.

– O que quer? Não vê que está em desvantagem?

– Percebam que vocês estão em desvantagem... – debochou – E é por isso que só saquei uma de minhas espadas – disse deixando à mostra a gêmea de sua espada, ainda na bainha.

– Muito confiante. Mas essas armas não se parecem com as armas celestiais. Está traindo seu próprio povo?

– Estou apenas lutando por algo que valha a pena – disse caminhando em direção à mulher.

Os cinco seres malignos deixaram que ele fosse até a celestial, pois não acreditavam que lhes oferecesse perigo.

– Está tudo bem? – perguntou o misterioso homem.

— Quem é você? — questionava um tanto confusa.
— Não importa. Você está bem?
— Estou cansada... Mas...
— Poupe-se, deixe isso comigo.

Virando-se para seus adversários, fitou-os, convidando para a batalha. Convite perfeitamente compreendido pelos adversários, que com um balançar positivo de cabeça iniciaram sua ofensiva.

Suas garras afiadas cortavam de um lado para outro, mas não encontravam o ágil alvo. Mesmo atacando em conjunto, ora eram bloqueados, ora apenas evitados. Os demônios começavam a se aborrecer com o deboche que transparecia na face do misterioso homem. Pareciam estar se esforçando bastante, contudo, não conseguiam acertá-lo.

— É só isso que sabem? — zombava.

E a cada sorriso, a cada zombaria, atacavam com mais ferocidade, o que lhes conferia uma diminuição de eficácia ofensiva, que se já não era o bastante para confrontar o alvo, tornava-se ainda mais complicada se disparada aleatoriamente e de forma tão desordenada.

— É por isso que todos vocês estão sucumbindo. São fracos e não possuem uma perícia apurada.

Ainda mais feridos, moralmente falando, os demônios se mostravam mais furiosos. Suas garras passavam perto, mas não acertavam o alvo. Evitá-lo não parecia ser uma tarefa muito fácil, e a cada golpe os abissais erravam por uma margem menor, e isso deixava os demônios cada vez mais confiantes.

— Vamos lá, ataquem! Ele irá cansar logo.

E em seguida as garras cortaram o ar, deixando suas marcas no peito do até então inatingível. Da mesma forma, sua lâmina girou rapidamente decapitando seu atacante, e voando até a garganta de um segundo alvo jorrar aquele quente líquido vermelho de suas artérias. Os três que restaram olharam para o homem com mais respeito, agora sabendo do que era capaz. A celestial cambaleante também se postou para lutar, sob o olhar de reprovação do homem. E os abissais preferiram abdicar do enclave.

A celestial estava impressionada com o empenho do guerreiro em salvá-la, e ao mesmo tempo confusa sobre tal ajuda, mas ainda assim aguardava ansiosamente para conhecer o nome de seu salvador. Em seu tórax eram visíveis os profundos sulcos deixados pelas garras abissais. Mas o homem não se abatia. Sequer reclamava.

– Vamos sair logo daqui, outros deles virão.

– Obrigada! Não sei o que seria de mim sem sua ajuda.

– Não foi nada. Fiz o que achei ser certo.

– Qual seu nome, saudoso guerreiro?

– Me chamo Zeobator, mas deixe o bate-papo para depois.

– Chamo-me Millena… – insistiu a celestial.

– No plano material, certo?

– Exatamente…

– Millena, você precisa sair logo daqui, antes que eles venham. Celestiais e abissais.

– Celestiais não seriam problemas.

– Celestiais também. Acha mesmo que eles me deixarão vivo? Mesmo tendo ajudado você, ainda sou um demônio, inimigo de vocês, em teoria.

– Sou muito grata, Zeobator, mesmo não entendendo seus motivos.

– Não tente entendê-los, apenas vá e faça com que minha ajuda não tenha sido em vão.

– Tudo bem, novamente obrigada.

– Eu farei sua escolta até um local mais seguro.

A nova dupla seguiu na velocidade que os ferimentos de Millena permitiam, evitando ao máximo deparar-se com os abissais pelo caminho. Chegando à área por onde os celestiais entram no plano do abismo, Zeobator despediu-se de Millena, e disse que estaria a sua disposição quando necessário. Ela agradeceu novamente e partiu.

Assim foi o primeiro contato entre esses seres criados para ser adversários, e que acabaram lutando ombro a ombro por um mesmo ideal, sem sequer imaginar que em breve se encontrariam novamente.

Tal encontro não tardou a acontecer. Millena precisou de Zeobator, e sem hesitar clamou por sua ajuda para transpor mais uma emboscada que lhes fora preparada. Dessa vez, o abissal lutou lado a lado com outros celestiais, que não dispensaram a ajuda, ainda que contrariados com tal situação. Chegado o final da luta, os remanescentes celestiais encurralaram o suposto aliado em busca de esclarecimentos, que naquele momento se faziam mais do que necessários.

– O que faz lutando ao nosso lado, sua víbora peçonhenta?

– Estou apenas tentando ajudar.

– Ajudar? Não precisamos desse tipo de ajuda. Você é um verme, e deve ser esmagado como tal.

– Pare com isso, Mitzrael! Ele está do nosso lado!

– Você está louca, Mehiel, essa laia não faz nada que não lhes forneça lucros.

– Ele me salvou em outra batalha. Ocasião esta em que sequer existiam outros de nós para me ajudar.

– Não acredito nele. Irá envenená-la, e quando perceber será tarde.

– Esta é uma escolha minha, Mitzrael. Somente minha.

– Está certo! Não ficarei aqui para vê-la padecer perante o veneno dele. Temos muito a fazer. Vamos, arcanjos, a batalha continua.

Os arcanjos seguiram em frente, e Millena, ou melhor, Mehiel, seu verdadeiro nome, agradeceu novamente a Zeobator e os seguiu.

Por diversas ocasiões, Mehiel foi ajudada por Zeobator, com simples informações, ou mesmo com o delato de covis inteiros de abissais. A relação de amizade entre eles crescia a cada vez que a lealdade de Zeobator era comprovada nas batalhas e nas informações por ele concedidas. Mehiel não possuía motivos para duvidar. E essa devoção do abissal aos poucos amolecia o coração da celestial, encaminhando-a lentamente para uma situação que jamais imaginara acontecer.

Batalhas e mais batalhas ocorriam, algumas derrotas e muitas vitórias. E exatamente após mais um grandioso triunfo celestial, devido às informações do abissal, Mehiel encontrou Zeobator.

– Não sei como lhe agradecer, pois já o fiz de todos os modos que posso.

– Não fez. Se usar a imaginação, verá que ainda há modos de agradecer para serem utilizados, mas quero que o faça no momento que achar propício.

Mehiel fingiu não entender a ofensiva de Zeobator, e continuou a conversa contornando por outros assuntos.

Papearam por bastante tempo, falaram sobre céu e inferno, suas vidas particulares, e aos poucos a conversa rumou por caminhos inesperados, e sem que ela percebesse estava tão próxima dele que ficou impossível resistir. Um beijo lhe foi roubado. Beijo desejado há muito. E assim, a noite de amor mais improvável aconteceu. Ali mesmo no campo de batalha, a celestial se rendeu aos encantos de seu benfeitor. Zeobator tomou-a em seus braços, e seus lábios tocavam o de Mehiel como quem beijava algo que desejava há séculos. Era como se ambos já ansiassem por esse momento. E nele mergulhavam de cabeça.

A noite de amor foi o marco que selou o início de uma relação cheia de incertezas e de preconceitos. Uma relação que despertaria a revolta de ambos os lados, cintilando nas trevas e ofuscando a luz.

17

Um demônio no céu

Mais alguns dias se passaram, tão velozes quanto o pensamento, e a relação de Luos e Nina estreitou-se ainda mais, fato evidenciado em visitas regulares. Em paralelo, ele visitava a capela, que nesse período era pacientemente observada e estudada. Avaliou os frequentadores e traçou um padrão nas visitas e encontros dos doze colaboradores, como Nina se referia a Mateus e os outros que trabalhavam no local. Todos possuíam o perfil de cidadãos comuns, exceto por Luos já conhecer alguns destes, e saber que de comum nada tinham.

Mateus, Maria, Ana, Lucas e Pedro não eram pessoas comuns. Mesmo que tentassem se misturar, ainda eram itens prioritários na lista de abate. Alvos que não podiam mais esperar.

Como era de costume, Ana sempre vinha à capela pela manhã, e Luos a escolheu para encabeçar sua lista. O sol ameno acalorava o dia que se iniciava, e a celestial em pele de missionária caminhava pelas ruas ainda pacatas, como quem passeia por um tranquilo jardim. Ao seu redor, sequer percebia uma sombra esgueirando-se furtivamente ao seu encontro, como um caçador astuto farejando e cercando sua presa, até que fosse o momento certo de atacar.

Luos postou-se sob o telhado já em sua forma de predador, pronto para abater a presa, enquanto Ana caminhava lentamente. Aproximando-se da área de alcance de Luos, a dois passos do ponto ideal de ataque, a presa parou. Olhou ao redor e abriu a bolsa, revirando seu interior em busca de algo. Sem querer desperdiçar essa oportunidade, o caçador iniciou seu bote mergulhando em direção ao alvo. Seus olhos sequer piscavam para não correr o risco de perder qualquer movimento de sua caça. Estava tão focado em seu objetivo, que mal percebeu que na verdade a caça era ele. Antes de chegar ao seu objetivo, um segundo predador mais astuto o golpeou em uma rápida e eficaz investida aérea, jogando-o ao chão. Seu corpo mal tocou o solo e outros dois pares de asas alvas brotaram em seu campo de visão e logo o agarraram. Luos tentou se desvencilhar, empurrando um celestial e chutando o segundo, mas Ana e Mateus, que havia derrubado Luos, avançaram sobre ele mantendo-o no chão até que os outros se restabelecessem e auxiliassem na imobilização do alvo, amarrando-o com uma resistente corda de seda e fios de ouro.

– O que vocês querem comigo? – disse Luos um tanto assustado.

– Levá-lo a julgamento – disse Mateus.

– Você será encaminhado à corte celeste, na qual será julgado pelos crimes que cometeu – complementou Ana.

– Vocês não podem fazer isso. Estão levando um demônio para o céu... Isso quebra inúmeras regras.

– Não será a primeira vez que um de vocês é levado à corte celeste – disse Mateus.

– E o que acontece se eu for condenado?...

– Se?... Será, meu caro! Será encaminhado aos Elíseos.

– Vão me mandar ao paraíso? Junto de seus heróis e deuses? – sorriu descrente.

– Pensou o quê? Que fosse para o inferno? Isso não seria condenação, e sim diversão.

– Vocês devem estar brincando... Só podem estar.

– Vamos! Levantem-no! – ordenou Mateus.

Os celestiais colocaram Luos de pé. Segurando em seu braço esquerdo estava Pedro, no direito estava Mateus, e no apoio, Ana e Maria. O comboio celestial estava de partida, e levavam junto deles uma nobre encomenda. Uma promessa de ameaça futura que estava sendo tirada de jogo antes mesmo que pudesse iniciar sua destruição, aquela que havia muito fora profetizada. A missão que não fora cumprida no passado seria concluída agora, e o profetizado e esperado Luos seria levado à mais improvável das locações. O Reino dos Céus.

※ ※ ※

O Sol avançava ligeiro ao encontro da linha do horizonte, e com a mesma celeridade a Lua se erguia para suprir a ausência do astro-rei e fazer companhia às dezenas de milhares de corpos celestes que todas as noites vêm ornamentar o negrume célico com sua beleza atônita.

Numa sala igualmente escura, como um céu sem estrelas, luzes de proporções infinitamente menores ganhavam vida, quando Beatriz acendeu um conjunto de três velas sobre um balcão coberto por um aveludado roxo e demarcado por um triângulo com símbolos em suas extremidades. Fechando os olhos, a jovem murmurou:

– Me desculpe pelo mau jeito, Luos.

– *Ad Constrigendum, ad ligandum eos paritier Et solvendum. Et ad congregantum eos coram me.*

Beatriz acendeu um fósforo e lançou-o num recipiente existente no centroide do triângulo, e imediatamente o líquido em seu interior entrou em combustão, concluindo o ritual de conjuração. Se tudo desse certo, Luos deveria surgir à sua frente em instantes.

— *Pronto! Espero que não fique bravo, mas esse é o jeito mais fácil de encontrá-lo* — pensou ela.

Em seguida, o fluxo de seus pensamentos foi atravancado pelo ecoar do interfone. Ligando o sistema de segurança, averiguou pela câmera quem seriam seus visitantes inoportunos, visto que o horário comercial havia terminado havia mais de duas horas. Pela imagem, deparou-se com dois homens, um mais moço e outro com uma expressão encanecida.

— Desejam falar com quem? — questionou Beatriz.

— Boa noite, senhorita, me chamo Ricardo Benevites, e este é meu parceiro Joaquim. Somos policiais e gostaríamos de fazer algumas perguntas.

— Que tipo de perguntas? Vocês têm algum mandato para isso?

— Senhorita. Não geramos mandato para conversas amigáveis como essa. Caso permita que entremos.

A jovem pensou por um instante, analisando as possibilidades. Por fim, agarrou um livro de capa marrom e folheou-o até encontrar o que procurava.

— Mostre o distintivo para a câmera.

Ricardo e Joaquim assim o fizeram, e Beatriz averiguou que eles estavam falando a verdade. Tratava-se de autênticos policiais, ou autênticas imitações de identificações policiais.

— Ok, entrem.

Desse modo, a porta destravou-se, permitindo a entrada dos oficiais. Beatriz observou os homens cruzarem sua barreira de sal e olharem para o círculo de proteção desenhado no teto sem se importarem muito, mas ainda assim deixando transparecer uma expressão de aversão comum aos que não conhecem o significado do símbolo.

— Não se preocupem, não sou satanista. E o desenho também não é uma apologia a Lúcifer, se é que estão pensando nisso.

Os homens desconversaram e sorriram sem jeito perante o comentário da mulher, e apressaram-se em iniciar o assunto para o qual a visitaram, a fim de esquivar-se o quanto antes de novos comentários mefistofélicos.

– Vamos ser objetivos para não gastar muito seu tempo, senhorita...?

– Beatriz. Chamo-me Beatriz.

– Pois então, senhorita Beatriz. Recebemos a informação de que um suspeito de assassinato é seu cliente. O nome dele é Luos. Por acaso lembra-se desse nome?

Fazendo uma breve pausa, a jovem refletiu sobre o que dizer ao policial, optando por falar a verdade.

– Sim, me lembro.

– A senhorita tem visto Luos nesses últimos dias?

– Infelizmente, não.

– Infelizmente? Qual tipo de relação existe entre...

– Pode me chamar apenas de Beatriz ou de você. O pronome de tratamento não é necessário.

– Ok... Qual a relação entre você e o suspeito?

– Posso dizer que somos amigos.

– Ótimo! Sendo amiga do suspeito, como você o definiria?

Beatriz deixou escapar um largo sorriso, e olhando para o chão, balançou a cabeça sem saber como começar a definir o enigmático Luos.

– Luos é... Eu diria que ele é uma pessoa muito inteligente, amiga, e um pouco perdida em seus objetivos de vida, mas nada que o tornasse um assassino. Além do mais, ele é suspeito do assassinato de quem mesmo?

– Ele é suspeito do assassinato de três jovens com as quais se relacionou, e também de outros crimes que fogem um pouco de seu padrão, mas acreditamos que são de sua autoria.

— Três jovens?

— Isso mesmo, senhorita... Quero dizer, Beatriz. E receamos que esteja cativando outros dois alvos.

— Poderia dizer quem são esses alvos?

— Claro. Uma jovem garçonete que atende por Nina, e você.

— Acham mesmo que ele assassinou essas três mulheres?

— Temos indícios suficientes para crer que ele as atacou. Na verdade não tínhamos certeza até encontrarmos os corpos abandonados bem próximos um do outro, e verificarmos que o sangue de uma das vítimas era o mesmo encontrado no corredor do prédio, mais especificamente, no andar em que Luos morava.

— E isso o incrimina? — amenizou, ao mesmo tempo em que tentava arrancar mais informações do detetive.

— É óbvio que seria muita coincidência que ele abandonasse o corpo da terceira vítima próximo ao lugar onde foram abandonados outros dois corpos anteriormente.

Sem argumentos, Beatriz apenas baixou a cabeça, e pensou se realmente Luos a teria numa lista de abate. Sendo assim, decidiu que pediria algumas explicações ao mestiço assim que o encontrasse.

— Beatriz?

— Oh sim! Desculpem-me. É que me distraí por um momento. E então, acabamos?

— Estamos quase lá. Posso lhe fazer mais uma perguntinha?

— Claro.

— Estas velas e desenhos em sua loja... Já nos disse que nada têm a ver com satanismo, correto?

— Correto — afirmou, já prevendo o que viria a seguir.

— Mas você também vende este tipo de material aqui?

— O que quer dizer com "este tipo"? — indagou asperamente.

— Do tipo que satanistas usariam — respondeu Benê, tentando amenizar no tom de voz.

— Sim, vendo.

— Que tipo de artigos Luos adquiriu em sua loja?

— Garanto que não foi nada satanista.

— Não me preocupo apenas com artigos satanistas. Uma vez lidei com um caso de um grupo de mulheres que se autointitulavam bruxas, e faziam cultos e oferendas a uma entidade maligna, demônio, ou o que quer que fosse, e ainda assim insistiam que não eram satanistas.

— Benevites? — indagou Beatriz diminuindo o detetive. — É isso, não é?

— Sim.

— Bruxaria não possui uma relação direta com o satanismo. Podem existir bruxas que cultuem entidades malignas, como outras que não cultuam ninguém, e apenas executam oferendas aos deuses. Quanto aos satanistas, ser um deles não significa que irá beber sangue e oferecer virgens ou criancinhas em cerimônias macabras, ou até mesmo cultuar um bode, usar um crucifixo invertido ou tatuar 666 na nuca.

— E o que você sabe disso?

— Acalme-se, detetive, ainda não concluí — alertou Beatriz. — Como ia dizendo, demônios estão muito além de um crucifixo invertido. Os que os usam na verdade são *posers,* na maioria das vezes adolescentes rebeldes tentando chamar atenção, ou adultos que pensam que assim serão mais respeitados na sociedade. Não são nada. Zero à esquerda na lista de Satanás. Talvez nem isso, podemos dizer que são pedras brutas a serem lapidadas na joalheria infernal. São até candidatos ao posto, mas ainda falta muito para serem satanistas. Ainda assim representam ameaça à sociedade, pois se incentivados, podem fazer coisas inimagináveis em nome de um Lúcifer que sequer sabe que eles existem.

— Beatriz... Você já foi satanista?

— Não. Falo com a propriedade de uma estudiosa de ritos e culturas alternativas. Este é meu "ganha-pão", detetive.

— Está certo, então, obrigado pelo seu tempo, e até breve, senhorita... Ou melhor, Beatriz.

— Até, detetives.

Benevites e Joaquim se retiraram do Recanto das Bruxas enquanto a jovem os observava afastando-se pelo corredor e sumindo ao descer as escadas. Ainda pensando nas perguntas de Benevites, Beatriz indagava se Luos realmente teria matado as três mulheres, mas ela não acreditava muito nessa hipótese. O que realmente desejava era encontrá-lo, pois já estava preocupada com seu repentino desaparecimento.

※ ※ ※

Luos chegou ao retiro celestial, um lugar de uma vastidão verdejante com dimensões incomensuráveis, e postado tão próximo do manto azul-claro que conhecemos como céu, que até dava para acreditar que era possível tocá-lo. No entorno dos campos verdes, era possível observar dezenas de pessoas passeando, outras apenas descansando, e outras, aparentemente divertindo-se bastante naquele lugar sossegado.

Sem poder observar muito, o réu logo foi encaminhado a uma espécie de prisão, com barras de ouro tão douradas quanto o brilho do Sol. Em seu interior, encontrava-se uma cama que mais parecia uma nuvem de algodão, e uma Bíblia, que provavelmente seria o único passatempo naquele local.

— Descanse um pouco, logo saberemos o seu destino — disse Mateus.

— Logo quando?

— Fique calmo, pois ninguém jamais passou mais de 24 horas aí.
Luos sentou-se na cama e pôs-se a refletir. Pensava em tudo que havia passado, e para que diabos de lugar seria encaminhado pelos celestiais.

— *Como seria uma reclusão celeste? Uma cela de ouro com fino acabamento como aquela em que estava?* — pensava. — *Talvez existisse algum outro lugar mais miserável para onde são mandadas criaturas do seu tipo. O que quer que fosse só descobriria quando fosse encaminhado para lá.*

Sentado ali, solitário, exceto por seus pensamentos, começou a recordar vários momentos vividos no plano material. Lembrou-se das bebedeiras, dos locais que conheceu, das pessoas... Pessoas... Não havia como se esquecer de Yumi e das noites de ardor que ela lhe proporcionara. Sequer poderia pedir desculpas por tudo que fizera a pobre moça passar. Lembrou-se também de Viviane, a doce e bela Viviane, que tivera sua vida abreviada por aqueles maníacos, sem ao menos lhe dar a chance de tê-la, nem que fosse por uma noite. Lembrar dos maníacos era o estopim para que percebesse que sua estada não foram apenas rosas. Os motoqueiros, os cafetões na rua de seu prédio, o seu meio-irmão, todos os espinhos que cravaram fundo em sua pele, mas que foram removidos antes que causassem um estrago maior, exceto pelos motoqueiros. Estes causaram o maior estrago que já pudera presenciar. Mas nem suas aventuras no Vale da Morte foram tão massacrantes quanto perder Viviane, ainda mais nas circunstâncias em que tudo acontecera.

Sofrimentos e alegrias, tudo num louco carrossel de acontecimentos que foi sua estada na Terra. E agora nada disso lhe pertencia mais. Restava-lhe apenas imaginar quando sairia dali, ou se sairia algum dia. Era extremamente frustrante estar engaiolado como uma fera. Possuía seu lado bom, e sequer tivera tempo de mostrá-lo. Não achava nada difícil que os celestiais quisessem colocá-lo à prova. Mas testes desse tipo não lhe agradavam nem um pouco. E sequer deixaria que o colocassem nesse tipo de baboseira. Estava ali para ser julgado, e com certeza condenado, nada além disso.

Luos estava tão preocupado consigo mesmo, que nem ao menos se lembrou de Beatriz.

– *O que será que ela estaria fazendo uma hora dessas?*

Gostaria de poder dizer que o passaporte dela fora negado. Que infelizmente não pudera ajudá-la, mas que mesmo assim gostaria de agradecê-la pelas conversas e aprendizados. Beatriz era a única que poderia chamar de amiga, gostaria de fazê-lo se tivesse oportunidade. E por fim não poderia se esquecer da simpática, porém difícil Nina. Gostava dela num aspecto diferente. Era como se ela o fizesse esquecer o que era por alguns instantes, fazê-lo ser mais humano, como se sentia quando estava com Viviane, e como jamais pensou que iria se sentir novamente. Temia esse sentimento. Receava estar traindo a memória de sua adorada. Aquela que amara em silêncio, e que silenciou seu coração com sua partida. Silenciou-o para o amor, mas o fez gritar de ódio.

18

Uma visita inesperada

Beatriz foi à cama naquela noite com a mente em curto-circuito. As palavras dos detetives tiraram as perspectivas de um bom Luos dos eixos, gerando um baita descarrilamento de ideias. Até então, o que conhecia do jovem mestiço era incompatível com um assassino. Não um do tipo a que os homens da lei se referiram. Sabia que ele possuía dúvidas, mas estas, pelo menos pelo que demonstrava, tangiam a outro horizonte.

Pensar se Luos realmente seria capaz de tais atos acabou por protagonizar uma longa noite. Lutava bravamente contra os pensamentos enquanto rolava na cama de um lado para outro, até que o cansaço a venceu. Pouco depois de adormecer, uma voz serena sussurrou seu nome, e com um estalo ela se levantou. Ao redor, a penumbra tomava conta do ambiente, inibindo a presença que julgava ser de Luos.

— Olá, Beatriz! Desculpe perturbar seu sono.

— Luos?

— Creio que não. Chamo-me Typhon, e é um prazer inenarrável conhecê-la... Pessoalmente, eu diria.

— Nunca ouvi falar de você, e como entrou aqui? — blefou na intenção de diminuí-lo.

— Não se atenha aos detalhes. Entenda que estou aqui para ajudá-la. E não precisa fingir que não me conhece, sei que sabe quem sou.

— E por que deveria saber?

— Vamos parar de papo furado, Bia. Sei que começamos com o pé esquerdo quando encaminhei aqueles Ifrits ao encontro de vocês, mas não me entenda mal, os Ifrits não eram para você, e sim para Luos.

— E acha mesmo que eles iriam distinguir um do outro? Iriam nos trucidar.

— Era um risco, mas creio que não aconteceria. Confesso que foi um ato impensado, e que não tornará a ocorrer.

— Diz isso agora porque quer algo de mim.

— Não diga isso, Bia, você é uma mulher de habilidades ímpares.

— Não me chame de Bia.

— Acalme-se, minha jovem, já disse que estou aqui para ajudá-la. Quero te alertar quanto ao seu... Amigo.

— O que tem ele?

— Como disse antes, você tem um vasto conhecimento na bruxaria, conhecimento demais para ser desperdiçado por um... Que seja.

— Aonde pretende chegar?

— Quero dizer que temo que todo esse potencial seja jogado fora pelo açougueiro que é o seu "amigo".

— Ele não me fará mal algum.

— Minha experiente, porém ingênua bruxinha, ele está prestes a consumi-la.

— Como assim? Como pode ter tanta certeza?

— Você já forneceu as informações de que ele precisava, agora não é mais necessária para ele. E também por saber mais sobre ele que qualquer outra pessoa, um belo motivo para tirá-la do caminho, não acha?

— Não creio muito nessa teoria — defendeu Beatriz, que naquele momento começava a se perguntar o que realmente aconteceria.

— Eu tenho mais um indício para minha teoria. Luos está de papo com outra mulher. Uma garçonete conhecida por Nina. Sua provável substituta no rodízio de fêmeas apreciado por ele.

— É possível, mas fique sabendo que não sou sua fêmea, e se corteja tanto meus conhecimentos, sabe bem que posso me defender sozinha.

— Claro que sabe, mas você já deve ter percebido que ele não é como os outros. Não me agrada dizer que o jovem Luos possui lá o seu diferencial.

— Já que quer tanto me ajudar, diga-me onde posso encontrar essa tal Nina.

— Não me diga que irá enfeitiçá-la?

— Não vou machucá-la, apenas conversar com ela.

— Certo. Posso te fornecer essas informações sem problema algum, entretanto, o que irá me fornecer sobre Luos?

— Deixe-me pensar um pouco mais em tudo isso, e depois voltamos a nos falar. Você sabe onde me encontrar.

— Certo. Então... A pessoa que busca trabalha no Hot Girl's, um clube não muito longe daqui.

— Eu sei onde é.

— Ela é alta, magra e possui cabelos castanhos. Boa sorte... E até!

— Obrigada — disse Beatriz por entre os dentes.

Nesse mesmo instante saltou da cama num forte solavanco. Ainda assustada, sentou-se e percebeu que a visita de Typhon não fora tão física quanto pensava. Acendeu as luzes e confirmou que não havia ninguém ali.

— *Como esse miserável conseguiu entrar em meus sonhos?* — perguntava-se.

Apagando novamente as luzes, a escuridão convidou-a ao sono, se é que conseguiria dormir após essa enxurrada de informações.

※ ※ ※

Luos sequer fechou as pestanas durante a noite. Sentia uma extrema culpa, e esta o golpeava de forma intensa. Ergueu-se do ninho de ouro, que por incrível que parecesse, havia sido aberto, permitindo que saísse se assim desejasse. Afinal, não poderia ir muito longe.

Sendo assim, dirigiu-se aos verdejantes campos. A bruma noturna lançava ao ar um aroma semelhante a grama recém-aparada. Era uma tanto refrescante aquela caminhada, ao mesmo tempo em que era apaziguadora. O local parecia possuir um grande poder de indução à reflexão. Luos não sabia dizer se estava assim por pensar que jamais veria Yumi, Beatriz e Nina, ou se era o local que gerava essa enxurrada de consciência que o punha a se questionar de seus atos pregressos.

Caminhou pelas colinas sem destino, até que avistou um lindo lago, para onde seguiu. Parado à margem do lago, observava seu reflexo no espelho d'água, vendo o quanto descuidara de si nos últimos tempos. Esquecera-se de manter seu tão apreciado físico, desleixara-se de tal jeito com sua aparência, que sequer removia a barba que lhe colocava cinco ou seis anos mais velho. Os cabelos não possuíam trato algum e caíam sobre os negros olhos, chegando a alcançar os ombros.

— *Como posso me preocupar tanto com os outros a ponto de sequer me importar comigo mesmo?*

Nos últimos meses, alimentava-se mal nas poucas vezes que se alimentava, dormia mal nas raras oportunidades em que se propunha a fazê-lo e nem ao menos dava atenção aos que estavam dispostos a ouvi-lo a qualquer hora.

— *Por que será que ela me tirou dos trilhos de tal forma? Se ao menos tivesse a chance de tocá-la!*

Era difícil entender como uma única pessoa podia mudar tanto o rumo de outra sem qualquer esforço. Mesmo depois de sua morte, era fato que Viviane ainda possuía comando soberano em seu coração. E isso só trazia pensamentos lamentosos, que acabavam por ser um modo melancólico de punir-se. Pois se afundando cada vez mais em seu poço, talvez pudesse justificar sua incompetência em resolver uns simples problemas sentimentais.

Esses problemas o deixavam fraco. Uma pessoa para qual uma profecia fizera promessas de grandiosos atos, mas que sequer podia erguer-se de um pequeno tombo amoroso. O céu parecia mais o purgatório naquele instante, trazendo todos aqueles pensamentos, eternizando todas aquelas culpas. Fazia-o se perder em seus pensamentos, desligava-o de tudo ao seu redor, até que ouviu uma doce voz.

– Tudo bem com você?

Luos estufou o peito e fechou os olhos. Não queria parecer fraco perante uma desconhecida. Respirou fundo e, ao abrir os olhos novamente, ao lado de seu reflexo estava a imagem de Viviane tremulando no espelho d'água. Seu corpo paralisou-se instantaneamente. Ficou estático ante o reflexo de Viviane, que ostentava uma expressão afável, com um reluzente sorriso estampado no rosto. Seus fios dourados flutuavam levemente, expostos à amena brisa. Suas vestes de seda impecavelmente alvas deslizavam delicadamente sobre as curvas perfeitamente desenhadas de sua silhueta.

– Posso ajudar em algo?

Luos, ainda paralisado, tentou responder-lhe, mas o nó em sua garganta sequer o deixava proferir qualquer coisa. Seus lábios se abriam e fechavam, mas não saía som algum. Piscava os olhos repetidas vezes, mas a imagem continuava lá.

– *Seria um sonho? Um devaneio de minha mente que estava sendo testada em meio àquela sequência de socos da maldita culpa?*

Seus olhos marejaram sem que pudesse controlar. Sua voz, ainda ausente, deixava-o totalmente frágil. A única coisa que pôde fazer foi se virar para olhá-la nos olhos, e neles se perdeu. Pôde divisar-se nitidamente deixando flores sobre o túmulo dela. Pôde enxergar cada sorriso com os quais era presenteado nas noites do Garagen's.

– O que houve? Parece que viu um fantasma.

– Não... Eu... – tentava justificar-se.

Sorrindo deliberadamente, o jovem deixou que uma lágrima escorresse por sua face. Seu queixo tremia, assim como suas mãos. Seu tórax inflava e se comprimia de forma descompassada. A mulher encarava-o como se quisesse remover toda aquela angústia que recaía sobre aquele abatido jovem. Balançou a cabeça negativamente e novamente sorriu, quando foi surpreendida por uma investida que se findou num forte abraço. Os braços de Luos envolviam-na firmemente, puxando-a contra seu corpo. A mulher sentiu-se um tanto desconfortável por ser abraçada daquela forma. Ainda assim, percebeu o quanto ele precisava daquele abraço e deixou que saciasse sua carência, por mais que não entendesse aquele episódio.

Luos colocou a mão atrás da cabeça da mulher, envolvendo os dedos nos dourados fios de seus cabelos. Respirou fundo o suave aroma de sua pele. Acariciando-lhe a nuca delicadamente, conseguiu proferir as primeiras palavras com algum sentido desde que a encontrara.

– Não acredito que está aqui – disse com a voz falha de tamanha emoção.

– Nem eu – disse em tom descontraído.

Luos sorriu e inclinou o corpo para trás para observar novamente aqueles olhos verdes. Limpou a garganta e engoliu o nó que dificultava sua respiração. Ficou parado por alguns instantes, segurava-se para não atacá-la, observando aquela boca tão perfeita em meio àquela face alva com bochechas rosadas. Seus olhos percorriam aquele rosto seguindo o trajeto "olhos verdes" e "boca rosa", até que não se conteve e tomou a atitude que muito hesitara. Beijou-a com toda aquela vontade que havia muito estava reprimida. A mulher não o rejeitou, pelo contrário, retribuiu de forma esplendorosa aquele beijo. Os lábios tocavam-se com uma fome de desejo que a própria Viviane não entendia. Enquanto isso, Luos passeava por um paraíso de tamanha perfeição que rogava para que durasse por toda a eternidade. E então o beijo findou-se, deixando-os sem fôlego.

Ela o olhou bem no fundo de seus olhos, parecendo buscar uma explicação para aquilo, até que resolveu indagar.

– Já nos conhecemos?

Luos não entendeu a pergunta, mas se realmente fosse o que estava pensando, algumas coisas já estariam explicadas, mesmo que dolorosamente.

– *Será que ela não se lembrava de nada?*

Talvez fosse até melhor assim, pois não se lembraria do sofrimento que lhe fora causado antes da morte. Da angústia e do medo que com certeza protagonizara, momentos que valia a pena esquecer.

Luos achou melhor esquecer-se do passado e começar tudo novamente. Um novo começo que poderia ser feito do modo que sempre quis que fosse, sem que ela corresse perigo de vida, haja vista o local no qual se encontravam.

A muito simpática e atenciosa Vivi papeou por horas com Luos. Riram, correram e rolaram como crianças na grama. Deitados lado a lado, Luos removeu os fios que caíam sobre os olhos verdes. Com as costas da mão, acariciou o rosto dela docemente. Estava vivendo o ápice de sua existência. Os sonhos febris tornavam-se realidade. Ele se pôs de pé e caminhou à margem do lago.

— Venha. Vamos nos refrescar um pouco.

Luos levantou-se sem questionar e seguiu ao encontro dela, que já possuía água nas canelas. Chegando ao seu lado, ela pegou sua mão, e ambos caminharam juntos para o interior das frescas e límpidas águas. Com o nível beirando o tórax, Viviane parou e virou-se para Luos.

— Posso confessar uma coisa?

— Claro — disse Luos atenciosamente.

— Não sei explicar, mas tudo isso… É como se eu já aguardasse por isso há anos. De onde foi que você surgiu?

A pergunta o fez lembrar-se de sua condição. Não estava no céu a passeio. E provavelmente não ficaria por muito tempo em liberdade de perambular pelos campos. Mas ainda assim, iria proporcionar-lhe uma noite de que realmente pudessem se lembrar com gosto. E evadindo a pergunta, tomou-a nos braços e pôs-se a beijá-la novamente.

※ ※ ※

Beatriz enfim acordou após a noite agitada. Olhou o relógio e viu que os ponteiros marcavam dez e meia. Levantou-se esfregando os olhos e seguiu para o banho. A ducha quente caía sobre sua cabeça enquanto refletia sobre as últimas novidades. A água quente relaxava seu corpo doído pela noite mal-dormida. Passeava com o sabonete por sua pele vagarosamente, enquanto pensava no que iria fazer, e em onde Luos estaria. Com a mesma e duradoura calma, enxugou-se e deixou o box em direção à pia, ainda com a toalha sendo agitada sobre a cabeça para secar os cabelos. Abriu os olhos por sob a toalha vislumbrando sua escova de dente e creme dental sobre a pia. Tomou-os nas mãos e iniciou sua higiene, removendo a toalha da cabeça e erguendo-se para se olhar no espelho, quando um baita susto seguido de um grito involuntário ecoou no banheiro. No embaçado espelho lia-se:

"Não foi sonho, estive aqui!"

Beatriz ficou um tanto nervosa. Enrolou-se na toalha e prendeu-a na altura dos seios. Caminhou ligeira para o quarto, que não era tão grande assim, buscando qualquer intruso.

– Apareça, seu covarde! Acha que é bonito invadir a casa dos outros? Se estiver aqui irá aparecer, querendo ou não. *Fiat lux, a fortiori. Actio ad exhibendum ex intefro. Hic et nunc, dixi.*

Enquanto as palavras eram pronunciadas, as luzes piscavam e as cortinas alçavam voo elevadas por uma misteriosa brisa. Ao fim da conjuração, nada parecia ter acontecido. Caminhando do quarto para a cozinha a passos lentos, passou a mão numa faca que estava sobre uma cômoda ao lado da porta da cozinha e brandiu-a firmemente, apontando-a para frente. Entrou na cozinha numa investida rápida, apontando a faca para os lados, procurando o possível invasor. Levou a mão ao interruptor, acendendo as luzes, e mais uma vez nem sinal do desgraçado. Recuou atentamente ao quarto, disparando a claridade artificial das lâmpadas de mercúrio ao tocar o interruptor. Cozinha e quarto limpos. Só lhe restava o banheiro a ser averiguado. Engoliu a seco e seguiu para o último cômodo, o que realmente havia iniciado aquela porcaria de apreensão que lhe arrepiava o dorso. Chegando à porta, parou ante à visão do blindex com mais uma sequência de palavras que foram deixadas no embaçado vidro.

– *Não tema, atue!... Até, linda Beatriz.*

– Desgraçado! – amaldiçoou. – ...Estava me espionando no banho. Um demônio com índole de adolescente. Era só o que me faltava... Que babaca. Gostou do que viu? – gritou a plenos pulmões. – Pode se masturbar, desgraçado! Mas não ouse aparecer novamente, caso contrário, te mando de volta ao inferno. Ouviu?

Beatriz estava perplexa ao descobrir que o demônio estava em seus calcanhares. E isto não era nada bom. Estava na hora de retomar a leitura, pois logo precisaria de patuás que havia muito não produzia. Teria que executar feitiços que jurara para si mesma fazer o possível para não precisar utilizar novamente. Em todo caso, no ato da promessa, não imaginaria que se meteria em tamanha confusão. De um lado estava Luos. A miscigenação dos opostos que ela tanto tentava erguer a um só patamar, a luz. Do outro lado estava uma vertente das trevas que jamais pensara que iria enfrentar. O primogênito mimado de Lúcifer. Garoto problemático que tentara criar seu próprio inferno para desafiar o pai pelo simples déficit de atenção que possuía.

A hora de escolher seu lado estava se aproximando, e se manter neutra não era uma opção dessa vez. Na verdade seria o pior caminho a escolher, pois a colocaria ao lado dos que seguiam Lúcifer e que até o momento não interferiram em Luos e Typhon, mas não tardariam em fazê-lo.

19

Palavras de fé

A delegacia de homicídios iniciou seu dia com a agenda cheia. Uma onda de crimes vinha ocorrendo e crescendo gradativamente, deixando Ricardo Benevites de péssimo humor, visto que até o momento não conseguira enjaular seu provável culpado.

— Onde haveria se metido aquele rato denominado Luos? Como um jovem poderia escafeder-se da noite pro dia?

Para completar, Joaquim não havia dado as caras naquela manhã, deixando Benê com uma montanha de relatórios para preparar e novos casos para analisar. A DP estava um tanto exacerbada no quesito trabalho, e os poucos detetives estavam totalmente sobrecarregados, sobretudo Benevites, que havia incorporado os casos do falecido Wilson Cervantes à sua pilha de papel. Trabalhara bastante nas últimas semanas, e de um modo geral obtivera êxito na maioria dos casos, exceto naquele, que continuava deixando-o irritado.

Na última noite, Benevites e Joaquim visitaram a boate Hot Girl's novamente, e fizeram contato com a jovem Nina, que para ele estava logo após Beatriz na lista do maníaco. E por falar em Beatriz, deveria checar se ela estava bem, e se Luos havia aparecido por lá, sendo assim abriu a gaveta de sua mesa e tomou nas mãos um cartão negro com letras rubras.

Aguardou pacientemente que o telefone chamasse por diversas vezes, e quando achou que a ligação cairia, Beatriz atendeu.

— Alô — disse em tom irritadiço.

— Bom dia, senhorita Beatriz. Aqui quem fala é Ricardo Benevites da DP.

— Bom dia, detetive.

— Desculpe ligar tão cedo, mas é que gostaria de ter certeza de que está tudo bem.

— Bem não está, mas vai melhorar.

— O que houve, minha jovem? Posso ajudá-la em algo? Ou quer que eu mande alguma viatura?

— Não, detetive. Está tudo bem por aqui.

Benevites não acreditara nas palavras da jovem, algo dizia que não estava tudo bem. Seu faro apurado para a mentira disparava um enorme sinal de perigo em sua cabeça.

— Você tem certeza, senhorita? Não seria incômodo algum. Além do mais, esse é nosso trabalho.

— Não precisa. Estou bem. Poupe seu efetivo para outros casos.

Beatriz mais do que ninguém sabia que não seria uma dupla de consumidores de rosquinha e café que iria lhe conferir qualquer proteção, mesmo que tentasse com todas as forças. Ela havia percebido que Benevites não acreditara nela, mas se contasse a verdade, aí sim ele não acreditaria mesmo. Sendo assim, era melhor que ficasse com uma verdade da qual pudesse duvidar com mais firmeza.

— Em todo caso, peço desculpas novamente pelo incômodo, e gostaria que me permitisse fazer contato esporadicamente para ter certeza se está a salvo.

— Sem problemas, detetive, pode ligar quando quiser.

— Ok! Tenha um ótimo dia.

— Igualmente próspero para você.

Benevites coçou a cabeça pensando se Luos haveria visitado Beatriz, mas isso não lhe parecia ter procedência. Mesmo assim mandaria uma viatura rondar em horários aleatórios a loja e o apartamento de Beatriz, só para ter certeza de que tudo corria bem.

Beatriz achou engraçada a extrema preocupação de Benevites, mas até que era bonitinho de sua parte importar-se tanto com ela, por mais que fosse seu trabalho.

A jovem vestiu-se e tomou café sem muitas delongas. Pouco depois já estava na rua. Deveria iniciar suas pesquisas de atualização o quanto antes, pois seus novos bichos-de-pé logo estariam incomodando novamente. Ao atravessar a rua em frente a seu prédio, viu uma viatura da polícia passando lentamente. Dentro dela dois homens: ao volante, um negro alto com bigodes protuberantes, e ao seu lado um de pele mais clara e barba por fazer. Os homens fixaram o olhar no prédio em que ela residia e depois seguiram em frente passando o olho por ela velozmente. Pelo visto, Benevites ignorara sua negativa quanto à presença de uma viatura rondando sua residência, mas não iria reclamar por estar recebendo cuidados, mesmo que desnecessários.

Caminhava observando atentamente ao redor. Olhava cada rosto pela rua, principalmente aqueles que lhe dirigiam o olhar. Estava apreensiva de um modo que não ficava havia décadas. Há muito sua vida transformara-se em uma calmaria que a fizera perder seus instintos defensivos. Perder talvez fosse um exagero, o mais correto seria dizer que foram adormecidos. E naquele instante o despertador biológico berrava incessantemente para que eles despertassem.

O caminho até o Recanto das Bruxas não era longo, algo em torno de dez a quinze minutos de uma leve caminhada. Mas em vista dos últimos acontecimentos, esta se prolongou em sua mente, fazendo com que cada lote duplicasse de tamanho, as ruas simples parecessem largas avenidas, e todas as pessoas parecessem olhar para um só ponto, ela.

Chegando à frente de uma majestosa igreja, observou um senhor de longas barbas, cabelos grisalhos e vestes humildes. Sua voz entoava pregação a plenos pulmões, independentemente de ter ou não ouvintes.

— Senhor, como tem crescido o número dos meus adversários! São numerosos os que se levantam contra mim.

Beatriz parou por um instante para ouvir as palavras do idoso. Aquelas frases tocavam-na de uma maneira que não havia explicação. Era como se o próprio Deus, se é que existia um, estivesse tocando em seu coração. Era como se o idoso por intermédio divino tivesse escutado os seus pensamentos.

— Tu és o meu escudo, és a minha glória e o que exalta a minha cabeça. Ó homens, até quando tornareis a minha glória em vexame, e amareis a vaidade, ou buscareis a mentira?... Convertei-vos! Por que somente Ele vos salvará de todos os que vos perseguem e vos livrará para que ninguém, como leão, vos arrebate, despedaçando-vos, não havendo quem vos livre.

Beatriz sentia uma paz cativante tomar conta de sua alma. Um fulgor lhe subia o corpo, deixando-a aquecida nas preces poderosas do ancião, produzindo um efeito que a fez atravessar a rua e caminhar para as escadarias da igreja. No pé da escadaria de concreto observou o senhor mantendo-se firme em sua tarefa.

— Louvar-te-ei, Senhor, de todo o meu coração. Contarei todas as tuas maravilhas. Alegrar-me-ei e exultarei em ti, ao teu nome, ó Altíssimo, eu cantarei louvores. Pois, ao retrocederem os meus inimigos, tropeçam e somem da tua presença, porque sustentas o meu direito e a minha causa.

Subindo lentamente as escadas, a bruxa rendeu-se aos clamores do homem, que lhe abriu um sorriso carinhoso e acenou positivamente com a cabeça. Beatriz reverenciou-o e ergueu os olhos, avistando a igreja por sobre os últimos degraus.

— Suba, minha filha, Ele te espera. Sempre te esperou e sempre irá esperar. Deus aguarda o tempo de cada um, pois somente no teu tempo serás suficientemente sincera para recebê-lo de peito aberto. E de braços abertos Ele te aguardará.

— Ele não me aguarda, pois há muito o reneguei — disse voltando o corpo em direção à rua.

— Não temas, minha filha. Não regresses após estar tão perto. Não hesites ante minhas palavras, pois aqui não pronuncio as minhas, mas as de Deus através de mim.

— Sinto que não sou bem-vinda, pois por muito atuei no time adversário, e por muito massacrei seus filhos. De fato, estou fazendo-o agora — disse referindo-se ao corpo de que tomara posse.

— Perdoa a todos mais que a ti mesmo.

— É exatamente isso, perdoo a todos, menos a mim mesma. E ainda sim sou egoísta a ponto de não findar minha existência.

— Entra, minha filha, e deixa que a casa de Deus te conceda a paz divina, nem que por um instante.

Sem ter mais como evitar o diplomático e persuasivo senhor, rendeu-se aos seus clamores e caminhou ao encontro das folhas duplas de madeira que estavam abertas, permitindo que os visitantes adentrassem o templo. Receosa, peregrinou vagarosamente por entre os bancos. A igreja possuía um teto abobadado com lindíssimas pinturas do céu e anjos por entre nuvens alvas. O altar côncavo em madeira tom mogno exibia um pedestal de mármore de onde pendia uma suntuosa cruz dourada. Ao seu fundo, uma escultura entalhada cuidadosamente em madeira ilustrava a crucificação de Jesus.

Logo que chegou, uma mulher que estava de joelhos perante o altar finalizou suas orações ao executar o sinal da cruz e ergueu-se.

— Bom dia! — cumprimentou a mulher ao cruzar com Beatriz.

Esta respondeu à altura, enquanto observava a jovem mulher de cabelos castanhos e pele morena clara se afastar. Já ao centro da igreja, deparou-se com o padre, que a cumprimentou.

— Bom dia, Nina, não tenho te visto nos últimos dias, o que houve?

— Estava um pouco atarefada.

— Nunca se está atarefada demais para deixar de comparecer à casa de Deus.

— Eu sei padre, farei o possível para não me ausentar por muito.

Beatriz ficou parada prestando total atenção ao diálogo entre o padre e a mulher.

— *Será que era ela? Essa era a Nina? A que pretendia procurar?*

Era um tanto absurdo que uma pessoa que trabalhava numa boate frequentasse a igreja a ponto de conhecer tão bem o padre.

— *Ora bolas. Quem era ela para julgar estranha tal atitude?* — pensava.

Agora que já possuía uma ideia de como era, ficaria mais fácil confirmar numa simples visita a tal boate dita por Typhon. Em seguida, a mulher despediu-se do padre recebendo sua bênção, e partiu. E então o padre avançou até Beatriz e a cumprimentou.

— Olá, minha filha. Seja bem-vinda à casa de Deus. Posso ajudar em algo?

— Não, padre, obrigado. Estou apenas refletindo um pouco.

— Algo a aflige?

— Não. Só procurando estar um pouco na presença divina — disse parecendo ser uma fiel fervorosa.

— Fico feliz em ouvir isso. Fique à vontade. Estarei lá dentro em meus afazeres.

Beatriz aguardou o padre sair do recinto e voltou o olhar para a escultura. Sem nem ao menos saber como agir ante uma situação daquelas, deixou um sorriso bobo escapar. Sentia-se uma tola. Estava acanhada perante uma imagem. Algo que era apenas representativo. Não se sentiu à vontade para ajoelhar, então permaneceu de pé e iniciou algo que julgava ser uma oração propícia.

— Senhor... Ah... Não sei bem o que me fez entrar aqui, mas seja o que for... Senti-me bem. De uma maneira que não sei explicar. Sei que... Talvez não me considere digna de perdão, e nem estou aqui para pedi-lo. Apenas... Achei que deveria entrar e foi isso que fiz.

Uma pausa para observar ao redor e ter a certeza de que estava sozinha, e não bancando uma louca falando a uma imagem de madeira.

— ...Não quero pedir por mim... Se pretende me dar algo, ou se for merecedora de qualquer clemência, guarde-a para Luos. Pois precisará bem mais do que eu. Ajude-o, Senhor, ajude-o a encontrar o seu caminho.

O som de palmas batidas de forma lenta e abusada ecoou no templo, junto do som de sapatos tocando o solo a passos lentos. Virando-se, divisou um homem de aparência rude. Possuía cabelos negros com leves mechas brancas num corte modernamente repicado, até mesmo para seus aparentes quarenta anos. Usava um terno negro aberto à frente, deixando à mostra uma blusa branca.

— Que comovente — disse continuando a bater palmas pausadamente.

A mulher cerrou os punhos e ergueu as sobrancelhas enrugando o cenho. O homem pôs as mãos no bolso e seguiu em sua direção.

— Continue, não era minha intenção interromper esse bate-papo sadio entre você e Ele.

— Quem é você?

— Ah, vamos lá, tente.

— Não gosto de adivinhações.

Beatriz caminhou a passos firmes e com peito estufado em direção ao homem, que parou à sua frente interrompendo o caminho.

– Aonde pensa que vai? Não seja mal-educada.

A mulher avançou, trombando no ombro do homem e passando por ele à força.

– Não. Não pode sair assim – disse balançando a cabeça de um lado para outro.

Em seguida as folhas duplas da porta se fecharam sozinhas. Chegando a elas, Beatriz forçou as maçanetas, mas não obteve sucesso. Pareciam estar bloqueadas por uma força sobrenatural. Olhou por sobre o ombro e avistou o homem logo a suas costas.

– Podemos conversar? – disse fazendo seus olhos ficarem completamente negros.

Beatriz deu um salto para trás, encostando as costas na porta. Estava bastante assombrada de ver um demônio pisando em solo sagrado. E mais que rapidamente propôs-se a mandá-lo de volta ao seu habitat. Com um passo à frente, iniciou o exorcismo.

– *Exorcizamus te, omnis immundus...*

Saltando em sua direção, o homem agarrou-a pela garganta e ergueu-a, batendo sua cabeça contra a porta.

– Sua puta! – berrou. – Pensa que estou de brincadeira?

– O que está acontecendo aqui? – disse o padre, aparecendo de uma porta próxima ao altar. O demônio a fechou à distância, com um simples gesto de mão, prendendo o padre na sala.

– Deixe-me ver onde estava... Ah... Sua puta!... Vagabundazinha – disse apertando a garganta da moça.

Beatriz segurava a mão do homem tentando amenizar a pressão em sua garganta. Sua respiração estava dificultada, seu rosto já estava rubro enquanto se debatia.

– Quieta! – vociferou, batendo-a novamente contra a porta. – Agora podemos conversar civilizadamente?

Um balançar positivo de cabeça indicou que concordava em colaborar, e então o homem a soltou. Beatriz caiu respirando fundo para trazer o ar que lhe faltava nos pulmões. O demônio encarou-a caída ao chão esfregando a garganta e tossindo. Ajeitou seu terno e passou a mão no cabelo.

– Não precisa se levantar, pois serei breve – disse pondo novamente as mãos no bolso.

O padre continuava a esmurrar a porta e a rogar ao seu Deus para que aquela figura nefasta fosse expulsa de sua casa. Mas a porta não se abria.

Pouco depois o trinco da porta rangeu destravando-a, e o padre saiu por ela observando o homem empurrar uma das abas da porta e saltar por sobre a mulher.

– Desapareça, demônio, ou as chamas sagradas o consumirão! – alertou o padre.

O demônio olhou o padre por sobre o ombro, desdenhando de seu aviso, e voltou a encarar Beatriz.

– Pense bem... Ou voltaremos a nos ver.

Seguindo para as escadas, desceu deixando a mulher caída na entrada da igreja, ainda tentando estabilizar sua respiração.

20

Surpresas nada agradáveis

Luos retornou à sua morada já sob a luz do dia. Estava extasiado. Sentia uma felicidade descomunal após ter passado com Viviane momentos que jamais imaginara que teria chance depois de tudo que havia acontecido.

Uma carga de proporções épicas era removida de seu dorso, conferindo-lhe uma leveza que o deixava nas nuvens. E de certo modo estava. Havia muito não sabia o que era aquela sensação. Sentia-se realizado de certo modo, pois pudera conferir a ela momentos que para ele eram como uma compensação ao caos que vivera por sua culpa. Deitando-se na cama, contemplou o teto como de costume. Não era o teto encardido de seu apartamento, mas lhe conferia a mesma sensação de paz. Era como flutuar. Olhar para o teto era uma maneira de esvaziar a mente enquanto observava as manchas de antigas infiltrações. Nesse caso, observava apenas o teto imperfeito de sua cela e buscava o vazio que lhe permitia viajar no seu mundo de imaginação.

– *O que aconteceria agora?*

Essa era a questão presente em sua mente. Acabara de encontrá-la e de passar ótimos momentos a seu lado. Não queria que parasse por ali, mas ao mesmo tempo não sabia como essas coisas funcionavam no céu. Se existiam relacionamentos em pleno paraíso. Se poderia ficar com ela. Isso era o que mais queria. Poder esquecer a baboseira de profecia, e enfim viver uma vida em que pudesse dedicar seu tempo a alguém, em vez de dedicar seu tempo a pensar em maneiras de não contrariar Zeobator.

Algumas horas se passaram enquanto passeava por seu mundo imaginário, observando o teto. E quando pensar em Viviane já era mais que o suficiente, foi surpreendido por uma visita que o deixou saltitante. Ela estava ali, diante dele, observando-o pelas grades de ouro.

Rapidamente sentou-se na cama e abriu-lhe um sorriso, enquanto observava sua face angelical completada por vestes azul-celeste.

– Olá... Eu... Não sei o que te dizer. Só queria agradecer pela noite de ontem. Foi inesquecível...

– Não agradeça, acredite... Não fiz só por você.

– Não precisa dizer isso. Só quero que saiba que sou muito grata, e lhe desejo toda a sorte em seu regresso.

– Do que está falando? – disse erguendo-se.

Ao se levantar, pôde observar um celestial aproximando-se atrás de Viviane, e pondo-lhe a mão sobre o ombro. Possuía olhos azuis como o céu e cabelos negros sobre uma pele impecavelmente branca.

– Agora vá, Viviane. Deixarei que se despeçam, antes que ele vá.

A mulher assentiu com a cabeça baixa, procurando ocultar seus olhos marejados, e se retirou.

Luos aguardou que se afastasse pacientemente, e quando achou que já possuía uma distância segura, iniciou a indagação ríspida.

– Do que ela está falando? – disse franzindo a testa.

– Acalme-se. Se ela veio até aqui é porque eu a trouxe.

– O que quer de mim, celestial? Por que no que diz respeito a ela, você sempre está presente?

– Porque ela é a sua luz, Luos, e eu a tutora dela. É o que se pode chamar de anjo da guarda.

E Luos apenas sorriu. Não acreditava naquilo.

– Está me zombando? – indagou Luos.

– Não. Ela nasceu com o único propósito de fazê-lo pender à luz, de protegê-lo do mal.

Estático mediante tal afirmação, Luos balançava a cabeça sem entender bem o que havia lhe acertado. Não era possível. Não poderia ser.

– Meu caro, o destino dela estava ligado ao seu desde que ela nasceu. Um anjo da guarda não é como vocês pensam. Não possui asas ou auréolas. São pessoas comuns que foram dotadas de uma luz espiritual sem igual. Possuem a vontade de ajudar, e quase sempre são muito próximas de seus protegidos. Muitas vezes seus melhores amigos, e em outras, cônjuges. Por isso existe aquela afirmação de que uma pessoa foi feita uma pra outra, pois é isso que exatamente são...

Luos continuava a negar as palavras do celestial. Não queria acreditar que seu amor fora manipulado. Sentia-se uma marionete do céu e do inferno.

– É isso que fazem com minha existência? Manipulam-me?

– Não é assim, Luos...

– Como não? Ontem... Tudo aquilo não passou de uma farsa... Um modo de me apaziguar, de me trazer para o lado de vocês.

– Viviane foi feita especialmente para você. Daí essa afeição sem limites por ela, e vice-versa. Nem sempre esse sentimento se desenvolve dessa forma. Às vezes não passa de um carinho incondicional, já em outras...

– Você está me dizendo que ela é uma celestial?

– Não. Disse que ela é uma escolhida pela luz. Um ser humano diferenciado no que diz respeito ao amor, mas ainda uma humana...

– E isso não a torna uma de vocês?

– Não, ela possuía o destino ligado ao seu, mas poderia ser que nunca viesse a fazer parte de seu ciclo de amizades, mas ainda sim zelaria por você e o ajudaria indiretamente.

– E ela tem consciência de sua condição? Por que em seu diário ela deixou clara a insatisfação com Deus.

– Não, Luos, ela não é consciente da missão para a qual foi escolhida, mas mesmo assim a executa por puro instinto. Volto a afirmar que os anjos da guarda são humanos e, como todos, têm suas dubiedades postas à prova todo o tempo. Possuem dúvidas, medos, e também necessitam ter fé. Muitos deles sequer acreditam em Deus.

– Como assim? Como existe um anjo que não acredite em Deus?

– Pois é, meu caro, também temos que ter fé. Nunca ouviu dizer na rua que uma pessoa salvou outra que nem conhecia de um perigo eminente de morte? E a pessoa agraciada dizer que a outra é seu anjo da guarda?... É assim que funciona. Alguns sequer conhecem seus protegidos, mas no momento certo estarão lá para ajudá-los, pois assim Deus quis.

Luos permaneceu pensativo. Respirava fundo e soltava o ar com força. As engrenagens de sua cabeça trabalhavam a todo vapor. Tinha muitas informações a serem digeridas em pouco tempo, e isso estava deixando-o à beira de um colapso.

– O que quer de mim? – disse Luos por entre os dentes, enquanto lágrimas lhe corriam pela face.

– Seu bem, Luos. Somente seu bem.

– Então por que está fazendo isso comigo? – indagava de maneira sofrida.

– Preciso que volte para a Terra, Luos. Meus superiores me encarregaram disso.

— Que superiores? Os mesmos que me jogaram aqui?

— Não. Aqueles são da hierarquia de Camael, enquanto eu respondo a Gabriel.

— Então Gabriel me quer de volta na Terra?

— Na verdade ele não concorda que as potências interfiram diretamente nos seres humanos. Ser responsáveis pela ordem do universo não significa que podem sobrepujar nossa hierarquia. Por mais que sejam de uma hierarquia superior à nossa.

— Então até vocês brigam entre si?

— Não é uma briga, apenas divergências de opinião.

— E onde está Deus nisso?

— Ele é muito ocupado, não dispõe de tempo para discussão de irmãos. Apenas quando Lúcifer ergueu-se contra a criação dos seres humanos, mesmo Deus o amando mais do que a todos nós, mandou que Miguel o expulsasse do paraíso. Acho que tal atitude lhe doeu tanto, que Ele evita interferir para que não tenha que tomar outra atitude dessa magnitude.

Luos começou a gargalhar desmedidamente. Enquanto o celestial o observava seriamente.

— Qual o motivo da graça?

— É hilário... – disse em meio às gargalhadas. – Deus arrependido... – E continuou a rir. – Por que simplesmente não volta atrás?... Ou será que é orgulhoso demais para isso?... – E Luos permanecia gargalhando.

— Não é caso de se arrepender. Deus faz o justo. E nem sempre o justo é o que lhe agrada mais, mas ainda assim é o certo a ser feito, e assim o faz. Deus ama a todos os seus filhos, e castigá-los lhe dói bastante. Entretanto, não há outra maneira de ser justo senão punindo severamente.

Luos ficou sério ao perceber a irritação do celestial. Sua expressão amigável tornou-se ofensiva assim que Luos zombou de seu Pai. E Luos entendeu pela primeira vez o que é um amor de filho para pai, algo que nunca sentiu em relação ao seu.

— Desculpe-me. Não quis ofendê-lo... Agora, me diga o que quer Gabriel?

— Podemos dizer que ele confia em você. Acredita que fará diferente do que diz a profecia.

— E se eu falhar?

— Não falhará.

— Eu já falhei em protegê-la. E falhei ao enfrentar os subordinados de Camael. Se eles aparecerem, como irei suportar uma investida dessas?

— Do mesmo modo que suportou a primeira, com a minha ajuda.

— O quê?

— Quem você acha que o tirou de lá? Deus? Tenha paciência.

Sentindo-se minimizado, baixou a cabeça sem ter o que dizer.

— E o que faço agora?

— Nada. Aguarde a noite, e virei para soltá-lo. Mas antes preciso pegar algo de que irá precisar.

— Está certo... Posso saber seu nome?

— Claro... — disse sorrindo. — Me chamo Manakel.

※ ※ ※

Beatriz sentou-se ainda com dificuldades de respiração. O padre correu ao seu encontro e se agachou pegando em suas mãos.

— Está tudo bem, minha filha? Suas mãos estão frias... Venha, irei te servir um chá.

Sem dizer qualquer coisa, ela se deixou ser levada pelo padre, que a direcionou até a sacristia e a colocou na cadeira. Estava muito preocupada com o demônio que a molestara. Possuía um poder que a deixou assustada. E as palavras que lhe disse colocaram-na em cheque, sem saber ao certo o caminho que deveria seguir.

— Minha filha, tome o chá. Ainda está quente, fiz há pouco.

Tomando a caneca nas mãos, observou o fumegante líquido. Estava pensativa e ignorava o padre, que estava agachado a sua frente, olhando-a beber o chá de camomila.

— O que ele lhe fez?

O silêncio continuou. Não queria falar sobre o assunto. Não com ele. Precisava de Luos. Queria vê-lo e pôr algumas coisas a limpo, além de resolver outras questões que se apresentaram recentemente.

— Pode falar comigo, minha filha. Não se sinta envergonhada por temê-lo. Não pude entender como entrou aqui, mas não o temi por isso.

— Padre, não me entenda mal. Mas o senhor, servo de Deus que vive unicamente para disseminar sua palavra, como pode ficar totalmente inerte?

— Não se trata disso...

— Padre! Você nada fez para expulsá-lo, ou melhor, não possuía meios para tal. Nem mesmo em seu território... Que Deus é esse que o expõe de tal maneira?

— Quem somos nós para julgá-Lo?

— Somos seus filhos! Não é isso que prega? E onde está que sequer defende sua casa?

— Não blasfeme, minha filha.

— Blasfemar?... Blasfêmia é estar aqui pedindo sua proteção e ser surpreendida por aquilo. Não foi um filho de Deus de má índole, padre, foi um demônio. Já esteve diante de um algum dia? Sabe do que são capazes?

O padre permaneceu calado, apenas olhando para o rosto da mulher.

– Ótimo! Para mim chega!

Beatriz se levantou e dirigiu-se à porta, colocando a caneca de maneira feroz sobre uma bancada. O padre, muito entristecido pelo episódio, seguiu ao altar, onde se ajoelhou para pedir sabedoria.

Beatriz saiu da igreja descendo as escadas com pressa, cruzou a rua sem ao menos olhar para os lados, por sorte não havia carros naquele momento. Caminhando pela calçada, trombava nas pessoas sem ao menos olhar para trás. Queria chegar ao Recanto o quanto antes. Se tivesse seguido direto para lá, nada disso teria ocorrido.

– *Malditas palavras daquele velho. Talvez também estivesse mancomunado com os demônios* – elucubrava.

À frente do Beco do Siridó, olhou para trás para garantir sua segurança, e então percebeu dois homens andando rápido em sua direção. Assim que colocaram seus pés no asfalto para atravessá-lo, Beatriz antecipou-se em correr. Entrou no prédio empurrando as pessoas e subindo as escadas o mais rápido possível. Puxou do bolso um molho de chaves, que sacudia tentando encontrar as corretas, mas o nervosismo deixou suas mãos trêmulas, atrapalhando-a. Olhava para o corredor e para as chaves até que encontrou a exata, tentou por três vezes encaixá-la no orifício da fechadura enquanto ouvia os homens subindo as escadas. Assim que conseguiu introduzir a chave, abriu a porta desesperada para atravessar a barreira de sal e quando o fez, precaveu-se em fechar a porta o quanto antes, empurrando para trancá-la. Com a porta prestes a encontrar seu destino, um dos homens a chutou contra Beatriz, derrubando-a no interior da loja, e deu um passo em sua direção, quando uma barreira invisível logo após a projeção da porta o bloqueou. Olhou para a soleira de metal e sacudiu a cabeça de maneira feral. Seus olhos negros eram puro ódio.

Pareciam cães que tentavam alcançar a comida, mas eram impedidos pela corrente. Entreolharam-se e em seguida saíram em disparada.

Há poucos instantes, estava impedida de respirar; agora respirava com tanta rapidez que quase não existia ar suficiente.

Levantou-se com o coração acelerado, transpirava em demasia. Um calor tomou conta de seu corpo após passar o susto, mas esse logo foi substituído por um calafrio azucrinante ao ser surpreendida por Joaquim, que chegou repentinamente à porta.

— Tudo bem com você? Eu vi homens suspeitos deixarem o prédio.

— Tudo bem — disse.

— Venha, vou te levar para um local seguro — disse apontando a arma para o corredor.

Joaquim olhava para os lados de maneira apreensiva, como se pressentisse o perigo. Deu alguns passos em direção às escadas, saindo da vista de Beatriz.

— Não, Joaquim! — disse a mulher, correndo para tentar trazer o detetive para sua redoma de proteção. Ao cruzar a soleira de forma displicente, uma coronhada acertou-lhe a cabeça, desorientando-a. Logo fora agarrada pelo colarinho e jogada contra a parede de fronte à entrada do Recanto. Sua visão abrumou, e em meio a toda aquela neblina vislumbrou Joaquim observando-a com os olhos completamente negros. Olhou para as escadas e viu os dois demônios que a perseguiram há pouco, vindo em sua direção com olhar triunfante. Com o pescoço fraquejando, esforçou-se em direcionar a visão para Joaquim pela última vez, e então apagou.

ns
21

De volta à ativa

Luos muito refletiu após o encontro com o celestial. Manakel, o verdadeiro. Nunca poderia conjeturar um encontro com o celestial que inspirara o nome do homem que veio a prognosticar seu nascimento. E que este ainda lhe colocaria uma carga de informações e responsabilidades tão grande. Profetizado pelo Manakel homem, e orientado pelo Manakel anjo. As coincidências em sua vida eram facetas desprovidas de graça.

— *Será que Zeobator fazia ideia de onde estava? Saberia que fiz acordo com os celestiais?*

Esse jogo duplo era um tanto arriscado. Os dois lados possuíam duas bandas que se dividiam entre caçá-lo e apoiá-lo. Nos céus era ajudado pelo coro de anjos e caçado pelas potências. Já no inferno era ajudado por Zeobator e seus subalternos, e caçado por Typhon e seus Ifrits.

— *Como ser fiel a forças opostas e ainda enfrentar duas outras oposições simultaneamente?*

Pensar nisso o deixava louco. Estava entre quatro pontas. Numa analogia barata, estaria entre duas espadas de luz e dois tridentes em brasas.

— *Quem iria lhe conferir o primeiro ataque? Quem iria se opor a tal para defendê-lo?*

Possuir dois inimigos que se odeiam e dois amigos que também possuem igual antipatia um pelo outro era como saltar num buraco cujo fundo não se pode enxergar, ou seja, uma queda cheia de surpresas e de perigos.

Ainda não estava certo quanto ao apoio de Gabriel. Era um anjo renomado. Um daqueles que todos conheciam, seja no céu, no inferno ou na Terra.

— *Por que se arriscaria por ele?* — indagava-se.

Era sabido que era um demônio de uma profecia caoticamente infernal. Alguém cujo destino era destruir seus irmãos celestiais. Talvez o apoio não passasse de um truque para tirá-lo de circulação. Não o enviariam ao exílio, e sim findariam de uma vez por todas com sua existência. De qualquer modo, não deveria confiar em ninguém nesse momento. Principalmente em Gabriel, afinal era um celestial que caçava demônios como ele.

E ainda havia essa novidade sobre Vivi. Anjo da guarda. Que baboseira. Era difícil acreditar em algo tão fantasioso. Aceitar essa ideia era confirmar a indagação feita a Manakel sobre ser uma marionete do céu e do inferno. Amá-la, e desejá-la. Tudo não havia passado de uma ideia implantada em sua cabeça. Possuía uma mente fragilmente influenciável, caso contrário não seria induzido a isso.

Partindo dessa premissa, chegava à conclusão de que Gabriel estaria usando-o, mas ainda assim pagaria para ver. Afinal, essa era a melhor chance de escapar dos Elíseos. Cogitando que tudo que lhe fora dito fosse verdade, não sabia se queria ficar com Viviane. Seu coração a queria mais que tudo, mas sua mente já não sabia se era o certo.

— *E ela, o que pensava sobre isso?*

※ ※ ※

Igualmente preocupado e confuso, Benevites buscava Joaquim por todos os cantos da cidade. Procurou em sua casa, na casa de sua mãe, da namorada e de amigos. O jovem detetive havia desaparecido sem deixar rastro. Assim, Benê resolveu procurar pistas nas cenas ligadas aos casos que estavam investigando, e iniciou sua busca, ponto por ponto.

Algumas horas se passaram, mas nenhum sinal de Joaquim. Benevites já estava começando a cogitar o pior. Pegou o carro e seguiu até o ponto onde havia encontrado os corpos das vítimas.

No caminho, tentava se comunicar com Joaquim, mas o celular permanecia fora de área. Mais um fato que divergia do estilo comportamental do jovem, que raramente desgrudava do aparelho celular do qual se gabava pelas infindáveis funções que possuía.

Chegando ao local, Benevites estacionou o carro, desligou os faróis e desceu do veículo com o revólver em mãos. Olhou ao redor, mas nenhum som além dos veículos que utilizavam a via.

Andou entre os arbustos, iluminando o caminho com uma lanterna. Prestava bastante atenção em possíveis pistas, e foi então que um estalar de galhos secos o alertou da presença de uma segunda pessoa. Benê colocou-se imediatamente em alerta. Provavelmente seria o seu suspeito.

Analisando detalhadamente o entorno, focava cada arbusto com potencial de esconderijo, e continuava a se deslocar lentamente em direção ao ponto-chave onde os corpos foram encontrados. Ainda distante do tal ponto, pôde vislumbrar a rápida passagem de uma sombra entre a vegetação, e se apressou em acompanhá-la. Caminhou com certa displicência entre a vegetação, pois nesse momento a agilidade e o desejo de alcançar aquele miserável eram maiores do que a prudência.

Chegando ao ponto-chave, murmurou alguns xingamentos pela perda do rastro do suspeito. E em meio às reclamações, novamente a sombra apareceu em seu campo visual.

Benevites dessa vez deixou até mesmo a discrição de lado, e correu fazendo uma grande balbúrdia ao estalar galhos secos e quebrar arbustos. Lentamente via a sombra afastar-se, e dessa vez, até mesmo sua conduta policial quase perfeita foi deixada de lado quando executou dois disparos em direção à sombra, gritando para parar.

— Pare! Ou atirarei para acertar!

E o suspeito parou. Ainda sem ter certeza de que era o homem procurado, Benevites continuou a correr, até confirmar que não se tratava de Luos, o que não podia ser medido durante uma perseguição num matagal desprovido de iluminação. Benevites estava um tanto intrigado, pois a estatura e os cabelos, agora iluminados pela lanterna, eram loiros. Aquela estrutura física esguia parecia até ser de uma criança.

— *O que uma criança faria ali?*

— Boa noite. O que faz aqui? — indagou Benê sem baixar a arma.

— Boa noite. Estava apenas passeando.

— Uma criança passeando num lugar destes? Vire-se para que eu veja seu rosto.

E assim a criança virou. Era uma linda menininha loira. Possuía um olhar inocente valorizado pelos cachos que caíam sobre os olhos azuis.

— O que faz aqui, menina? — insistiu Benevites.

— Já disse, passeando.

Benevites estava confuso. Jamais imaginara passar por uma situação daquelas. Uma criança num local totalmente desabitado, sozinha àquela hora. Não podia ser algo normal.

— Qual seu nome?

— Me chamo Lili, senhor Benevites.

— Como sabe meu nome?

– Esqueça isso, que tal se esta conversa fosse sobre um assunto mais interessante?

– Do que está falando?

– Luos, Joaquim, Beatriz. O que me diz?

– De onde os conhece?

– Não interessa. O que importa é o que eu sei. Você quer saber também?

– Quem é você, garota?

– Mas como você pergunta. Que chato. Fique quietinho por alguns segundos. Só isso que peço. Acha que consegue?

Benevites olhou torto para a garota, mas assentiu com a cabeça.

– Poderia baixar a arma também? Está me deixando tensa.

O detetive baixou a arma, e foi então que a jovem começou seu discurso, que parecia que duraria bem mais que alguns segundos.

* * *

A noite se apresentou sem que Luos parasse de pensar em suposições para o que lhe havia ocorrido, e o que ainda poderia ocorrer. Havia diversas possibilidades e nelas seus pensamentos se perdiam.

Estava em sua cela, ainda pairando no mundo imaginário, quando Manakel apareceu à sua frente.

– Boa noite, Luos!

– Boa só quando estiver fora daqui.

– Pois então é sua noite de sorte. Vá se despedir de Viviane. Ela te espera junto ao lago.

– Tenho quanto tempo?

– Não muito, só o que for suficiente para que eu busque uma coisa.

Luos não se deu ao trabalho de perguntar o que buscaria, queria aproveitar para passar os últimos momentos com Viviane. Caminhou pelas colinas verdes até avistá-la à margem do lago. Aproximou-se serenamente e chamou-a pelo nome. A jovem virou-se com os olhos vermelhos e marejados. Seu rosto rubro indicava que estava chorando há bastante tempo. E que ainda o faria com mais intensidade na presença dele.

— Não chore... — disse usando o dedo para colher uma lágrima que descia na bochecha da jovem. — ...Não por mim, pois não mereço essas lágrimas.

— Por que isto está acontecendo? — disse baixando os olhos.

— Não sei explicar, essas coisas apenas acontecem.

— Mas logo agora que veio a mim?... — Uma pausa se fez presente, ampliando a dor, e fazendo as próximas palavras soarem com maior propriedade sentimental. — Não vá, Luos. Por favor. — E ela o puxou contra seu corpo, apertando-o pela cintura.

— *Como negarei um pedido desses se a desejo em meu íntimo?*

Já fazia um esforço descomunal para deixá-la, e este se tornava mais difícil com aquela cena. Permanecendo em silêncio, Luos tentava reunir forças para se manter firme, mas não encontrava meios para isso.

— Luos, por favor... Fique. Prometo que não irá se arrepender. — Suas frases eram pausadas por soluços de um choro intenso.

A despedida que imaginara ser difícil estava se tornando impossível. Não podia fazer que ela sofresse de volta tudo o que sofrera por ela. Sabia o quão difícil havia sido, e ainda era, sentir a falta dela. Saber que podia ter evitado sua morte, mas por medo de prejudicá-la não tê-lo feito. Não era justo. Fora os momentos dolorosos que provavelmente precederam sua morte, e que ela felizmente não recordava, mas Luos sim, este sabia de sua existência e do quão custoso deveria ter sido.

– Eu sei que não me arrependeria...

– Então por que vai me deixar?

– Tenho responsabilidades fora daqui. Pessoas precisam de mim. – Tentou justificar se esforçando para manter sua decisão.

– Mas, e eu? Não preciso de você?

O coração de Luos doía a cada pedido para que permanecesse nos Campos Elíseos. Súplicas de uma mulher carente de atenção e de amor, assim como ele. Sentia a dor aflorar em sua expressão e era semelhante à que sentira por semanas. Viviane sofria por ele como se estivesse em seu leito de morte e, de certo modo, estava, pois já havia morrido uma vez quando a perdeu, e morreria novamente a deixando.

– Sei que precisa de mim, assim como preciso de você. A diferença é que não corre riscos aqui, enquanto lá...

– Não existe nenhum modo de fazê-lo ficar?

Custosamente um não saiu de seus lábios. A mulher soluçou assentindo com um balançar de cabeça, sem pronunciar uma palavra. Luos estava em pedaços.

– Voltaremos a nos ver?

Luos respirou fundo. Sabia que tal reencontro era improvável. E mesmo não querendo magoá-la, não podia mentir.

– É possível que não nos vejamos mais – disparou com a voz embargada.

– Por quê?

– Eu não sou bem-vindo aqui. Se não for agora, serei jogado ao exílio.

– O que você fez? É tão ruim assim?

Sentiu um nó na garganta. Por mais que fosse inocente das acusações, era culpado por não salvá-la. Então pensou um pouco antes de responder e então usou uma resposta que julgou suficiente.

– Fiz coisas erradas. Executei maldades contra pessoas más. Contudo, eram maldades que não serão perdoadas.

– O que fez de tão ruim?

Trincando os dentes, tentou pensar numa resposta que julgasse tão boa quanto a anterior, e quando o silêncio já perpetuava sua falta de argumentos, foi salvo por Manakel, que chegou em alta velocidade.

– Luos! Vamos, agora! – disse ofegante.

– O que houve?

– Não temos tempo. Despeça-se já.

O celestial possuía uma expressão apreensiva. Ostentava numa das mãos um rústico objeto de metal, adornado por símbolos que não podia identificar.

– Vamos, Luos! – insistia.

Era chegada a hora. O tempo parou quando Luos olhou para aqueles olhos, verdes como a grama jovem. Era enfim uma despedida. A que não teve oportunidade no passado. Uma segunda chance lhe fora dada, enquanto sua segunda morte era anunciada. Não estragaria tudo desta vez, sabia que era melhor que fosse embora. As lágrimas escorriam como cataratas sobre a face de pele branca, ruborizada de tanto chorar. Tomou-a em seus braços e selou sua despedida com um caloroso beijo. Fora ao paraíso mental pela última vez. Flutuava enquanto sentia o toque daquela pele morna, daqueles lábios delicados. Puxou-a para si de tal forma que formaram um. E Viviane agarrava-se em suas vestes tentando impedir que partisse.

– Ande, Luos, nos descobriram – apressou Manakel, puxando-o.

Viviane tentou impedir que Luos fosse tirado de seus braços, mas não pôde. Ele foi arrancado à força do paraíso do toque de seu corpo terno.

Olhava para trás. Nesse momento estava indeciso e um tanto contrariado, mas novamente foi puxado por Manakel, e acabou por iniciar uma corrida junto ao celestial, enquanto sustentava sua falsa rigidez emocional. A mulher os observava aos prantos, até que sumissem de vista.

Enquanto se afastava, podia ouvir os soluços e o choramingar de Viviane. Era incrível, e até mesmo estranha a devoção que ela desenvolveu por ele em tão pouco tempo. Algo que acabava por evidenciar a possibilidade de ser seu anjo da guarda. Caso contrário, não saberia explicar um desespero tão grande.

A dupla continuava a correr o mais rápido que podia, até por fim chegar a um portão de grades douradas em meio a nuvens que pareciam algodão. Luos olhava constantemente para trás, desejando que ela o seguisse e talvez partisse junto dele. Mas seus desejos não foram atendidos. Virou-se para o portão. Do outro lado das grades, via-se uma densa neblina.

– Pegue isto, Luos, e guarde-a com sua vida – disse entregando o objeto que possuía em mãos.

Nesse instante Luos lembrou-se das palavras de Beatriz:

Você marchará à frente de um exército de anjos e de demônios, e ostentará na mão direita a Sagrada Vingadora, e na esquerda a Lança do Destino...

– Isto é...

– A Lança do Destino – apressou-se Manakel em responder. – A arma que matou o filho de Deus. E a única capaz de matar qualquer ser celestial.

– Por que está me dando isto? Poderia matá-lo agora.

– Prefiro pensar que não o faria.

– Está certo de que quer me dar isto? Faz parte da profecia.

– Tenha isso como um voto de confiança. E use-a com sabedoria.

Luos foi pego de surpresa. Não esperava por esse ato. Receber um item de tamanha importância era um voto de confiança bastante convincente. Ou mais um modo bem elaborado para conseguir manipulá-lo? Novamente estava confuso. Cada vez que dava um passo para compreender algo, surpresas surgiam deixando-o frente a outra bifurcação. Sua existência se resumia a essas escolhas constantes. E assim seria até o fim de seus dias.

— O que houve com o restante dela? — indagou.

— O cabo de madeira não resistiu ao tempo.

Olhando para a lança incompleta, segurou na extremidade na qual o cabo se encaixava, empunhando-a como uma espada.

— O que acha de minha Espada do Destino? — brincou Luos, tentando tirar o foco de Viviane.

O celestial sorriu, quebrando por um instante a seriedade do momento. Mas logo retomou sua expressão inquieta.

— Agora vá, meu amigo, e busque andar na luz.

— Como faço para sair?

O celestial ergueu a mão espalmada e proferiu as seguintes palavras:

— *Ecce homo. Ergo. Obter dicta.*

Imediatamente o portão se abriu e Luos iniciou sua caminhada em direção à neblina. Nesse instante, Manakel percebeu a aproximação de outros dois celestiais e pediu que Luos se apressasse.

— Corra, Luos, eles estão vindo.

— Mas o que devo fazer? — disse enquanto se afastava.

— Alguns metros à frente, o chão irá sumir sob seus pés. Então mergulhe o mais verticalizado que puder, e esconda-se até a poeira baixar.

Luos seguiu em direção ao nevoeiro. Em meio àquela fria neblina, pôde respirar o fresco ar da liberdade. Às suas costas o sonho de felicidade que por muito idealizara, e que estava abandonando por conta própria. A voz de Manakel ecoava em pedidos de agilidade logo que se deparou com o precipício azul-escuro. Abaixo, um grande vazio se estendia por metros e metros, até que conseguiu avistar um colchão acinzentado riscado por luminescentes raios azulados.

O tempo não parecia ser dos melhores no Jardim dos Anjos. Por um instante se preocupou se seria seguro atravessar aquelas nuvens carregadas. Um simples contato com um daqueles raios e estaria bastante encrencado. Sem tempo para pensar, e muito menos para esperar que os raios se amenizassem, deixou seu corpo inclinar-se lentamente para frente, até que seus pés deixassem o apoio. Com o nariz apontado para o solo, uniu as pernas e colou os braços ao longo do corpo, firmando o punho em sua nova arma. Sua postura era uma tentativa de ganhar maior velocidade antes de assumir sua forma híbrida, que produziria maior atrito devido às asas.

A queda livre atingia uma velocidade espantosa, agitando de forma brutal seus negros cabelos, e pondo-o a se esforçar sem sucesso em manter os olhos abertos. Inclinando a cabeça, notou uma precaução providencial. Metros acima, dois celestiais mergulhavam ao seu encontro. Mais uma vez cerrou o punho no qual ostentava a Lança do Destino. Provavelmente teria de testá-la antes do que imaginava. Tentou novamente manter os olhos abertos em direção ao chão e percebeu que se aproximava da nebulosa acinzentada, e, ao ver um raio iluminá-la, temeu que o objeto de metal em sua mão o atraísse.

Torcendo para que isso não acontecesse, metamorfoseou-se a poucos metros de entrar na espessa nuvem, deixando faíscas na transição. Por um instante, ponderou atravessá-la diretamente, mas logo chegou à conclusão de que deveria desviar seu curso. Sendo assim, arremeteu e seguiu numa direção perpendicular à inicial.

Desde quando adentrou a nuvem, seu voo até então tranquilo tornou-se um tanto turbulento. Ao mesmo tempo em que cortava fortes rajadas de vento, adentrava em trechos em que o vácuo o jogava para baixo, mesmo que brevemente, desestabilizando seu voo. Tentava a todo tempo evitar os trechos de maior atividade elétrica, e torcia para não receber uma descarga. A travessia perigosa o fazia suar frio. Sabia que não era sensato brincar com as forças da natureza e então decidiu deixar a nuvem inclinando o voo para o chão. Ao cruzar a fronteira, entrou numa chuva de médio porte que prometia se transformar numa forte tempestade a qualquer instante. Novas rajadas de vento vieram dificultar seu percurso, e logo um raio riscou violentamente o céu ao seu encontro. Inerte a quaisquer possibilidades de evitá-lo, encolheu-se num gesto desesperado de defesa, e o raio passou a poucos centímetros de seu corpo. Na fração de segundos vislumbrou a descarga atmosférica desviar-se, e em pensamento vibrou pela sorte, uma vibração precipitada, pois uma das ramificações da descarga o acertou. Sentiu toda aquela energia atravessá-lo como se o rasgasse. Em seguida, um intenso fulgor abrumou sua visão, e Luos se pôs em queda livre.

Os celestiais assistiram a toda a cena e, aproveitando-se da vantagem obtida, dispararam em direção ao mestiço a toda velocidade. Luos caía com as costas voltadas para baixo e com os braços abertos. Ainda possuía a Lança firmemente apertada em sua mão. Seus olhos estavam arregalados e as pupilas extremamente dilatadas. Mesmo assim, era como se não enxergasse nada. Sua face não esboçava qualquer reação, estava totalmente paralisada.

A chuva se intensificou e os celestiais apressaram-se em se aproximar, pois a queda logo findaria nos limites territoriais do cemitério. Numa manobra totalmente verticalizada, o celestial rasgou o céu em direção a Luos, deixando seu irmão para trás.

Focou a lança durante a descida, pois era o primeiro item na lista de prioridades. O mestiço caía em alta velocidade e o celestial fazia o possível para alcançá-lo antes que se esborrachasse sobre os mausoléus de mármore. A menos de cinco metros de Luos, esticou seu braço no intuito de agarrá-lo assim que o alcançasse. Quando sua mão tocou as roupas de Luos, o mestiço agarrou o antebraço do celestial e o puxou contra a lâmina, que era momentaneamente empunhada como espada, fazendo com que atravessasse a barriga do ser celeste.

– Não! – gritou o outro celestial a poucos metros de Luos.

Uma intensa luz branca emanou dos olhos, dos ouvidos e da boca do anjo golpeado pela Lança do Destino. A lâmina tremeu na mão de Luos por um momento e estabilizou-se assim que a luz cessou e o corpo do celestial abrandou em suas mãos. Agarrando no branco traje sagrado, Luos arremessou o celestial em uma sepultura quando estava a menos de dez metros do chão. O corpo do anjo acertou uma lápide num baque estrepitoso e aterrissou sobre uma sepultura na qual apenas uma parte de seu tronco ficava apoiada, pendendo pernas para um lado e braços e cabeça para outro.

O segundo celestial pousou ao lado do irmão abatido e certificou-se de sua execução. Os olhos dele se inflamaram em fúria celeste que rogava por justiça. Faria de tudo para recuperar a Lança e levar Luos ao exílio. Erguendo a cabeça, observou seu alvo com os pés juntos no topo de uma cruz de concreto de cerca de três metros de altura, parte do *Monumento aos Mortos*, e que ficava bem no centro do cemitério. Suas majestosas asas negras estavam abertas, e Luos olhava o celestial por baixo de grossas sobrancelhas. Abaixo dele, uma base de aproximadamente cinco por cinco metros tinha vestígios de parafina deixados pelos milhares de velas que eram acendidas ali em homenagem aos que já deixaram este mundo.

— Irá pagar por isso, seu mestiço imundo. Por isso e por tudo que já fez.

O celestial empunhou sua espada prateada, semelhante a uma cimitarra de tamanho reduzido, e investiu ferozmente contra sua presa. Luos também se lançou e ambos se encontraram num violento choque de lâminas que ecoou pelo cemitério. Os homens foram atraídos pela gravidade sem que deixassem que o contato fosse desfeito. Seus peitos inflavam e desinflavam de forma compassada. Ainda com as lâminas em contato, travando uma espécie de queda de braço, o celestial encarou os olhos de Luos de forma ameaçadora, e este o retribuiu. Aguardavam com cautela antes de tomar a iniciativa de combate. Logo após a intimidação, os combatentes iniciaram o duelo. As armas cortaram o céu em perigosos golpes. A lança possuía leve desvantagem por se tratar de uma improvisação, enquanto a cimitarra desferia sua ágil ofensiva em sagazes golpes. Luos deu um passo para trás evitando um ataque vertical e saltou novamente ao encontro do celestial, numa firme estocada evitada numa esquiva providencial.

Os gladiadores mantinham-se em extrema atenção, focados e sem piscar para não serem surpreendidos. Luos avançava contra o celestial, desferindo uma sequência de ataques que foram bloqueados com certa facilidade, afinal, o manejo de armas braçais nunca fora seu forte. Terminado seu ineficiente combate, postou-se em uma instância defensiva, em que era massacrado por golpes ora evadidos, ora bloqueados por pouco. Na primeira oportunidade que se apresentou, aproveitou para atacar, mas o celestial, num giro sobre seu próprio eixo, ludibriou Luos com suas asas, evitando o golpe e contra-atacando numa manobra de eficácia singular. Luos, ainda surpreendido pela finta de asas utilizada pelo celestial, insistiu em atacá-lo, mas os seguidos giros e movimentos novamente o fizeram golpear o ar, para esquerda, direita e esquerda novamente. Logo após esta última, o celestial passou ao seu flanco, cortando-lhe as costas.

Passos vacilantes foram dados para frente, fazendo seu sangue ferver. Luos se virou e foi surpreendido por um vigoroso ataque que arrancou a arma de sua mão e a lançou para longe. Em completa desvantagem, cerrou os punhos para entrar num duelo corpo a corpo, e foi prontamente seguido, pois o celestial jogou sua cimitarra para o lado e fechou seus punhos num sinal de aceitação ao desafio.

Um segundo *round* foi iniciando quando Luos tentou acertar um chute rodado que mirava a face da potência, mas, com sua desenvoltura de larga experiência, o celestial aproveitou-se para aplicar-lhe uma rasteira certeira. Derrubado com as costas no chão, tentou se levantar e foi impedido quando o celestial correu em sua direção e chutou sua face como quem batia um tiro de meta num campo de futebol. O sangue jorrou de sua boca, juntamente com a água que saía de seus cabelos enquanto eram agitados pelo impacto do golpe. Novamente tentou se pôr de pé e outro chute o acertou em cheio na costela. Flashes de sua infância vieram à tona enquanto era massacrado. Um terceiro chute praticamente o levou a nocaute quando acertou seu rosto. Com a visão turva, tentou se sentar, contudo, suas forças se exauriram pelo conjunto de golpes que o pôs a cuspir sangue. A chuva escorria por sua face mesclando-se ao rubro e quente líquido que lhe fluía pelo nariz. Levantou o olhar com as pálpebras semicerradas e um certo esforço em manter a cabeça equilibrada sobre o pescoço. O celestial agachou-se diante dele utilizando suas asas como tapete, Luos gemeu e a potência desceu. Agarrou em sua vestimenta, e trouxe o rosto do mestiço bem próximo do seu.

– Você pensa que é alguma coisa importante? Vamos lá! Responda! – disse agitando-o pelo colarinho.

O híbrido não possuía forças para proferir sequer uma palavra. Resumia-se a olhá-lo enquanto aguardava uma definição sobre seu destino.

– Você não é nada! Não passa de um punhado de enxofre disfarçado de anjo.

– Mate-me! – balbuciou em tom praticamente inaudível e incompreensível.

– O quê? Acha mesmo que irei matá-lo?

– Mate-me!

– Não lhe daria este prazer. Irá para um local de onde jamais sairá. Um lugar onde irá se arrepender de todos os seus atos, dia após dia.

Uma pausa breve foi dada ao discurso, e o celestial agitava o homem sempre que suas pálpebras começavam a se fechar. Olhando para o estrago que havia feito no mestiço, chegou a arrepender-se, mas ao lembrar de seu irmão, todo e qualquer arrependimento era deixado de lado.

– Chegou a hora de ir – disse erguendo o punho para finalizar o combate.

Luos sentiu certa felicidade instalar-se em seus pensamentos. Enfim tudo isso terminaria. O peso das responsabilidades que foram postas em suas costas seria removido. Estaria livre. E aonde iria, teria apenas que aguardar que sua existência chegasse ao fim, mesmo que após longos anos de espera.

Com um sorriso na face, esperava a definição de suas expectativas, mas como era de praxe, o destino encarregou-se de presenteá-lo novamente com o inverso do que desejava, quando a Lança do Destino atravessou o celestial, deixando sua ponta à mostra na altura do abdome. A intensa luz brotou novamente, e se tornou uma explosão luminescente que empurrou Luos contra o chão. Olhando para o céu, assistia às gotas caírem sobre sua face. Sentia o frescor protagonizado pelo contato destas em seu rosto, e a momentânea sensação de prazer lentamente fechou seus olhos e o pôs a dormir.

22

Amor e dor

O assobiar do vento gélido mantinha sua cantoria junto da fina chuva que insistia em banhar a cidade. As ruas da cidade se esvaziaram rapidamente, e mesmo com o abrandar da pluviosidade, poucos voltaram a povoar as vielas, devido à sensação frígida daquela noite. Boa parte do comércio baixou as portas mais cedo pela falta de clientes, e os poucos que se mantiveram em funcionamento tinham poucos clientes em suas instalações.

Com igual calmaria, o silente cemitério não possuía frequentadores. Apenas destroços de coroas de flores espalhadas pelo gramado. Um cenário pós-guerra, no qual o guerreiro principal permanecia jogado em meio aos resquícios da batalha. Largado nos arredores do *Monumento aos Mortos*.

Luos despertou num forte contrair de músculos devido ao frio. Seu corpo estava totalmente ensopado. Suas costas ardiam devido ao ferimento provocado pela lâmina celestial, e o rosto doía em proporção semelhante. Em sua boca, o gosto de sangue era fortemente presente. Seu próprio sangue. Havia muito tempo não sentia aquele sabor, que o remetia a momentos tão dolorosos quanto aquele que estava vivendo. Tentou se erguer, mas estava fraco. Seus músculos insistiam em vibrar e se contrair involuntariamente, pois o frio já o castigava há horas. Tentou novamente se levantar, mas se desequilibrou. Estava muito frio, seu queixo tremia agitando sua mandíbula deliberadamente.

Ao redor, observava a escuridão e a tranquilidade do campo santo, e bem à sua frente um celestial, que assim como ele estava abandonado sob a chuva. Contudo, estava morto, e morto não sente frio.

Ver o celestial o fez lembrar-se de suas últimas visões antes de apagar. Lembrou-se de Viviane, de Manakel, da fuga, da luta e por fim, da morte do responsável pelas dores que sentia.

– *Foi um massacre* – pensou.

E realmente foi. Abateu o primeiro com facilidade, mas o segundo o teria abatido se não fosse a ajuda misteriosa.

– *Preciso me levantar* – encorajava-se.

E foi então que uma faísca de força o ajudou a se sentar. Nesse instante, percebeu que ainda estava em sua forma alada. Sua asa esquerda doía um pouco, pois ainda sentia o pisão do celestial. Certo de que mal podia ficar em pé, e menos ainda voar, retomou sua forma humana, aliviando pelo menos parte de sua dor.

Observando o celestial com mais zelo, não notou qualquer sinal da Lança do Destino. Quem quer que o tivesse ajudado, havia feito o favor de levá-la consigo. E pelo visto não era tão amigo assim, ou não o teria deixado para morrer.

Enquanto imaginava quem seria o autor de tal ajuda e abandono, as contrações musculares cada vez mais diminuíam seu intervalo, livrando-o de sua agonia. Algo que jamais tivera, não naquelas proporções.

– *O que estava acontecendo?* – pensou. – *Será que a debilidade é o real motivo para que minhas resistências não estejam em pleno funcionamento?*

Não saberia precisar, mas era uma boa opção. Possivelmente a exposição contínua às intempéries também haviam colaborado para sua exaustão física e mental. Sua cabeça doía demais, fazendo sua visão perder o foco por breves instantes. Com muita dificuldade, utilizou-se da base do monumento para erguer-se. As seguidas contrações voltaram com mais força, assim que se pôs de pé, e o fizeram cambalear. Concentrou-se por um instante, para reduzir a pressão que sentia na cabeça, e seguiu com extrema lentidão, até que pôde alcançar a entrada do cemitério, onde se apoiou nas grades do portão.

Sua visão ia e vinha sem qualquer aviso prévio. Suas pernas fraquejavam, e um estranho e repentino sono lhe pedia "por favor, durma." Seu corpo também queria descanso, mas precisava manter-se acordado. Tinha pelo menos que chegar até Beatriz.

Analisou a rua e torceu para que possuísse forças para deixar o apoio do portão e seguir em caminhada sozinho. Sem alcançar tal confiança, manteve-se ali, entregue ao seu destino maleficamente frígido, que ia roubando suas energias vitais lentamente. Cada contração muscular funcionava como uma descarga de parte de suas reservas, que já estavam nas últimas provisões. Era uma espécie de pré-velório de seu próprio corpo, que se não obtivesse os devidos cuidados, sucumbiria a um fim banal.

Tamanha ironia era imaginar tal fim, após passar por provações em que seu corpo fora exigido em escalas largamente superiores. Contudo, assim é a existência. Sem regras intangíveis, sem explicações plausíveis, sem avisos ou indícios que anunciem a proximidade do fim.

Sem esperanças, sem forças. Luos ajoelhou-se e deixou que seu corpo fosse apoiado sobre os tendões de Aquiles, e assim esperaria pacientemente pelo fim, algo que já se tornava inevitável. Sua visão já exibia sinais mais intensos de turvamento. Alguns pontos aleatórios nublavam-na esporadicamente.

Conforme sua vida era drenada, e sua alma aproximava-se do véu que divide o mundo espiritual do material, os sentidos aguçavam-se. Ouvia separadamente o som que cada gota de chuva fazia ao tocar o solo, ao tocar uma poça d'água e ao tocá-lo. Sentia-as uma a uma tocando seu corpo. Não diferente era seu olfato, que distinguia o cheiro das flores, da terra e do sangue em sua face. Chegava a ser engraçado ser bombardeado com tantas informações ao mesmo tempo.

Piscou os olhos na tentativa de aprimorar a visão, pois ainda era a única que lhe falhava, e foi então que avistou um homem aproximar-se mansamente.

O homem de meia idade possuía uma expressão fria, que era marcada por um olhar vazio por debaixo de escuras sobrancelhas. Seus cabelos impecavelmente penteados para trás condiziam com o fino corte de seu terno negro, complementado por sapatos igualmente escuros. Ao aproximar-se, manteve as mãos no bolso enquanto observava Luos.

O debilitado híbrido mantinha-se aquém de qualquer reação, quando foi acometido por uma imensa e inexplicável paz. Aquela acalentadora serenidade se sobrepunha a todos seus sofrimentos, como um farto gole dado ao cálice da libertação. De certa forma sentia-se bem ante àquele homem. Sentia-se desprendido de qualquer laço de responsabilidade com terceiros. Podia-se dizer que era um momento em que vivia em prol de si mesmo.

O homem lhe assentiu positivamente com um balançar de cabeça, como se o convidasse para partir, e Luos estava tentado a ceder. Esticando a mão em sua direção, o homem lhe oferecia ajuda para erguer-se, e assim o fez quando Luos a segurou firme. O jovem teve uma sensação de acolhimento indescritível naquele instante. Algo que não sabia explicar.

Já em pé ante ao homem, olhou para trás vislumbrando seu corpo no chão, e foi nesse instante que lhe ocorreu o que realmente estava acontecendo.

Com um vasto sorriso estampando-lhe a face, o homem abriu os braços convidando-o a abraçá-lo. Luos titubeou, e uma intensa luz branca emanou em sua direção, ofuscando tudo ao redor. Era convidativa e apaziguadora. A luminescência o fazia esquecer-se de tudo. Luos abriu os braços em direção ao homem na intenção de obter toda aquela paz. Queria aquilo pra si. Sentia a luz penetrar em seu corpo. Dentro dela, não sentia mais frio, nem dor. Não sentia nada. Apenas que enfim poderia descansar. E era exatamente isso que mais desejava.

Luos deu um passo à frente e um forte golpe no peito o fez bambear. O homem mantinha-se estático à sua espera, e outro golpe o fez cambalear para trás. Olhava à sua volta, mas nada podia ver devido à ofuscante luz. Uma estranha sensação o consumia por dentro, como se estivesse sendo esmagado, pressionado. Um terceiro golpe veio acertá-lo pondo-o de joelhos, e o homem desistiu de manter a posição, recolhendo os braços e pondo as mãos no bolso. Lançava sobre Luos um olhar de reprovação enquanto balançava a cabeça negativamente.

A dor voltava a lhe consumir, conforme a luz diminuía. A sensação de aperto esmagava suas entranhas, e Luos sentiu que caía rapidamente, terminando por aterrissar bruscamente, quando outro golpe lhe acertou o peito. Seus olhos se abriram agitados em busca de explicações. Por trás de uma cabeleira negra, pôde observar o homem se desvanecer lentamente e sumir, enquanto ele era sujeitado a um forte abraço cuja protagonista sequer reconhecia.

– Graças a Deus! – disse a mulher que o abraçava.

Luos pôde observar outras pessoas ao seu redor enquanto sua visão voltava ao foco.

– Você está bem? – perguntou uma mulher de cabelos ruivos.

– É claro que não! Precisamos levar ele pra um lugar quente. – disse a de madeixas castanhas levemente onduladas.

– Quem são vocês? – questionou em voz baixa, enquanto piscava os olhos.

Sua visão ganhava nitidez lentamente enquanto as mulheres discutiam o que fazer com ele.

– Me ajudem a levá-lo a minha casa – disse a de cabelos castanhos.

– Mas, Nina, você mora sozinha, não será perigoso?

– Eu tenho um bom kit de facas em casa, sei me virar. Além do mais, Bruna e Vanessa moram numa república só de mulheres, e você, Jaque, com os seus pais.

– Ei!... E eu?... – Coff coff... – Não decido nada? – disse com a voz fraca.

– Fique quieto que você ganha mais – disse a de cabelos castanhos.

A cabeça de Luos girou novamente, e sua visão abrumou. Quando voltou a clarear, já estava deitado sobre um sofá quente, coberto por espesso edredom e trajando roupas cuja procedência desconhecia.

– Onde estou? – perguntou para a mulher que se aproximava.

A jovem que por fim pôde reconhecer era a suntuosa atendente que conhecera no clube.

– Nina? É você?

– Por que o espanto?

– Não, é que... Realmente não sei como.

A jovem sorriu demonstrando uma doçura cativante.

– Não é para menos, encontramos apenas os seus cacos. Mas nada que mãos hábeis não dessem um jeitinho – e concluiu a frase com uma piscadela singular.

Luos apenas sorriu, e antes que pudesse abrir a boca, fora atropelado por Nina.

– Nós te trouxemos de táxi e demos um... – olhou-o de cima a baixo – ...Jeitinho nas suas roupas.

Um tanto desconcertado pela situação, abaixou a cabeça ocultando as coradas bochechas, ao mesmo tempo em que estava excitado pelo simples vislumbrar das mulheres trocando sua roupa.

– Olá! – disse Nina trazendo-o de volta à realidade.

– Vocês... – disse gesticulando com a cabeça e as mãos em referência às roupas que trajava – ...Descreva.

– O quê?... O que fizemos com você? – disse deixando um sorriso sapeca à mostra.

– Nada! Apenas um bom banho quente a seis mãos. Pode ficar tranquilo que te respeitamos como doente.

– *Preferia que não* – pensou ele.

– Foi tudo muito profissional.

– Mas, como assim seis mãos?

– Foram as meninas que deram conta desta etapa. Eu estava preparando o sofá e um chá quente.

– *Sério que você não deu nenhuma olhadinha?* – pensou.

– Além do mais, não há nada aí que eu não tenha visto... – completou Nina.

– *Que isso? Parecia que havia lido seu pensamento.*

– Por que essa cara assustada? Não leio pensamentos. Só que vocês sempre fazem essa cara. Não sabem mentir.

– Cara de quê? Você tá maluca?... E mesmo assim, vai dizer que não teve curiosidade?

– Vocês são todos iguais mesmo! E antes que me entenda mal, quando disse que foi profissional, me referi às meninas. Inclusive, uma delas fez questão, pois parece que a havia livrado de uma confusão há algum tempo.

– Eu?... Sério? – falou enquanto buscava esse registro na memória.

– Surpreso?... Também fiquei. Não esperava que fosse do tipo... Salvador de donzelas em perigo. Ainda mais se tratando de uma... Mulher da vida, eu diria.

— Existe muito sobre mim que você sequer pode imaginar.
— Sério?... – disse sarcasticamente.
— Como você passa de receptiva a hostil num piscar de olhos?
— Isso te intimida?
— Não temo as mulheres, amo-as.
— Eca! Mas que cantada barata. Fora o teor extremamente machista.
— Não foi uma cantada – justificou-se.
— Isso que tive também não foi uma ânsia de vômito.
— Você é sempre assim tão educada?
— Só quando lido com tipinhos como você.
— Se me odeia tanto, por que me trouxe pra cá? – falou pondo-se de pé.

Ao levantar-se, sua cabeça girou, e a dor lancinante voltou à sua face, colocando-o sentado novamente. Nina o olhou com um semblante de desaprovação. Sabia que ele necessitava de cuidados, e mesmo assim tentava bancar o independente fingindo não precisar dela.

— Estou fazendo minha parte. Ajudar ao próximo. Já ouviu falar disso?... Não preciso amá-lo para ajudá-lo.
— Que palavras lindas – zombou enquanto esfregava a cabeça que doía um bocado.

Nina se aproximou de Luos e ajoelhou à sua frente, estendendo-lhe uma xícara de chá e mantendo outra em sua mão. Luos apanhou uma e olhou para a jovem.

— Por que está fazendo isto por mim? – indagou ainda em tom hostil.
— Não é por você... – minimizou. – ...É pela Jaque. Ajudou-a quando necessitava, agora estou retribuindo.
— Posso te pedir uma coisa?
— Se eu puder fazer.

— Não se aproxime tanto, posso não resistir.

— Droga!... Você não desiste?

— Estou apenas avisando.

— Dá um tempo, Luos! Quem dá as cartas aqui sou eu – disse apontando o indicador no peito de Luos.

— Ótimo! Coloque-as à mesa, estou pronto pra jogar.

E Luos tentou se aproximar, mas foi brecado com uma firme mão postada em seu peito. Olhou-o mais uma vez com desaprovação. Sabia que ele não iria desistir, e então se dirigiu à cozinha para desfazer-se da xícara enquanto deixava clara a sua chateação com a postura dele.

Sentindo-se rechaçado, o debilitado híbrido colocou a xícara ao lado do sofá e voltou a se deitar para compartilhar seus pensamentos com o teto, como era de hábito. Não entendia o porquê de Nina tratá-lo daquela maneira. Fora que era estranho ter todas as mulheres a seus pés, e justamente a que ele queria não estava nem aí pra ele.

Não demorou muito e a mulher retornou com a expressão renovada. Pôs-se novamente ajoelhada ao lado do sofá, de onde olhava bem no fundo dos globos negros que eram os olhos de Luos.

— Olhe. Acho que começamos com o pé esquerdo.

— Começamos? – interrompeu enquanto voltava a sentar-se.

— Fique quieto! Posso concluir?

Luos assentiu com a cabeça e franziu o cenho à espera do que poderia vir, enquanto pegava a xícara novamente.

— Então... Acho que você é bem diferente do rapaz que pensava ter conhecido no bar.

— Prossiga.

— Quero dizer que você tem lá suas qualidades. Tanto de índole, quanto físicas.

— Físicas?

— Diria que é interessante — disse com sorriso sapeca.

Luos sorriu aos elogios, quase não cabendo em si.

— Mas não force as coisas, hein! Não seja infantil como...

Numa investida rápida, agarrou-a com firmeza, beijando-a com imensa convicção. Um beijo que já almejava desde que a conhecera. Em sua cabeça, um filme passava rápido, lembrando-o do passado recente. Lembrando-o de Viviane. Mas desta vez, seria diferente. Não esperaria que o destino lhe privasse de outra mulher tão magnífica. Partiria para o ataque e domaria aquela fera. Não iria pensar em possíveis erros, pois se ocorressem, então que fosse tentando.

Nina o empurrou e lançou um olhar de reprovação. Parecia estar indignada, mas ainda assim havia demorado a findar o encontro de seus lábios.

— Não ouviu nada do que falei?

— Ouvi, mas disse que não resistiria.

— Não resistiu?... Lembra quando eu disse que quem dá as cartas sou eu?

— Sim, mas...

A jovem partiu para cima de Luos, que deixou a xícara cair sobre o tapete bege, manchando-o. Beijos famintos de desejo iniciaram uma sequência de apertões, arranhões e mordidas. Os corpos se entrelaçaram de uma forma homogênea, de maneira a quase se fundir. As respirações estavam intensificando-se, e Luos sequer lembrava-se de qualquer dor que sentira.

— Espere um momento — disse Nina contendo o fogoso entrelace. — Deixei isso para quando acordasse.

— O quê? — disse Luos puxando-a ao encontro de seu corpo com a respiração acelerada.

— O banho, meu lindo. Achou mesmo que ia querer dar banho em você desacordado?

Sorrindo bobamente, deixou-a sair e franziu o cenho enquanto os pensamentos pecaminosos povoavam sua mente. Olhava-a afastando-se ainda sem acreditar.

— Vem! — disse gesticulando com o dedo indicador.

O homem levantou-se cambaleante, mas não se negou a segui-la.

— Está certo de que está bem?

— O suficiente para sequer cogitar rejeitá-la.

— Ótimo, venha.

Caminharam para o banheiro vagarosamente. Ao chegar, assistiu a cada peça de roupa ser despida com extrema delicadeza e perfeição, de modo que se parasse por ali, já se daria por satisfeito. Era a visão do paraíso, bem ali em sua frente.

Após abrir o blindex e adentrar o box, girou as torneiras ajustando a temperatura da água, e depois deixou-a cair por seu corpo, escorrendo caprichosamente por suas curvas.

— Como é que é? Vem ou não?

Luos despiu-se sem tirar os olhos de Nina, e antes de seguir ao seu encontro, deu uma espiada ao espelho para averiguar como estava e tomou um baita susto com o que viu. Sua barba havia sumido, sem que ele sequer percebesse.

— Não se assuste. As meninas tomaram a liberdade de barbeá-lo. Disseram que fica mais bonito assim.

— Não é de todo ruim — disse sorrindo. — A propósito, você me deve 150 pratas.

— Por quê?

— Apostaram que eu não resistiria a esta noite, e eu até que o faria se você não fosse tão insistente.

— Serão as 150 pratas mais bem gastas da minha vida.

— Deixa de ser bobo — disse jogando água em Luos, que caminhava pra adentrar o blindex.

Entreolharam-se antes de se tocarem. Era um momento há muito esperado. Acabara de deixar Viviane para trás, e outra mulher tão maravilhosa quanto já estava em seus braços. Sua sorte parecia estar mudando.

Nina aproximou-se de Luos, puxando-o pela nuca para beijá-lo. A água morna que caía sobre seus corpos não condizia com o calor extremo que emanava dos mesmos. A flamejante chama do desejo havia tomado conta deles, colocando-os num incêndio de cobiça sem precedentes.

À medida que os corpos se tocavam, os murmúrios de anseio escapavam ao controle, e o casal se beijava fogosamente. As unhas da jovem cravavam-se nas costas de Luos, cada vez que ele a tocava com maior rigidez. Suas intimidades estavam ali, tão próximas que era quase impossível evitar o contato. Sua feroz virilidade pressionava a todo tempo a úmida cavidade da jovem.

Tomando-a pela parte posterior das coxas, ergueu-a fazendo com que suas pernas envolvessem sua cintura, e enfim dando início ao irrefreável ato sexual. Projetando-se com firmeza, Luos sentia os músculos da jovem se retraindo a cada estocada, ao mesmo tempo que o coração deles acelerava. Nina sussurrava gemidos ao seu ouvido enquanto arranhava suas costas. Era extremamente excitante senti-la entregue daquela maneira, enquanto se introduzia naquela quente e convidativa fêmea. Chegava a sentir sua perna fraquejar em alguns momentos, enquanto a mulher se desvanecia em seus braços. O ato era magnificamente conduzido por ambos, e por eles, ali permaneceriam *ad aeternum*. Contudo, um bambear de pernas mais intenso, seguido de uma aguda contração muscular, fez Luos não suportar mais e deixar que o fluido proveniente daquele delirante ato transpassasse para Nina, enquanto ambos se contraíam num ápice conjugado.

A jovem ameaçou desenroscar-se de sua cintura, mas fora impedida.

– Não!... Fique – Sussurrou Luos.

O palpitante membro era envolvido de tal forma que retomar sua forma ereta era uma questão de pouco tempo, ainda mais incentivado por carícias, mordidas e sussurros ao pé do ouvido. Já rijo, começou a movimentar-se novamente, enquanto a jovem tentava desvencilhar-se dele no intuito de suprimir aquela sensação tão maravilhosa que chegava a privá-la de fôlego.

Ofegante, sentia-se saborosamente violada por aquele viril macho. Era algo indescritível sentir o calor que ele transmitia enquanto se projetava em seu interior. Seu corpo já tremia convulsivamente ante os seguidos orgasmos. Uma sequência bravia de contraturas que provinham de seus anseios mais profundos. E novamente aquele jato quente pôs um breve intervalo nos atos luxuriosos que estavam apenas começando.

Ao pô-la de pé, Luos percebeu que a mulher apoiava-se nele. Sinal de que havia sido tão bom para ela, quanto fora para ele. Entreolharam-se carinhosamente, e por fim iniciaram o banho.

Nina deslizava o sabonete pelas costas de Luos afetuosamente, ensaboando-o de cima a baixo. Passando à sua frente, deslizou por seus braços e tórax, e finalizou pelas pernas, onde ficou de fronte para o que mais desejava. Mas Luos tratou de levantá-la logo e tomou o sabonete de sua mão para realizar a sua parte do banho. Passeou com o sabonete com a vagareza de quem decorava cada oscilação das curvas de seu corpo, catalogando-as em sua mente.

O longo e prazeroso banho chegou ao fim. Enxugaram-se e foram se deitar para papear um pouco antes que se reiniciasse a unificação de corpos.

À cama, mantiveram-se calados por um tempo, apenas conversando com os olhos. Ainda estavam extasiados, mas não saciados. Esperavam pacientemente para ver quem daria o primeiro passo, e como Luos não se prontificou, Nina tomou a iniciativa.

– Luos – disse mansamente.

– Diga – respondeu em igual tom.

– Quero que saiba uma coisa. Hoje está sendo ótimo, mas não pense que temos algo só pelo que está acontecendo.

Luos não resistiu, e deixou escapar uma sequência de gargalhadas. Era irônico ouvir isso. Como era possível uma mulher dizer a ele o que pensava em lhe dizer, mas evitava para não gerar discussões desnecessárias?

– Do que está rindo? Qual a graça?

– Nada. Só achei hilário o seu comentário. Tipo, você me usa, cessa suas necessidades e me dá o fora ainda em sua cama.

– Não te usei. Foi uma troca de favores. Além do mais, sinta-se honrado, pois de uma imensa fila de pretendentes, você foi o contemplado.

– Nossa! Que humildade.

– As tratativas são adequadas a cada pessoa. Quanto à minha humildade, apenas a nivelei à sua.

– Então vamos nivelar as coisas... Quem você pensa que é, garota? Mal saí de dentro de você e já está me escorraçando. Qual é a sua?

– Não estou escorraçando ninguém. Apenas disse a verdade.

– Verdade?

– Você queria o quê? Um aviso formal de não aquisição de compromisso?

– Não, mas do jeito que foi...

– Me poupe, Luos, deixe de ser mulherzinha. Vai bancar a menininha pura agora? Já ouvi falar de você, e do que fazia com a pobre Yumi. Sei de todas as suas famas, boas e ruins. Estou tratando você da mesma maneira que as tratava.

– Quer dizer que tudo isso era para me dar uma lição de moral sobre meu passado?

– Não, mas se isso for te acrescentar algo, assim o farei.

– Você é ridícula, Nina. Não preciso de suas lições.

– Saia da minha cama, Luos. Agora! – vociferou.

– Por quê? – disse Luos aproximando-se.

– Porque estou mandando.

Luos não resistiu à curta distância e avançou sobre Nina, tomando-a nos braços e beijando-a. Nina o empurrou com fogo no olhar.

– Você está maluco?

– Nós estamos... Malucos de desejo – concluiu agarrando-a novamente.

Luxúria, paixão, desejo, seja lá qual for a definição dessa noite, nada importava. Apenas que estivessem unidos novamente. Usufruindo um do outro naquela noite que estava apenas começando.

23

Conjuração

— *Luos... Venha a mim...*

Luos despertou com uma fisgada na cabeça. Sentou-se na cama e pôde observar Nina saindo pela porta enquanto o olhava por sobre o ombro. Vestia uma camisola de tecido leve que se agitava enquanto ela caminhava. O curto traje cor de rosa era um convite às mais diversas fantasias. Não questionou aonde iria, afinal, não haveria de ir muito longe trajando peças tão íntimas.

— *Ad Constrigendum, ad ligandum...*

Outra fisgada veio interromper os pensamentos de Luos e deixá-lo apreensivo.

— *...eos paritier Et solvendum...*

Uma terceira e mais aguda trouxe uma sensação de aperto em seu interior, algo que o puxava para dentro de si mesmo.

— *...Et ad congregantum eos coram me.*

Aquela voz ecoando em sua mente. Aquela conjuração. Já ouvira isso antes. Mas onde?

— *Luos...*

Essa voz. Agora sim acabava de entender do que se tratava. Bastava concordar com o chamado para cessar aquele incômodo. Pondo-se de pé, vestiu o short dado por Nina, e quando a fisgada iria lhe perturbar novamente, ele cedeu. Imediatamente fora sugado e lançado numa imensidão negra, onde era incomodamente torcido, tracionado e comprimido ao mesmo tempo, até que pousou numa sala.

Poeira, teias de aranha e muita quinquilharia espalhada pelo chão, em meio a uma escuridão quase plena. Essa era a maneira mais simples de descrever aquele lugar cheio de móveis cobertos por lençóis brancos e iluminado bem ao longe pelo que lhe pareciam ser velas. Dadas as proporções do distanciamento da luz, estaria numa espécie de galpão, e a cada minuto intrigava-se mais por estar ali. Com cautela, caminhou em direção à luz, tentando desviar-se dos objetos jogados pelo chão, afinal, estava descalço e poderia se ferir.

Observando o chão com maior tenacidade, percebeu que ali havia de tudo um pouco. Provavelmente o local servia de depósito para alguma família rica, ou até mesmo um depósito de apreensões do governo, pois se viam desde belas obras de arte a simples ferramentas mecânicas. Bicicletas antigas, brinquedos velhos e muitos, muitos livros. Caminhou mais um pouco, e um emaranhado de fios com luzes de natal o fez tropeçar e esbarrar numa pilha de bacias de metal, que foram ao chão provendo um gigantesco estardalhaço.

Amaldiçoou sua falta de cuidado e seguiu em direção à iluminação, que nesse instante estava oculta apenas por uma breve sequência de altas estantes de livros. Contornando-as, pôde observar aquele ambiente iluminado pela quente e alaranjada luz proveniente de dezenas e mais dezenas de velas que preenchiam as estantes e cômodas na parede ao fundo. Ao chão, se observava o triângulo de conjuração com as velas em seus vértices e em seu centro, assim como da última vez. Adiante das inscrições do ritual estava uma mulher sentada ao chão de cabeça baixa e com os cabelos ocultando sua face.

– Droga!... Beatriz! – disse Luos correndo em sua direção.

Pegou a mulher pelo queixo erguendo sua face, que exibia uma expressão de fraqueza em meio aos hematomas e inchaços.

– O que fizeram com você?

– Me desculpe... – sussurrou Beatriz.

– Por que desculpar?

– ...Por trazê-lo aqui.

– Eu que peço desculpas por colocar você nessa.

– Eu... Sinto muito. Desculpe-me – disse chorosa enquanto debruçava-se sobre Luos.

Luos olhou para as roupas rasgadas da mulher e seu sangue ferveu. Não acreditava que haviam sido capazes de fazer aquilo com ela. Quem quer que fosse pagaria caro por isso.

– Eles... O que fizeram com você? Não te...

– Não! Não me molestaram sexualmente, contudo...

– Diga, Bia!

– Me tornaram... Aprisionaram... – e mal conseguia falar, estava chorando e soluçando muito.

– Pronto! Acalme-se. Já estou aqui. Não irão te fazer mal algum.

– Já fizeram.

– Fizeram o quê, Bia?

– Prisioneira! – disse uma voz surgindo de trás das estantes.

Luos pôs-se de pé e tomou a frente de Beatriz. Um homem de aparência familiar surgiu acompanhado de outros dois.

– Do que está falando?

– Fizemos o "Ritual do Selo" nela.

– Ritual do Selo?

– Exatamente.

– E para que serve isso? – disse Luos estendendo o assunto enquanto olhava ao redor.

O homem sacou sua pistola calmamente, destravou observando-a bem próximo de sua face, e em seguida apontou para Luos, simulando disparo e proferindo a respectiva onomatopeia.

— Pow!... — disse sorrindo.

Seus comparsas também sacaram suas pistolas e destravaram-nas.

— Nós a selamos neste corpo. Agora não pode mais fazer rituais de possessão e mudar de corpo prolongando sua vida. Esta será sua última roupa. Terá de usá-la até ficar velha e amarrotada.

— E isso não tem reversão? — indagou olhando para Beatriz.

— Não — respondeu negando com a cabeça.

Luos tentava ganhar tempo com os homens enquanto procurava algo útil para atacá-los. Seu olhar percorria todo o ambiente ao seu redor, até que por fim fixou-se em uma chave de fenda jogada a alguns metros. Podia-se dizer que numa escala de dez, estava a três dele e a sete dos homens, mas ainda assim era uma chave de fenda contra três pistolas. Eram muitos tiros para apenas um arremesso, ou uma investida.

— Não nos conhecemos de algum lugar? — indagou Luos.

— Podemos dizer que sim. Eu e Benevites, meu parceiro na polícia, estávamos à sua procura, mas... Sem o auxílio certo, não se consegue nada.

Os homens continuavam a falar enquanto Luos começou a se deslocar lentamente em direção à arma que pretendia improvisar. Começou a questionar coisas que sequer faziam sentido, e cujas respostas ele sequer ouvia, mas ainda assim o assunto continuava, e quando parou diante de seu objetivo, o homem lançou uma adaga em sua direção. A lâmina projetou-se em giros verticais muito velozes e Luos, num ato instintivo, agarrou-a em pleno voo. Agarrou firmemente pela lâmina, fazendo que seu sangue não tardasse a umedecer a arma e pingar no chão.

— Belo reflexo. Péssima gracinha. Não tente novamente. Estamos de olho em você, ou melhor, nela. Qualquer movimento brusco, ela morre.

Luos ajeitou a adaga em sua mão e golpeou o ar de um lado para outro sentindo o peso da arma. Balançou a cabeça parecendo satisfeito. E em seguida ergueu o olhar em direção a seus adversários. Possuía uma ideia em mente.

—Vamos começar a brincar? — indagou.

Faíscas brotaram de seu corpo, trazendo sua forma híbrida à tona. Os homens observaram atônitos, mas no final, sua mutação não pareceu ter causado espanto. Pelo contrário, eles se entreolharam e gargalharam.

— Então os rumores são verdadeiros. Rapazes... Temos uma presa e tanto para caçar. O que acham? — disse sorrindo aos seus comparsas.

— Adoro espécimes raros — disse o segundo, de aparência mais jovial, enquanto o terceiro, com uma expressão de psicopata, apenas sorria deliberadamente.

Os olhos dos homens escureceram, revelando o que Luos já imaginava. Demônios. Dois lacaios e um aparentemente mais forte. Já havia derrubado diversos desses.

— O que querem aqui em cima? Estão em colônia de férias? — debochou Luos.

— Muito engraçado. Acha que só você é especial, sua abominação? Você é nada. Typhon irá trucidá-lo.

— Com o quê? Demoniozinhos iniciantes?

—Você nem saiu das fraldas, garoto, nem sabe o que realmente está acontecendo. Você está aqui há pouco mais de vinte anos, e eu, há mais de duzentos.

— Me tire uma dúvida, o que houve com os Ifrits? Estão cobrando muito caro?

— Você se acha muito esperto, não é?... Não passa de uma marionete de Zeobator. Um cãozinho que faz tudo que o papai manda. Na hora certa vocês serão descartados. E aí verá que a tal profecia não passou de um delírio daquele padre.

— Acha que Lúcifer também delirou junto com ele?

— Lúcifer está se divertindo com isso. Gargalhando com sua aventura de Herói Abissal. Acha mesmo que ele deixaria você instalar seu reino bem no centro da corte dele?

— E Typhon acha que pode?

— Typhon é seu filho, e irá apunhalar Lúcifer no momento oportuno, vingando-se do exílio ao qual foi submetido por anos.

Luos continuava a manipular a adaga em sua mão, esperando uma distração suficiente para que seu plano entrasse em ação, mas algo que não esperava aconteceu. Um forte chute em uma das portas de acesso a pôs abaixo e um homem adentrou com um revólver calibre 38 em mãos. O momento de distração era perfeito. Luos arremessou a adaga em um, agachou pegando a chave de fenda e lançou-a no segundo. Os homens caíram, um com a faca no peito, e o outro com a chave de fenda na garganta.

— Parado! É da polícia! Todo mundo mantendo a calma.

— Joaquim? O que faz aqui?

— Eu... Estava seguindo nosso suspeito, e o peguei prestes a matar mais uma.

— Droga, Joaquim. Eu estava te procurando por toda cidade.

— Foi necessário. Não podia perdê-lo.

— Que merda é essa? — referiu-se a Luos.

— Tome cuidado, ele é um demônio — disse Luos apontando para Joaquim.

— E você é o quê? Um anjo?

— Eu...

Não havia o que dizer. Não existia uma maneira de explicar tudo a um leigo que o caçava por assassinato. Além do mais, anjos não possuíam chifres. Era muito para que o detetive compreendesse em tão pouco tempo. Nesse instante, um dos homens se ergueu removendo a adaga de seu peito. O segundo, que sangrava bastante pela região da garganta, também agarrou o objeto estranho que estava incrustado em seu corpo. Benevites arregalou os olhos ao assistir àquele homem arrancando a chave de fenda a sangue frio, e nem ao menos se importar com a enormidade de sangue que escorria do ferimento. Possuíam olhos negros e uma expressão maléfica.

Benevites, ainda assombrado pela cena, olhou para Joaquim buscando explicação. O mais jovem sorriu ao espanto de Benevites, e o segundo estalou o pescoço, inclinando-o para direita e depois para esquerda.

– Quem são estes caras? – indagou incrédulo.

Benevites estava estático, e como a paciência não era uma virtude abissal, Joaquim apontou para Benevites e disparou três vezes.

– Cala a boca, seu velho!

O detetive foi ao chão, e Joaquim seguiu em sua direção.

– Mas que porcaria de velho ranzinza e falador – resmungava.

Benevites estava sem forças, mas não abandonava seu revólver. Arrastou-se lentamente.

– É assim que tem que ser. Rasteje aos meus pés.

Benevites chegou a uma cômoda velha e escorou as costas nela, pondo-se sentado. Sua respiração estava dificultada e entrecortada por longos suspiros.

– Eu estava te ensinando tudo.

– Me ensinando? Você apenas usava o pobre Joaquim como seu empregado. Mandava-o fazer o trabalho chato. Ele odiava isso, e ainda assim te respeitava.

– Você fala como se fosse outra pessoa.

Joaquim aproximou sua face à face de Benê, e seus olhos também enegreceram.

– É porque sou.

– O que fez com Joaquim? – disse assustado.

– Ele ainda está vivo aqui dentro. Dormindo e sonhando com tudo isso que está acontecendo.

– Você o possuiu? É isso?

– Ponto para ele! O velho sabe alguma coisa sobre demônios. Essa me surpreendeu.

– Alguma coisa?... – disse Benê ironicamente.

Sua expressão mudou repentinamente. Começou a gargalhar como se estivesse feliz por estar morrendo. Joaquim olhou para seus homens buscando uma resposta. Luos também não parecia entender o que estava acontecendo.

– Obrigado e desculpas, Beatriz. Obrigado por tudo que me disse sobre os demônios, e desculpe-me por não prestar a devida atenção.

– Do que está falando, velho?

– Eu vou morrer, é fato. Mas vocês irão me assistir apodrecer dia após dia sem poder sair daqui. A não ser que libertem a jovem.

– Não está em condições de barganhar nada. Tá ficando caduco, velhote?

– Eu? Devo estar mesmo. Estou acreditando em anjos e demônios. Só fico triste por não ter dado a mínima para aquele ritual de exorcismo, pois adoraria devolvê-los ao caldeirão do inferno.

– Está muito confiante, não acha?

– Deve ser porque cerquei todas as saídas com sal grosso – disse sorrindo.

Os demônios arregalaram os olhos e ficaram furiosos. O que tinha a expressão de psicopata partiu em direção a Benê.

– Acalme-se, Abgor. Ele está blefando. Não está, detetive?

– Não! – disse caindo na gargalhada. – Eu achei que poderia ser algum rito satanista, e se o sal prende o mal, pensei em usá-lo para que eles não saíssem.

– Mas você não acreditou em nada do que ela havia dito aquele dia. Por que fez isso?

– Eu não acreditei, mas se os homens acreditam que estão incorporados por espíritos maus, então talvez acreditassem que não poderiam transpor a barreira de sal.

Luos também não se conteve e disparou sonoras gargalhadas. Era hilário que o detetive houvesse prendido os demônios por um simples acaso.

– E como chegou aqui?

– Possuo um informante dos infernos – disse gargalhando, seguido de Luos.

– Do que está rindo, Luos? Você também não pode sair.

– Jojô... – zombou. – Com todo o carinho e admiração que criei por você nestes momentos que estamos compartilhando, gostaria de deixar claro que barreiras de sal não me dizem nada. Posso transpô-las sem problema.

– Você está brincando.

– Água benta? Nem sei como é a sensação do toque ardente, que em vocês causa tanta dor. Isso não me afeta, fui profetizado, Jojô, e não escravizado por um filho bastardo de Lúcifer.

– Jojô é o escambau! E você é lixo, Luos, lixo como seu pai e aquele que se diz seu irmão. Vocês são nada perante Typhon.

– Então roguem por Typhon agora. Talvez ele transponha a barreira para salvá-los. Se puder, e se quiser. Afinal, os descartáveis aqui são vocês.

– *Exorcizamus te, omnis immundus spiritus, omnis satanica potestas, omnis incursio infernalis adversarii, omnis legio,...*

Os demônios ergueram as armas para atirar em Luos, mas Benevites removeu as armas de suas mãos com disparos certeiros.

— ...*omnis congregatio et secta diabolica, in nomine et virtute Domini Nostri Jesu Christi,*...

Os demônios começavam a se debater, e Joaquim avançou sobre Beatriz colocando suas mãos na garganta da jovem. Tentava apertar a garganta, mas suas forças já estavam se esvaindo. Enquanto isso, seus comparsas berravam desesperados.

— ...*eradicare et effugare a Dei Ecclesia,*...

Sem ter o que fazer, o demônio deixou o corpo de Joaquim, que caiu inconsciente. A sombra girou numa espiral até o teto do galpão, escapando por uma janela que não havia sido vedada por Benevites. Seus lacaios, ao perceber a rota de fuga, tentaram seguir seu líder, mas era tarde.

— ...*ab animabus ad imaginem Dei conditis ac pretioso divini Agni sanguine redemptis.*

As sombras negras que subiam em direção à saída inflamaram-se e explodiram em faíscas.

— Vocês estão bem? — perguntou Luos.

— Mais ou menos — disse Benevites.

— Eu não sou o vilão aqui, detetive. Apesar de usar a pele de lobo, sou o mocinho desta história.

— Não tenho muita certeza disso.

— Vamos, os levarei a um hospital.

— Você não pensa em sair daqui nestes trajes, pensa?

— É verdade. Nem me lembrava disso. Deixe-me ver.

Luos olhou ao redor e viu o corpo do jovem que fora exorcizado.

— Aquelas devem servir.

Luos seguiu em direção ao jovem e começou a despi-lo.

— O que pensa que está fazendo?

— Ele não vai precisar delas. Foi ferido no peito, e não vai resistir. O da garganta já deve estar até morto.

— E quanto a Joaquim?

— Ele vai sobreviver. Mais alguns minutos e irá acordar lembrando-se de tudo que fez enquanto demônio.

Luos pegou a calça jeans do rapaz, que ficou um tanto apertada, sua blusa preta com a foto de Marilyn Manson, e seu par de All Star pretos de cano curto.

— O tênis está perfeito, já a calça está me sufocando, mas vamos lá. Depois arranjo algo melhor.

Luos tomou-os nos braços, um de cada lado, e os levou para fora do galpão. Olhou ao redor pensando numa alternativa.

— Onde pensa que vai, garoto? — indagou Benevites ao perceber as intenções de Luos.

— Levá-los ao hospital.

— E como pretende fazer isso?

— Voando.

— Nem pensar. Está louco se pensa que irei voar com você. Prefiro morrer — disse Benevites.

— Deixa de ser idiota, detetive, a pé jamais chegaremos a tempo de salvá-lo.

— Quem disse que vamos a pé? Meu carro está logo ali.

— Eu não sei dirigir — disse Luos.

— Mas eu sei — disse Joaquim, aparecendo à porta com uma expressão péssima.

— É você mesmo, Joaquim? Está bem?

— Sim, estou bem. E sou eu desta vez. Vamos logo, Benê, no caminho conversamos.

Luos e Joaquim puseram Benê no banco do carona. Depois, retomando sua forma humana, Luos entrou com Beatriz, que neste momento estava desacordada, para a parte de trás do automóvel. E assim seguiram para o hospital o mais rápido que puderam.

24

Lembranças de um passado próximo

Quatro longas horas na sala de espera sem sequer receber alguma informação. A impaciência e preocupação afligiam ambos. Luos andava de um lado para outro, enquanto era massacrado pela impiedosa ansiedade. Afinal, Beatriz estava muito machucada e havia passado fome e sede. Já Benevites possuía três projéteis alojados em seu corpo. A cada vez que a porta da sala de emergência era aberta, o coração de Luos faltava sair pela boca, enquanto Joaquim dava um pulo na cadeira.

— É sempre assim? Essa demora e essa falta de informação? – reclamou Luos.

— Sim, costuma demorar, e demora ainda mais quando nós estamos preocupados – disse Joaquim.

— Que porcaria de hospital – disse chutando o chão.

Volta e meia cogitava adentrar por aquela porta e descobrir por si só a gravidade do caso de Beatriz. E nessa indecisão, mais duas longas horas decorreram em plena agonia, quando resolveu estufar o peito e direcionar-se a caminho da porta.

Joaquim percebeu a intenção de Luos e lhe indagou, fazendo-o parar ainda no início do percurso.

— Aonde vai?

— Não aguento mais esperar.

O som da maçaneta sendo acionada chamou a atenção de ambos, e a porta da emergência voltou a se abrir. Por ela cruzou um negro alto de cabelos grisalhos, e com as padronizadas vestimentas verde-hospital.

– Vocês estão com o Ricardo e a Beatriz?

– Sim! – disse Joaquim se adiantando a Luos.

Os rapazes se aproximaram do experiente médico, que não possuía uma expressão muito amigável.

– Boa noite, doutor – cumprimentou Joaquim.

– Boa noite. Qual o grau de relacionamento que vocês têm com as vítimas?

Antes que Luos começasse a falar, Joaquim sacou seu distintivo e apresentou-se como sendo parceiro do Benevites, e Luos como namorado de Beatriz. Assim eles receberiam as informações do médico sem censura alguma, por piores que pudessem ser.

– Bem, a jovem Beatriz, apesar dos maus tratos e da má alimentação, passa bem e ficará em observação por hoje, com expectativa de alta para amanhã.

– Posso vir amanhã pegá-la então? – indagou Luos.

– Amanhã faremos outra avaliação nela, e caso o quadro continue estável, terá alta.

– Ótimo, doutor.

– Certo. Agora, onde a encontraram?

– Por que a pergunta? – questionou Joaquim.

– Bem, é que ela possui algumas queimaduras de segundo grau nas costas.

– Que tipo de queimaduras? – perguntou Joaquim.

– São alguns símbolos estranhos. Na verdade, três deles foram marcados em suas costas a ferro quente. Da mesma maneira que se marca gado na fazenda.

– E em que lugar exatamente?

– Ela possui dois à altura dos ombros, um no esquerdo e outro no direito, bem como um próximo ao cóccix. Vocês não viram isso?

— Reparamos que estava bastante ferida, mas não paramos para avaliar o quanto — disse Joaquim.

— Sei — disse em tom desconfiado. — Ela está consciente, mas não quis comentar sobre as queimaduras. Irei precisar colocar isso em meu relatório, e isso acarretará uma investigação policial.

— Sem problemas, doutor. Estávamos no local e resgatamo-la de dois maníacos praticantes de magia negra — explicou Joaquim veementemente. — E o Benevites?

— Ah!... Claro.

O médico instalou uma expressão preocupada e suspirou fundo, como se buscasse as palavras certas.

— Ricardo Benevites passou por uma operação delicada. Ele possuía um projétil alojado no nível da coluna dorsal e corria um grande risco.

— Seja objetivo, doutor.

— Acalme-se, estou detalhando com o nível de precisão que o caso requer. Operamos o detetive, contudo, por tratar-se de uma intervenção delicada, e pela maneira na qual foi transportado para o hospital, que fora totalmente inadequada, principalmente para policiais que conhecem o procedimento correto...

— Vamos logo ao ponto, doutor.

— ...Enfim. Não pudemos evitar que ele perdesse os movimentos dos membros inferiores.

— Como assim? — indagou Joaquim espantado.

— Benevites está paraplégico.

O termo paraplégico lhe provocou o impacto de um calibre 12 sendo disparado à queima-roupa, lançando-o para trás em passos vacilantes. Suas pernas estavam fraquejando. Era um golpe forte demais para ser recebido daquela maneira. Estabilizou seu equilíbrio e olhou para o médico estupefato. Possuía as órbitas oculares em evidência, e suas mãos tremiam muito.

— Acalme-se, policial, o quadro dele pode ser revertido. Tudo depende de como o corpo dele irá reagir nestes primeiros dias.

— Posso vê-lo, doutor? — pediu Joaquim.

— Claro, mas não poderá demorar, o horário de visitas é somente das seis às oito da noite.

— Posso ver a Beatriz? — questionou Luos.

— Com a mesma condição, que seja rápido.

— Sem problemas, doutor.

— Vamos. Acompanhem-me.

Os três homens adentraram pela porta da emergência e logo chegaram a uma grande ala onde várias macas e camas possuíam pacientes de todos os diagnósticos possíveis. Alguns gemendo, outros gritando, era uma confusão extrema. Ao cruzar por essa primeira sala, chegaram a um longo corredor, onde o doutor parou ante a porta da enfermaria dois. Adentrando nesta, chegou a um quarto que possuía vaga para quatro pacientes, mas apenas três camas estavam sendo utilizadas. O grande quadrado possuía apenas uma cortina como divisória entre as camas, o que conferia certa privacidade.

Luos foi diretamente a Beatriz, enquanto Joaquim parou o médico ainda na entrada da enfermaria para lhe fazer algumas perguntas.

— Olá, moça! — disse Luos gentilmente.

— Olá — disse com certa dificuldade.

Beatriz possuía o rosto muito inchado devido aos golpes sofridos em seu cativeiro. Estava deitada de lado para evitar ferir ainda mais suas costas, que estavam enroladas com ataduras. Sua expressão alegrou-se com a presença de Luos, deixando um sorriso muito sincero à mostra.

— Tudo bem com você?

— Sinto muitas dores ainda, mas vou sobreviver.

— Me desculpe por isso, Beatriz. Eu nem sequer estava aqui para...

— Não precisa se desculpar. Eu estava muito preocupada, e só o conjurei por acreditar que poderia vencê-los com facilidade — interrompeu.

— Me desculpe pela demora.

— Onde estava nesses últimos dias?

Luos olhou para trás e viu o médico e Joaquim conversando com Benevites, e este se alterando ao saber de sua atual condição. Luos lamentou enquanto engolia a seco. Sabia que de certa forma também era responsável por Benevites, e queria caçar aquele miserável ainda mais por isso.

— O que houve, Luos?

— É o detetive — disse com certo pesar na expressão. — Ficou paraplégico.

Beatriz baixou os olhos, e por um momento alegrou-se de uma forma gigantesca por sua atual condição. Não conseguia sequer imaginar o que seria viver sua última vida numa cadeira de rodas. Agora que não poderia mais possuir outros corpos, temia muito mais pela preservação de sua atual morada.

— Amanhã você será avaliada, e eu venho para levá-la pra casa, e enfim conversarmos sobre meu sumiço. Estou precisando de seus conselhos.

— Não precisa vir me buscar.

— Eu virei te visitar mais tarde e te buscar amanhã, e ponto final. Sem discussões, mocinha. Não está numa posição que lhe permita decidir nada.

— Está bem, então. Aproveite sua posição para mandar enquanto pode, tá?

Os dois sorriram, Luos despediu-se dela e caminhou até Benevites. Logo que se aproximou, foi encarado duramente pelo policial.

– Olá, detetive. Sinto muito por...

– Não sinta! Não preciso da sua piedade.

– Não se trata de piedade. Trata-se de vingança.

– Vingança? Do que está falando?

– Vou caçá-los e fazê-los pagar caro por isso.

– Como pretende caçar uma sombra, rapaz?

– Esqueceu-se do que viu, detetive? Não sou uma pessoa comum.

– Eu me lembro bem. Você é um deles.

– Não sou um deles, isso posso garantir. Não viu o que fizeram à minha amiga?

– Sim! Você é apenas um assassino de mulheres. Um maníaco.

– Eu não matei aquelas mulheres, detetive. Assumo a culpa pelos dois homens, mas estes foram mortos para impedir que mais mulheres morressem.

– Partindo dessa suposição, quem seria o assassino? – indagou Benevites debochadamente.

– Ainda não sei, mas pretendo descobrir.

– E quanto ao massacre dos motoqueiros?

– Também é de minha autoria. Matei-os por achar que eram os culpados, mas hoje já não tenho certeza.

– Então é com essa frieza que assume os crimes? E quanto àquele outro detetive, Wilson Cervantes, o que ele fez a você?

– Detetive, não sou o vilão. Possuo minhas falhas, mas ainda assim estou aqui para ajudar. Deixe-me sair para verificar como está uma amiga, estou preocupado com ela. Eu volto no horário de visitas para conversarmos melhor, e irá compreender tudo que está acontecendo.

Benevites não estava muito satisfeito em deixar o suspeito sair. Mesmo preso à cama, não deixava de trabalhar. Por ele, Luos jamais sairia dali, mas Joaquim intercedeu.

— Dê um voto de confiança a ele, Benevites. Acho que merece por tudo que fez hoje.

— Ele irá atrás de Nina. Sabe disso, Joaquim. E depois, encontraremos apenas mais um corpo.

— Já disse que não tenho nada com isso.

— Todos os suspeitos se dizem inocentes. A cadeia está cheia de inocentes...

— E o inferno está cheio de bem-intencionados — interrompeu Luos. — Não precisa me dizer isso, detetive. A vida já me ensinou.

— Não estou nem aí para sua formação psicopata, garoto. Estou aqui para fazer o meu trabalho.

— E fez, detetive. Por sinal muito bem. Salvou Beatriz, e isso é o que importa.

— Não é só isso. Pretendo salvar Nina também.

— Detetive. Até agora estava sendo educado. Jamais precisaria pedir sua autorização para sair daqui. Sequer precisaria perder meu tempo te trazendo pra cá. Se eu realmente quisesse, você já estaria no inferno, junto deste aqui que serviu de vestimenta para aquele demônio.

Benevites olhou para Luos de maneira ameaçadora. Joaquim chegou a espantar-se com a tamanha fúria que vislumbrava em seu parceiro.

— Você não é Deus, garoto. Duvido que, depois que eu te encher de chumbo, ainda ostente essa pose.

— Pode ser que sim. Pode ser que não. Veremos quando acontecer. Mas saiba que ou você me derruba, ou irei mandá-lo à mais profunda e imunda vala que o inferno possui. E sabe o que estarei fazendo com isso?

— Vingança. Acho que é seu termo favorito.

— Não, detetive. Estarei fazendo meu trabalho. Estarei coletando almas, que é o meu objetivo aqui. E a sua, eu levaria pessoalmente ao inferno.

— Chega por hora, rapazes. Voltem no horário de visitas. Além do mais, isto é uma ala hospitalar, e não uma sala de interrogatórios — disse o médico.

Luos saiu do hospital acompanhado de Joaquim. Parados em frente, Joaquim pediu que Luos desconsiderasse a conversa com Benevites, pois ele estava um tanto desequilibrado devido aos últimos acontecimentos. Em seguida, combinaram de se encontrar no horário de visitas e informaram seus trajetos no intuito de saber onde estariam caso fosse necessário. Joaquim disse que iria relatar o ocorrido a seus superiores, e é evidente que não iria mencionar as possessões, nem o seu envolvimento real na trama. Iria culpar os cadáveres por toda confusão, e não mencionaria Luos no local do crime, apenas no hospital. Já o híbrido informou que iria primeiramente à igreja, tentar encontrar Nina. Caso não fosse possível, iria até a sua casa.

Informadas as devidas coordenadas, os homens seguiram para suas tarefas, já com encontro marcado para dezoito ou dezenove horas. Não possuíam muito tempo, então deviam se apressar, pois o relógio já marcara quinze horas e vinte minutos.

Pouco tempo de caminhada sob o ameno sol da tarde, e Luos já estava ante a igreja. Subiu a escadaria e deparou-se com o santuário de portas abertas, e bastante cheio para o horário. Adentrou sorrateiro e se postou na última fileira de bancos. O padre entoava seu sermão a plenos pulmões. Falava sobre a fé relembrando a passagem bíblica em que Tomé dizia:

— *É preciso ver, para crer.* — referindo-se à descrença na ressurreição de Jesus Cristo pelo fato de não tê-lo visto.

— Tomé teve a necessidade de ver para crer. Somente quando Jesus apareceu diante de Tomé e ordenou que tocasse em suas feridas que Tomé acreditou. Somente assim sua fé reacendeu.

— Será que é assim que devemos tratar Jesus? Aquele que se sacrificou por nós?... É óbvio que não, meus filhos. Como fora dito nas escrituras: *Ora, a fé é a certeza de coisas que se esperam, a convicção de fatos que se não veem.* Hebreus 11:1. Crer no que se vê não é fé, é fato. Devemos crer, meus filhos. Crer em Deus, crer em Jesus Cristo, é crer no que não se pode ver, cheirar ou ouvir. Isso é fé, e somente por esta serão salvos.

As palavras do padre haviam lhe tocado de uma maneira singular. Era estranho sentir algo do tipo sobre um assunto para o qual fora educado a odiar. Talvez esse fosse o mistério da fé. Aquilo que não pode ser compreendido, apenas sentido. Nesse instante o padre proferiu outra frase que pôs Luos a refletir, assistindo atentamente a cada palavra que era dita, tanto pelo padre, quanto por seus fiéis em resposta.

— O Senhor esteja convosco! — dizia o padre.

— *Ele está no meio de nós* — seguia a igreja.

— Corações ao alto! — prosseguia alternadamente.

— *O nosso coração está em Deus.*

— Demos graças ao Senhor, Nosso Deus!

— *É nosso dever e nossa salvação.*

A missa seguia, e Luos sequer piscava. Todos os detalhes eram inéditos, e não queria perder nada. Parecia um fervoroso devoto com uma concentração inabalável.

— Felizes os convidados para a Ceia do Senhor. Eis o cordeiro de Deus, que tira o pecado do mundo.

E a igreja toda respondeu a uma só voz:

— *Senhor, eu não sou digno de que entreis em minha morada, mas dizei uma palavra e serei salvo.*

O padre iniciou o que para Luos parecia ser um ritual muito bonito, erguendo um cálice e uma espécie de pão circular dividido em duas partes iguais.

– O Corpo de Cristo – disse o padre.

– *Amém* – responderam os fiéis.

Em seguida falou algo sobre o sangue e corpo de Cristo, e após isto os fiéis formaram uma fila ante o altar. Luos achou que deveria segui-los, e assim o fez. Observando atentamente, percebeu que o padre lhes dava algo para comer, e mesmo sem ter certeza se deveria estar ali, seguiu na fila até que chegou sua vez. O padre ergueu o que parecia ser uma bolacha e proferiu:

– O corpo de Cristo.

Em seguida a levou até a boca de Luos, que recebeu a hóstia de bom grado. Olhou ao redor e observou as pessoas em expressões serenas seguindo para seus lugares. Caminhou sem pressa pelo corredor, mastigando lentamente a hóstia, e ao cruzar por uma idosa, percebeu que ela mastigava meia dúzia de ofensas, olhando para ele.

– *Que absurdo. Você viu, minha filha? Ele estava mastigando a hóstia* – falava a senhora em tom baixo.

Luos não entendeu o porquê da indignação da mulher e seguiu sem olhar para trás. Já em seu banco, aguardou em silêncio, até que o padre retomasse a missa.

Missa retomada, e mais algumas passagens bíblicas foram abordadas pelo padre, que as contava com extrema convicção e fé. Por mais que aquilo pudessem ser somente histórias, ainda sim possuíam uma mensagem muito bonita de se ouvir, e passavam uma acalentadora paz interior. Após alguns avisos sobre os compromissos da semana, algo que o padre chamou de "Recados e Avisos Paroquiais", prosseguiu a missa.

– O Senhor esteja convosco.

– *Ele está no meio de nós.*

– Abençoe-vos Deus Todo-Poderoso, Pai, Filho e Espírito Santo.

– *Amém*.

– Ide em paz, e que o Senhor vos acompanhe.

– *Amém*.

Nesse instante iniciou-se um cântico bastante animado indicando o que parecia ser o encerramento, haja vista que boa parte da igreja já se dirigia para a saída. Embrenhando-se na multidão, deixou o templo com a naturalidade de um frequente fiel. Aguardou em frente à igreja até que a mesma estivesse vazia, e nem sinal de Nina. Sendo assim, resolveu ir até sua casa, pois deveria estar preparando-se para trabalhar.

Apressou-se em sua caminhada, pois queria pegá-la em casa para ter certeza de que estava bem. Durante o trajeto, ficou pensando no que iria dizer sobre seu repentino sumiço, mas não conseguiu pensar em nenhuma desculpa decente, sendo assim, optou pelo improviso. Iria ver o que ela diria, e a partir daí criar uma teoria conspiratória sobre seu desaparecimento.

Chegando à casa da jovem, passou pelo pequeno portão de metal e parou à entrada da sala para anunciar sua presença com cordiais batidas na porta. Logo após desferir o primeiro golpe, percebeu que a porta estava apenas encostada. Pela fresta, pôde observar o interior do recinto numa cena que gelou sua espinha. Empurrou a porta torcendo para que as lembranças de um passado próximo não voltassem a atormentá-lo. A cena remetia a uma briga violenta, pois se viam móveis revirados e algumas manchas de sangue pelo chão. O corredor de ladrilho branco possuía um rastro de sangue, como se alguém muito ferido houvesse sido arrastado. Seguindo este com extrema cautela, chegou até uma poça rubra de proporções razoáveis, bem à frente do banheiro, mas nenhum sinal de corpo. Adentrou o sanitário, e mais alguns sinais de sangue estavam presentes na pia, vaso, e principalmente no blindex, onde se viam marcas de mãos no vidro, nas paredes e na torneira do chuveiro.

Luos refletiu um pouco, estava preocupado sobre o que havia ocorrido ali. E assim seguiu para revistar os outros cômodos. Em seguida estava no quarto. Mais alguns sinais de sangue. Contudo em menores proporções. Seja lá quem tenha estado ali, com certeza ele ou ela procurava algo, pois todos os cômodos estavam revirados.

Por fim, havia revistado a casa toda, sem encontrar ninguém. Voltou para a poça inicial e agachou, contemplando o líquido vermelho mais de perto. Tocou-o com o indicador e esfregou no polegar com o intuito de averiguar quanto tempo havia decorrido desde o episódio, mas nem chegou a analisar tal questão, pois acabava de perceber algo em meio ao sangue. Com todo cuidado, removeu o que parecia ser uma pluma. Dirigiu-se ao banheiro e submeteu-a à água corrente. Lentamente o vermelho ia se esvaindo, e a pluma desbotava até revelar sua coloração branca, o que levava à constatação da presença de celestiais no recinto.

— *Mas o que os celestiais iriam querer com Nina?* — questionava-se.

Com a pluma em mãos, iniciou uma busca mais apurada em toda a casa, no intuito de obter mais indícios da presença de celestiais. Ao contrário de suas expectativas, os sinais vieram a revelar que outros seres estiveram ali, além dos celestiais. Em meio à bagunça da sala, Luos detectou vestígios de enxofre. O que indicava a presença de abissais. Era um tanto intrigante. Celestiais e abissais. Anjos e demônios. Ambos estiveram no local.

— *Quem havia chegado primeiro? Possuíam um mesmo propósito? Será que encontraram Nina? Ou apenas batalharam entre si?*

Dúvidas e mais dúvidas. Era sempre assim. Nada era simples em sua vida. E agora mais essa interrogação em sua cabeça. Em meio a seus pensamentos calamitosos, um vulto cruzou uma das paredes da sala, e imediatamente Luos se postou na defensiva. O silêncio que tomava conta do ambiente em nada fora afetado. Mesmo apurando sua audição, nada fora do comum era notado.

Luos estava um tanto inquieto, até que o vulto aproximou-se lentamente, erguendo-se do chão e tomando uma forma humanoide com um grande par de asas.

— *Luos...* — sussurrou a sombra.

— Zeobator?

— *Pode me chamar de pai.*

— Como me achou aqui?... Pera aí... O que você fez com ela?

— *Acalme-se.*

— Diga!... Eu não te perdoarei se tiver feito mal a ela.

— *Não fiz nada com sua namoradinha, mas sei onde encontrá-la.*

— Ela está bem? O que houve aqui?

— *Acalme-se, Luos. Desde quando se preocupa tanto com uma mulher?...*

Luos engoliu a seco, mas manteve-se firme, e Zeobator não perdoou.

— *...Deixe-me ver... Desde Viviane, não é? Acho que desde a perda dela não o vejo assim. Essa Nina era tão importante assim?*

— Como sabe tanto? Você também é o culpado por Viviane? Você a tirou de mim para me causar dor? — disse avançando em direção à sombra.

— *Não seja idiota. Não pode causar dano em algo incorpóreo. E quanto a suas mulheres, o que faria se eu as tivesse matado?... Nada. Ponha-se em seu lugar, garoto. Você é tudo o que te ensinei. Desde caminhar, falar, lutar. Tudo que é deve a mim. Sequer estaria vivo se não fosse por mim.*

Luos abaixou a cabeça sentindo uma fúria imensa o consumir por dentro. Jamais fora bem tratado por Zeobator. Havia sofrido muito para estar ouvindo tais baboseiras, mas ainda assim precisava saber o paradeiro de Nina.

— Não fique calado. Externe suas emoções, Luos. A dor alimenta a fúria. Alimente-se desta e será o vencedor, ou sofra com ela e será mais um derrotado.

— Onde está Nina? — disse Luos tentando manter a cabeça no lugar.

— Ótimo! Estamos começando a nos entender. Nina está numa cripta onde existe algo muito importante para sua ascensão. Ela está no local onde foi guardada a Profecia de Manakel, na íntegra.

— O que ela faz lá? E... A profecia não havia sido incinerada?

— É o que querem que nós acreditemos. Mas fontes me disseram que está neste local. Quanto a sua namorada, pergunte isso aos celestiais.

— Certo. E onde seria tal local?

— A cripta fica num templo aqui na cidade. O local é fora de quaisquer suspeitas, pois lá funciona uma espécie de mosteiro muito humilde.

— Você quer que eu pegue a profecia, é isso?

— Exatamente. Contudo, não será uma tarefa fácil. Os residentes sabem que protegem algo muito especial, e serão capazes de matar e morrer para que a profecia continue em segurança.

— E como eu entrarei lá?

— Simples. Não irá esperar que eles matem pela profecia. Mate-os antes. Já que estão tão dispostos a tal, facilite o encontro deles com o seu Deus.

Luos sorriu. Uma chacina de servos de Deus não estava em sua lista de hobbies favoritos, mas se para encontrar Nina fosse necessário, mataria todos que se pusessem entre eles. Já até cogitava onde conseguir os suprimentos necessários para a invasão no templo. Benevites. Esse seria o seu fornecedor.

— Por que isso é tão importante? — indagou.

— Limite-se a executar sua tarefa e encontrar sua garota.

— Limite-se a responder minhas perguntas — esbravejou Luos.

— Está um tanto abusado, não acha?... Vá até o templo, e lá encontrará suas respostas. Tem certos momentos em que me orgulho de você, mas em outros...

— Do que está falando?

— É muito ingênuo. Acha mesmo que os celestiais iriam deixá-lo sair pela porta da frente sem qualquer dívida?

— Por que está falando nisso agora?...

— *Por quê?* — indagou Zeobator surpreso.

— Gabriel confia em mim.

Zeobator gargalhou de forma irônica.

— *E você acreditou nisso? Foi por acreditar em sua mãe que quase o perdi. Não se deixe levar pela feição amena, parzinhos de asas ridiculamente brancas e sua imensa e deprimente luminosidade. Não passam de vaga-lumes celestiais tamanho família que usufruem de sua condição para ludibriar tolos como você.*

— E quanto aos que morreram em minhas mãos? Eram irmãos dele. Não deveria ficar furioso?

— *Você exorcizou seu próprio irmão, sabe-se lá o que são capazes de fazer com os deles. Enfim. Vá e me traga a profecia, depois conversaremos sobre seu envolvimento com estes celestiais.*

— Está certo. Mas gostaria que me prometesse que não irá nem chegar perto da Nina depois que eu resgatá-la. Garante que ela ficará bem?

— *No que depender de mim, sim* — disse com um tom malicioso.

Luos virou-se e seguiu às pressas para o hospital. Não queria esperar muito. Cada segundo que demorasse era um segundo a mais que ela poderia estar sofrendo nas mãos de seus raptores. E isso era algo que sequer poderia cogitar que estivesse acontecendo.

25

Acasos?... Decepções

Pouco mais de vinte anos atrás se iniciava uma relação muito intrigante. Uma celestial de pseudônimo Millena e um abissal chamado Zeobator protagonizavam episódios de uma história inédita. Algo que jamais céu e inferno poderiam cogitar. Algo como água e óleo tentando se misturar. Por mais que essa união fosse impossível, nada os fazia desistir de seus objetivos. Mesmo contra todos os seus princípios e mesmo com todos os perigos que corriam. Desafiar suas supremacias hierárquicas era mais uma maneira de provar que aquele amor estava além de céu e inferno. Era algo que rompia a barreira entre o bem e o mal.

As coisas ocorriam numa ilusória discrição. Existiam tanto celestiais quanto abissais que sabiam bem sobre a relação, mas nenhum destes sequer ousava comentar o assunto com terceiros. Afinal, Zeobator poderia fornecer muitas informações que ajudariam os celestiais, principalmente dada a situação caótica em que se encontrava a guerra. Já os abissais temiam a sua influência junto a seus superiores e evitavam sanções mais severas por intervir nos assuntos de Zeobator, o queridinho abissal do momento.

Quanto a Millena, ou Mehiel, seu nome verdadeiro, possuía uma posição de destaque dentro de sua hierarquia, e entrar em seu caminho era conseguir uma punição que ninguém estava disposto a sofrer por uma simples fofoca sem propósito.

Fundamentada em intrigas e embustes era erguida a relação de Zeo e Mehiel, uma espécie de prazer proibido de que, mesmo com conselhos de amigos, Mehiel não se afastava. Afinal, não havia motivos para se apartar de quem lhe salvara a vida, e que em diversas oportunidades confirmara sua lealdade em batalha com informações valiosas, bem como sua lealdade afetiva, com sua entrega completa e intensamente calorosa.

Batalhas e mais batalhas assolavam todo o plano material, mesmo que em surdina. Alguns fortes golpes eram sentidos pelos homens em episódios que fugiam de qualquer suspeita. A Guerra do Golfo era uma pequena amostra desses acontecimentos. A fúria com a qual o Iraque e seu então presidente, o tirano Saddam Hussein, invadiu o Kuwait foi mais uma demonstração da influência das forças superiores sobre os homens.

A Primeira e a Segunda Guerras Mundiais também ocorreram na mesma ocasião em que grandiosas batalhas entre céu e inferno estavam em curso. Não que se tratasse de guerras em comum, mas em diversos momentos as influências superiores acabavam por tornar material o desequilíbrio entre os planos, e no caso das Guerras, foram momentos em que o mal se utilizou dos homens para desestabilizar o equilíbrio de uma maneira vertiginosa. Assim, alçando uma nuvem de poeira para encobrir seus atos, bem como absorver o sofrimento dos homens na catequização de seus novos soldados, muitos demônios "nasceram" nessa época, e muitos destes viriam ocupar altas patentes na "Hierarquia Infernal". Muitas almas foram ganhas em acordos sujos. Muitos pactos demoníacos e muitas promessas falsas foram feitas sobre o fragilizado povo da época, que em meio ao desespero foi forçado a se vender no intuito de obter regalias invejáveis para a época.

Acontecimentos de menor escala, mas não menos importantes, também incrustavam o Jardim dos Anjos, e foi num desses que

Zeobator acabou preso. Uma grave acusação sobre uma chacina celestial recaiu sobre suas costas. Mehiel não acreditava que depois de tanto colaborar com os celestiais, e ainda possuindo um caso com uma, Zeobator realmente fosse mentor de fatos tão maliciosos. Não condizia com o Zeo que conhecia. Só imaginar que ele seria capaz de arrancar o símbolo maior da existência de um celestial, que são suas asas, lhe conferia uma ânsia de vômito. Era impossível que algo desse tipo tivesse a participação de seu amado, e assim partiu numa incansável busca de pistas que pudessem inocentar Zeobator, mas estas ou não existiam, ou haviam sido bem ocultadas.

Sem pistas e sem ter como provar a inocência de seu amado, não tardou que Zeobator fosse julgado e condenado ao exílio. Sem alternativas e com pouco tempo antes de seu amado ser jogado à prisão eterna, Mehiel optou por algo que iria lhe custar o apreço de seus irmãos mais próximos, colocando-se numa difícil posição de decidir entre sua raça e seu coração.

Certa noite, a que antecederia o eterno confinamento de Zeobator, uma misteriosa visita destrancou sua cela e o salvou de seu trágico fim. Sentindo-se feliz por retribuir à mesma altura de quando fora salva, a celestial não se arrependia da possível taxação de traidora ante seus irmãos, pois já não pensava como eles, suas interpretações dos acontecimentos já não eram as mesmas.

Sem ao menos olhar para trás, Zeobator desapareceu em meio às nuvens e assim permaneceu por semanas sem fazer qualquer contato com Mehiel, com quem se encontrava com frequência.

Sentindo-se ingênua, a celestial já começava a cogitar a veracidade da inocência do réu, e uma imensa culpa lhe pesava sobre os ombros.

– *Será que havia sido iludida?* – perguntava-se.

Mais algumas semanas se passaram, e focada em seus afazeres, fora incumbida de averiguar mais uma investida abissal. Chegando ao local do conflito, as suposições ganharam o peso da veracidade que era característica de uma flagrante como aquele. Zeobator comandava uma horda de demônios contra um único celestial. Em meio ao massacre, maleficamente o astuto abissal derrubou o celestial e pôs seu pé no meio das suas costas. O celestial estava bastante machucado, e Zeobator vangloriava-se perante seus homens.

Mehiel estava estática. Sentia o seu mundo desabar naquele instante. Imediatamente uma forte fisgada no abdome a fez encolher-se. Sim. Ela estava grávida de um homem que a havia usado por todo o tempo. Usado apenas para obter fama entre os seus. Usado para que pudesse viver, pois na ocasião em que a salvou, na verdade estava salvando a si mesmo.

Outra fisgada chegou arrepiando seu pescoço. Parecia que o feto sentia a fúria da mãe e retribuía tal desagrado.

– *O que estava fazendo?* – perguntava-se.

Se não agisse logo, seu irmão celestial morreria. De certa maneira, eram muitos para que ela os enfrentasse sozinha, mas se fora designada para tal, assim o faria.

Enquanto a celestial vivia seu conflito pessoal, Zeobator tratou de findar com as dúvidas de Mehiel, golpeando a base das asas do celestial, rente às costas.

O anjo urrava de dor enquanto mais anjos apareciam às costas de Mehiel e corriam ao resgate de seu irmão, mesmo que tardiamente. A celestial viu seus irmãos avançarem violentamente sobre os abissais e foi então que acordou e partiu em direção a Zeo para descarregar toda sua fúria.

Zeobator sorria ante a perseverança do celestial. Mesmo com suas asas quebradas, ele brigava para levantar-se. Ainda queria lutar. Eram muitos para serem exorcizados, ou banidos com seus poderes. Mas ainda podia destruir um a um a golpes de sua lâmina sagrada.

Zeobator desceu das costas do celestial e afastou-se. Deixou que se levantasse, pois a dor absurda reduziria seu desempenho em combate. O abissal chutou a lâmina sagrada do anjo para próximo dele.

— Vamos lá. Sei que ainda tem forças para lutar — incitava.

Ao redor, os irmãos celestiais avançavam sobre a horda de demônios, e lentamente aproximavam-se do epicentro da batalha, onde o celestial avançava na direção de seu agressor, que desviou do golpe e lhe conferiu uma sequência poderosa. Uma cotovelada na face, uma joelhada na costela, fazendo-o curvar-se, e outra cotovelada nas costas, que o fez cair.

O celestial ainda tentou levantar-se, mas sua poderosa força física fora transformada numa ínfima força de vontade, e ele caiu de joelhos ante Zeobator, que seguia triunfante em sua direção.

Sorrindo de forma ditosa, orgulhava-se por sua vitória, já imaginando o que faria com o celestial fragilizado a sua frente. Sabia que mantê-lo vivo era algo bastante interessante, seria muito rentável possuí-lo como mentor de seus exércitos. Suas proezas em combate eram evidentes, e com a ambição de que seus homens possuíssem desempenho parecido, ofereceu um acordo ao celestial, que repugnou quaisquer tipos de transação. Disse em alto e bom som que Zeobator havia ludibriado apenas um deles, Mehiel, mas que os outros sabiam muito bem o que ele era. Uma cobra que usava a pobre como escudo. E que se ele soubesse o que estava para acontecer, jamais teria cometido tal erro.

O demônio olhou ao redor analisando a batalha. Confiante, executou um discurso sobre suas relações com a celestial, zombando dos momentos em que ela pensava ser amada por ele. Debochou de sua atual condição de liberdade, dizendo que é livre porque os celestiais assim quiseram. Mas Zeo não contava que Mehiel estivesse a poucos metros e tivesse presenciado tudo.

Surpreso com uma repentina aparição da celestial, fugiu, pois não pretendia enfrentá-la. Mehiel o seguiu. Sua retirada já estava nos planos iniciais, e outra parte de seus comandados aguardava numa emboscada para protegê-lo nessa provável fuga.

Chegando próximo do ponto marcado, parou para encarar Mehiel. A celestial apertava o punho de sua lâmina. Estava prestes a avançar sobre ele. Mas conteve-se, pois precisava revelar algo antes de destruí-lo.

– Você... – tentou Mehiel, mas lhe faltavam palavras.

– O quê?

– Você é uma...

– Cobra?... Já ouvi isso, minha amada.

– Como ousa me chamar assim?

– É porque é isso que sinto por você.

– Engraçado. Só consigo sentir nojo de você.

– Não diga isso – ponderou Zeo franzindo o cenho. – Foram tantos momentos bons. Não se lembra?

– Prefiro esquecer. Certas coisas não devem ser lembradas.

– Sério?... Eu ainda me lembro de tê-la salvado, ou você também se esqueceu disso?

– Me salvou coisa nenhuma. Se salvou. Foi isso que fez.

– Que absurdo você dizer isso.

– Absurdo é ter me envolvido com você.

– Já pedi para não se referir assim a nós – zombou.

– Zeobator. O único motivo de você ainda estar respirando é que tenho algo que quero que ouça antes de morrer.

– Que você me ama? – disse abrindo um largo sorriso sarcástico, e disparando uma gargalhada em seguida. – Eu sei disso. Não precisa me dizer.

– Não. Eu não te amo, Zeobator. Eu te odeio. Por tudo... E odeio ainda mais por ser o pai da criança que carrego em meu ventre.

Zeobator parou de sorrir imediatamente.

— *Teria mesmo entendido certo? Seria pai?*

De maneira surpreendente ele começou a sorrir. Parecia estar bastante feliz com a notícia. E isso deixava Mehiel intrigada.

— Eu vou ser pai — afirmou pra si mesmo.

— Não, Zeobator. Eu vou ser mãe, e meu filho sequer saberá de sua existência.

— Por que tanto rancor?

— Prepare-se, Zeobator. Sua hora chegou.

Revelações executadas. Era hora de acertar as contas. E assim a celestial partiu para cima de Zeobator, entoando a plenos pulmões:

— Meu filho não terá um pai como você!

E por fim Zeobator deu o sinal, e a emboscada foi iniciada dando o subterfúgio necessário para sua fuga, quando dezenas de demônios surgiram de uma fenda no chão.

— Não! Volte aqui! — berrava Mehiel, que batalhava com dezenas de demônios.

A Profecia de Manakel enfim dava o ar de sua graça, figurando inicialmente na gravidez da celestial, que naquele momento sequer imaginava que em seu ventre era gerado um feto que ainda iria trazer muitos problemas a sua raça. O fruto dos opostos começava a ser gerado em meio ao que futuramente se tornaria seu habitat natural, o campo de batalhas.

26

Preparação

A noite caía. Lentamente o sol se recolhia, e uma bela lua cheia se erguia. Luos dirigia-se para o hospital, e toda a pressa do mundo ainda lhe parecia pouco. Saía em disparada pelas ruas, sem ao menos olhar para trás. Pensava nas palavras de Zeobator com certa desconfiança. O fato é que jamais confiara nele, mas nunca fora colocado numa situação desse tipo. Jamais precisara de informações dele para resolver um caso próprio. Quando lhe passava coordenadas, eram de missões com início, meio e fim, e não esse tipo de situação. Seu destino estar sujeito a informações de seu progenitor o deixava ressabiado.

Chegando ao hospital, conforme havia combinado com Joaquim, seguiu a para recepção. O relógio marcava dezoito e trinta. Estava um pouco atrasado, mas ainda possuía tempo. Pediu para visitar Beatriz, e a autorização foi concedida após a assinatura de um formulário.

Caminhou pelos corredores olhando para dentro de todas as salas. Parecia que seu íntimo queria que visse Nina em uma daquelas, com ferimentos leves, mas sã e salva. Um sonho que daria tudo para que fosse real. Enquanto buscava o alento de sua alma, ouviu uma suave voz sussurrando:

— *Luos...*

Olhou para os lados. Conhecia aquela voz. E ao olhar para trás, viu Lili, a menina da biblioteca, parada à frente das escadas.

A garotinha trajava um vestido negro rodado, com babados em filó vermelho preso à barra. Carregava uma bolsa atravessada, e seus cachos loiros caíam sobre a face. Ela sorriu e disparou escada acima. Luos sem titubear a seguiu.

— Ei, Lili! Espere.

A garota continuava a correr degraus acima, e Luos a seguia apenas caminhando rápido. Nas paredes observava com atenção a marcação dos andares, e após segui-la oito andares acima, deparou-se com uma porta de metal, que dava acesso à cobertura. A mesma estava escancarada, o que dizia que Lili havia passado por ali. Luos cruzou pela porta, acessando a laje do prédio onde um emaranhado de fios e antenas decoravam o local. Algumas caixas e equipamentos velhos estavam sob uma pequena cobertura que fora improvisada com lona. Seu olhar atento buscava a misteriosa Lili, e a encontrou brincando de equilibrar-se no beiral do prédio.

— Lili! — disse Luos.

A garota assustou-se e pendeu para fora do prédio, abrindo os braços e balançando-os, tentando restabelecer o equilíbrio. Luos arregalou os olhos, mas suas pernas não o obedeceram. Já temia o pior, quando Lili felizmente conseguiu se equilibrar.

— Ufa! — bufou a menina. — Quer me matar de susto? — esbravejou em seguida.

Luos se aproximou lentamente e pôde observar melhor a garota. Possuía as unhas pintadas de preto. Sua face era enegrecida por uma maquiagem forte para alguém de sua idade. Batom, sombra e lápis de olho, todos negros. Poderia até crer na tentativa de querer ser adulta, o que é comum entre crianças, mas em se tratando de Lili, cogitava inúmeras outras possibilidades.

— O que faz aqui, Lili? — indagou desconfiado.

— Vim te ajudar.

— Me ajudar?

—Vim pedir que não fosse até onde pretende ir.
– Por que eu não iria?
– Porque estou pedindo.

Luos permaneceu olhando para Lili como se dissesse "E daí?". Isso não era um motivo plausível para que não fosse até a cripta.

– É sério, não vá – insistiu.
– Por que você está pedindo? – perguntou Luos.

Lili não gostou da atitude de Luos em diminuí-la. Estava desejando o seu bem. E Luos, sem obter uma resposta, perdeu a paciência e acabou por ser um tanto rude.

—Vamos. Existe algum motivo decente para isso?
– Porque não existe profecia nenhuma lá – disse um tanto brava.
– O quê? Como assim? Este papo já estava estranho, mas você saber sobre isso... É demais. Como sabe disso?
– Digamos que apenas sei.
– Apenas sabe? Chega de conversa, Lili. Já aturei demais os seus mistérios. Quem é você?
– Lili.
– Mais um truque de menina levada, é? – ironizou.
– Não é um truque, e nem sou uma menina levada. Não me trate como criança, Luos – disse com extrema veemência.
– Como devo te tratar? Você aparece e desaparece do nada. Agora chega dizendo que não devo salvar a Nina. Tá pensando que você é quem?

Lili baixou a cabeça. Engoliu em seco as palavras de Luos.

—Você decide seus passos – disse desapontada. – Estou apenas mostrando as direções.

– Sendo assim, agradeço, Lili. Mas vou salvar Nina.
– Entenda uma coisinha. Se alguém precisa ser salvo, esse alguém é você.

— Mas e a Nina?
— Já disse. Eu só aponto direções.
— E quanto à profecia? Onde está então?

A menina sorriu de maneira desanimada e deu um tapinha na bolsa. Luos franziu o cenho incrédulo.

— Está na minha bolsa — disse sem dar muita importância.
— Como?
— Você é surdo?
— Como poderia ter conseguido isso?
— Não importa. Mas está aqui.
— E como posso saber se está dizendo a verdade?
— Eu já li várias vezes. Quer que eu recite um trecho?

Luos ficou olhando para a garota sem ação. Não acreditava que ela pudesse estar falando a verdade. Como essa garota teria uma cópia, ou pior, a própria profecia?

— ...Quando o mundo se afundar no pecado, quando os homens não se respeitarem mais, eis que irá germinar o broto da discórdia. Aquele que irá trazer bem e mal numa só palavra. Aquele que irá se opor aos opostos...

— Isso é a profecia?
— Parte dela. Posso continuar?
— Diga.
— ...Seu surgimento será temido. Por muitos será idolatrado e por muitos outros, odiado... Arrastará multidões ao abismo, onde luz e trevas irão se confrontar. Em seu exército haverá anjos e demônios, e seus inimigos padecerão sob sua espada e sua lança... Por suas mãos dar-se-á o Apocalipse, destacando os setes selos. Quando a última trombeta soar, e as sete taças já tiverem feito seu julgamento, seu reino de chamas estará implantado.

— É assim que acontece? — indaga Luos.

– Assim foi profetizado. Só depende de você que esses acontecimentos sejam concretizados.

– Por que você está me dizendo isso?

– Porque duvidou que eu soubesse. Quero que acredite em mim – disse sem muita esperança. – Quero que entenda que corre perigo indo até lá.

– Lili. Eu vou salvar Nina, não importa o que diga. Enfrentarei anjos, demônios, Ifrits, bruxas, até mesmo Deus se for preciso.

– Não diga besteira.

– Eu vou salvá-la, e nada irá me impedir. Não irei perdê-la, não novamente.

– Não se perde o que não se tem, Luos, e isso também não traria Viviane de volta.

Luos estava pasmo. Suas suspeitas sobre Lili concretizavam-se a cada momento. Ela não poderia ser apenas uma criança comum.

– Como sabe de tudo isso? – indagou.

– Desisto. Lamento que não me escute. E desejo sorte.

Luos baixou a cabeça balançando-a em sinal de desaprovação. Ao erguer os olhos novamente, Lili havia desaparecido. Correu até o beiral e não havia sinal algum de Lili. Estático, ficou olhando os carros passarem para lá e para cá, enquanto refletia sobre o suposto aviso da garotinha. Suas suspeitas eram reais. A menina de aparência angelical era bem mais que uma menina. Não sabia bem o quê, mas não era uma simples criança humana.

Luos desceu as escadas ainda pensando em Lili. Estava preocupado com a garota. Poderia ser uma celestial que estivesse tentando manipulá-lo. Ou um demônio. Não havia como saber por enquanto. Mas iria se empenhar em descobrir assim que Nina estivesse em segurança. Era importante entender a pequena Lili para avaliar seu verdadeiro propósito. Saber quais suas intenções e manter-se seguro ante uma ameaça que ainda não cogitara, mas que agora o punha a meditar.

De volta ao andar onde estavam Beatriz e Benevites, seguiu com cautela para que ninguém percebesse que havia se desviado do caminho e visitado a cobertura. Caminhou até o quarto deles, e ao adentrar deparou-se com Joaquim conversando com Benê, e Beatriz cochilando.

– Boa noite, detetives.

– Boa noite – responderam os dois homens.

– Boa noite, Luos. Pode falar comigo. Não estou dormindo – adiantou-se Beatriz.

– Olá, minha bruxinha favorita. Como está?

– Me acostumando à ideia de ser mortal.

– Não fique pensando nisso. Não é bom pra você.

– Luos!... – disse sorrindo. – Agora que percebi. Que calças são essas?

Sem jeito, o híbrido apenas sorriu desconcertado.

– Peguei emprestadas.

– Calça *skinny*... Que meigo – disse aos risos.

– Menos, Beatriz, menos... Pelo jeito já está boa. Já está até me sacaneando.

– *Estou bem melhor que Benevites* – sussurrou.

Luos assentiu com a cabeça e espiou os detetives por sobre o ombro. Respirou fundo, inflando e desinflando o tórax lentamente. Sentia-se culpado pela situação em que se encontrava o policial. Por mais que ele estivesse caçando-o, era uma pessoa boa. Uma pessoa pela qual Luos criara certa empatia. Ao lembrar-se de Nina, franziu a testa e voltou-se para Beatriz.

– Algum problema, Luos? Conheço essa expressão.

– Não há como mentir para você.

– Sem rodeios. Não precisa me bajular.

— Fui até a casa de Nina, pois estava preocupado com ela depois do encontro com os demônios. E encontrei a casa toda revirada.

— Acha que foram eles?

— Com certeza estão envolvidos, mas isso não é tudo. Além dos vestígios de enxofre, encontrei uma pluma.

— Celestiais?

— É o mais certo. A não ser que ela crie grandes aves albinas em algum canto escondido da residência.

Beatriz sorriu e coçou a cabeça. Era um tanto intrigante a participação de ambos. Mas em se tratando de Luos, tudo era misteriosamente confuso e inexplicavelmente dúbio no que tangia céu e inferno. Ele mesmo era a própria dubiedade em pessoa.

— Zeobator também apareceu.

— Seu pai? O que ele fazia lá?

— Boa pergunta. Ele me deu instruções. Quer que eu vá até um templo onde segundo ele encontrarei a verdadeira Profecia de Manakel. Também disse que irei encontrar Nina lá.

— E o que pretende fazer?

— Ir até lá, mas... Beatriz...

— O que foi?

— Uma coisa me intriga. Essa é uma pergunta que nunca te fiz. Você conhece Lili?

— Quem é essa? Outra meretriz, Luos? — disse sorrindo com expressão de desentendida.

— Não é uma meretriz. É apenas uma...

— Uma o quê?

— Nada.

Jamais havia parado para cogitar isso, mas poderia ser que Beatriz e Lili se conhecessem. Poderia haver um entrelace de ambas numa tentativa de manipulá-lo.

— *Será que estariam envolvidas? Será que estavam brincando com ele?*
Estava tornando-se cada vez mais desconfiado. Ainda mais ante as revelações de Manakel sobre Viviane. Era de se estranhar que de uma hora pra outra Beatriz virasse sua amiga. Fora indicada pela Lili. Conhecia a profecia. Muita coincidência?

Sem contar que ela o levara para aquele galpão cheio de demônios, e eles nada fizeram além de lhe bater e queimá-la. Talvez os ferimentos nem fossem tão graves assim.

— *Não. Ela não seria capaz de ferir a si própria para fazê-lo confiar nela* — pensava. — *Até porque ela já possuía sua confiança sem necessitar de tal dramatização.*

— O que houve, rapaz? Ficou mudo.

— Não, é que me ocorreu algo estranho.

— Divida comigo.

— Farei isso assim que Nina estiver bem.

— Você quer mesmo fazer isso?

— Acha que eu não deveria? — indagou propositalmente para ver se a resposta dela se assemelhava à de Lili.

— Se for pela Nina, até concordo que deva ir, mas em se tratando de você, acho muito arriscado.

— *Ela parecia ser sincera* — afirmava a si mesmo. — *Mas... Também era contra sua ida à cripta.*

— Eu preciso. Não vou deixá-la padecer como Viviane.

— Mas quem irá te salvar?

— Beatriz, irei salvá-la assim como salvei você.

Beatriz não teve o que dizer depois do argumento.

— *Como pedir para ele não ir se assim o fizera para poder salvá-la? Seria muito egoísta de sua parte.*

A jovem olhou para Luos com certo temor no olhar. Os globos de Luos transpareciam chamas de uma convicção que para

ela o levaria à morte. Ele estava realmente disposto a tudo para salvar Nina. Sendo assim, pegou debaixo de seu travesseiro um livro de capa preta e o abriu numa página que já estava marcada.
— O que é isso?
— Ouça, acho que tem a ver com este momento.
— Mas o que é?
— A Bíblia, Luos. Mais precisamente o livro de Salmos. Preste atenção.
— *Esperei com paciência pelo Senhor, e ele se inclinou para mim e ouviu o meu clamor. Também me tirou duma cova de destruição, dum charco de lodo; pôs os meus pés sobre uma rocha, firmou os meus passos.*
Luos ouviu atentamente e depois replicou.
— *O senhor é meu pastor e nada me faltará.*
— Desde quando conhece salmos? — indagou aturdida.
— Desde que assisti à missa mais cedo.
— Missa?
— Pois é!
Luos olhou para Beatriz, que estava em choque. Olhava para ele incrédula.
— Você foi aonde?
— Na missa. E ainda comi aquele negócio que o padre entrega lá no altar.
— Você comeu a hóstia? Você comungou? — disse gargalhando.
— Qual a graça?
— Você numa missa. Comungando e tudo, até em sua inocência você peca.
— Pequei? Como assim?
— Comungar... Ou melhor, comer aquele negócio que você disse, é pecado para quem não é batizado, e que possua outros... Ensinamentos, eu diria. É tipo uma escola de Deus. Você precisa frequentar para poder ter o direito de entrar naquela fila.

– Eu não sabia disso. Pensando bem, deve ser por isso que uma senhora ficou me olhando de cara feia.

–Você deve ter cometido alguma gafe. Mas deixa isso pra lá... Missa?... Só rindo mesmo.

– Preste atenção, Beatriz. Quero que você se cuide, pois se algo der errado lá, virão atrás de você e de Benevites. Fique boa logo e proteja-o. Estou contando com você.

– Mas e você? Como saberei se estará bem?

– Tenha fé, Beatriz. Tenha fé em mim, pois irei superar mais essa.

– Fé? Como ter fé se não estarei lá para ajudá-lo?

Luos baixou a cabeça antes de proferir o que pretendia dizer, e sorriu já sabendo que ela iria se surpreender com suas palavras.

– *Ora, a fé é a certeza de coisas que se esperam, a convicção de fatos que se não veem.*

– Nossa! Você decorou tudo. Vai se tornar um cristão? – brincou.

– São palavras bonitas. Gostei delas, nada mais.

– Gostou e decorou as frases.

– Deixe-me falar com Benevites e Joaquim, pois precisarei da ajuda deles.

–Vai lá, mas venha se despedir de mim antes.

Luos se aproximou do mal-humorado Benevites, e contou o que havia acontecido, omitindo o trecho de que se tratava de um mosteiro. Mesmo não gostando muito da ideia, topou ajudar o híbrido, pois estava preocupado com o bem-estar de Nina, mas só forneceria ajuda se Joaquim pudesse ir junto. Sem escolha, Luos aceitou as condições, mesmo que contrariado.

– Estamos certos então, Luos? – questionou Benê.

– Claro. Onde posso te encontrar, Joaquim?

– Me dê uma hora. Irei até a DP e voltarei com o que for necessário. Encontramo-nos em frente à igreja.

– Certo. Estarei lá.

Joaquim deu as costas para agilizar sua parte do acordo, e logo deu meia-volta pegando uns papéis de sua pasta e estendendo-as em direção a Luos.

– Tome. Leia isso para passar o tempo enquanto vou até a DP.
– O que é isso?
– São manuscritos da Viviane. Pegamos em seu apartamento.
– Você sempre anda com seu arquivo de provas?
– Não. Estas são apenas cópias que eu estava lendo para tentar entender melhor a vítima.

Luos pegou as folhas sem entender a atitude do detetive, mas estava contente em poder saber mais sobre ela. Era algo que iria acalmá-lo e ao mesmo tempo inflamá-lo ante sua nova tarefa.

– Por que está me dando isso?
– Entenda como uma prova de gratidão por tirar aquilo de mim, e por salvar Benevites. Eu jamais me perdoaria por ter matado meu mentor, e isso só não aconteceu porque estava lá.
– Chega, Joaquim! Vai querer condecorá-lo também? – disse Benevites.
– Não, Benevites, mas é que ele...
– Sem sentimentalismos, Joaquim. Ande logo. Nina corre perigo.
– Está certo. Estou indo. Te vejo em uma hora, Luos.

Joaquim saiu apressado, e Luos aproximou-se de Benevites, um tanto desconcertado.

– Sinto muito por tudo. Eu farei o possível para que volte a andar.
– Me poupe de sua pena. Faça aquilo a que é predestinado, e me deixe com meus problemas.
– Joaquim gosta muito de você. O tem como um pai.

– Não possuo filhos. Não mais...

O médico adentrou a enfermaria e solicitou a saída de Luos. O horário de visitas havia expirado. Luos despediu-se de Beatriz com um beijo na testa e se foi.

27

Diário de Viviane, parte 2

Luos saiu do hospital e se dirigiu até o ponto de encontro combinado. Já em frente à igreja, contemplou-a por um instante, e em seguida adentrou o belo e vazio templo de fé, onde sentou-se no último banco. Olhava ao redor meio desconcertado. Ainda não se sentia à vontade naquele lugar. Era como se estivesse na casa de um desconhecido, o tempo todo atento às suas atitudes, travado na tentativa de não cometer atos indevidos.

Para não ficar pensando se era ou não bem-vindo naquele recinto, optou por reaver uma leitura que há muito havia deixado de lado. O caderno de capa marrom talvez ainda possuísse informações valiosas. Mais curiosidades, de certa forma, pois já havia se deparado com ela, e muitas verdades tinham vindo à tona. Viviane. Estava com saudades dela. Era uma companhia muito acalentadora nas noites que passava no Garagen's, sem contar que era uma visão apetitosa. Mas era melhor deixar isso de lado, ou talvez se arrepender de tê-la deixado para trás em sua fuga do céu.

Luos abriu o caderno com pressa. Era melhor iniciar a leitura, pois pensar nisso só traria mais dor. Talvez se acalmasse, talvez entrasse em fúria, mas ainda sim queria descobrir mais sobre ela. Queria saber sobre seus últimos momentos de vida. Aqueles últimos em que fora a Viviane por quem se apaixonara.

– Mais uma vez o destino me apresentou falsas promessas. Ilusões... Como gostaria de vivê-las como se fossem reais.

À minha volta vislumbro um lindo campo de margaridas. O frescor do orvalho matinal e o suave toque das pétalas brancas em minha pele, o perfume delicado das flores alçado pela amena brisa.

Uma perfeita e harmoniosa condição de felicidade, erguida em sonhos desprovidos de razão.

Um simples piscar de olhos é o suficiente para revelar o que não queria ver.

O céu jamais foi azul para mim.

O campo verdejante não passa de uma latrina imunda.

O toque úmido que imaginei ser orvalho não passa de sangue. Sangue das pessoas que toco, sangue das coisas que destruo... Meu próprio sangue esvaindo-se por minhas feridas e trazendo o frio que achava ser a brisa amena, mas não passava do calor da vida.

※ ※ ※

Por quê?

...Essa simples pergunta me consome dia após dia.

Se eu pudesse responder os porquês de minha existência, poderia torná-la menos dolorosa. Na verdade creio que todos gostariam de possuir tal dom.

Existem certos porquês que nem me daria o luxo de utilizar o dom em vão, pois as respostas seriam óbvias.

Por que sou tão sozinha?

Por que construí muros ao invés de pontes?

Por que sou tão triste?

Por que guardei as dores só para mim?

Por que sou tão fraca?

Por que há muito sequer possuo força de vontade?

Por que sou tão incompetente?
Por que deixei de lutar por meus ideais?
Por que sou tão incompreendida?
Por que não falo com palavras, apenas com gestos?
Por que ele não me ama?
Por que todos esses adjetivos pessimistas acima citados não passam de um prefácio de minha repugnante existência?
Sabendo de tudo isso, por que me mantenho viva?
Esta, somente possuindo o dom dos porquês para responder.

❈ ❈ ❈

As lágrimas que escorrem por minha face não passam da rotina de dor em que minha vida se transformou, ou melhor, sempre foi.
O aperto em meu peito já tornou-se constante. Sequer consigo dormir se não for ao som de meus soluços e contrações choramingonas.
Não quero mais ter o desprazer de abrir os olhos todo dia e encarar essa face ante o espelho.
Me ver em reflexo é um martírio que não sei se posso suportar.
Tudo ao meu redor se transforma, até as linhas de expressão começam a se acumular, mas minha vida, nada.
Estagnada, atravancada, destruída, descontrolada, improdutiva, vegetativa.
Vegetativa. É isso! Essa é a correta definição.
Não como, faço companhia à mesa.
Não durmo, faço parte da noite.
Não respiro, apenas contribuo na emissão de CO^2.
Não vivo, vejo os outros viverem.
Ser espectadora é meu hobby.
Figuração é minha função.
Sofrer é minha sina.

❊ ❊ ❊

Hoje conversei um pouco com uma colega que não via há bastante tempo, e percebi que minhas frustrações também estendem-se a ela.

Não que nossos problemas sejam os mesmos, mas nosso sofrimento se iguala em diversas situações.

Ela me disse que chegou a ficar internada, e fora posta em coma induzido devido a uma tentativa de suicídio. Não sei bem o que senti. Certos momentos era apenas pena, mas em outros, inveja. Inveja por não possuir coragem para me privar desta agonia.

Será que eu seria tão forte quanto ela para resistir ao coquetel de drogas?

Após falhar, será que eu teria coragem de tentar novamente? Ela teve. Cortou os próprios pulsos e ficou internada novamente.

E como da primeira vez, sobreviveu.

Numa terceira tentativa, entrou na frente de um ônibus numa rodovia, e foi atropelada.

Acha que ela morreu? Não, no máximo foi presenteada com uma cadeira de rodas, e com o acompanhamento de um psicólogo.

Será isso uma ironia do destino? Ou o próprio destino intensificando o sofrimento dela?

Será que algum dia serei presenteada com uma morte rápida?

Ou receberei uma morte tão dolente quanto minha vida é?

❊ ❊ ❊

Chuva, chuva cai e a ventania
Transforma meu desejo em agonia
O tempo não se faz o meu amigo
A dor se transformou no meu abrigo
Pra onde o vento me levar, vou indo

E assim eu vou seguindo o meu destino
Olhar para o céu é ver como me sinto
Vazia, fria, eterno labirinto
Choro até minhas lágrimas secarem
Vejo-te em todos os lugares
Reflito por que me abandonaste
E vejo que nunca me deixaste
Só se perde o que tivemos um dia
E você. Só tive em fantasias
Sonhos, devaneios de loucura
Louca de amor, cheia de dor… Por culpa sua!

❄ ❄ ❄

Hoje vi uma frase muito interessante e um pouco deprimente. A frase é do gênio Albert Einstein, é algo mais ou menos assim:

"Temos o destino que merecemos. O nosso destino está de acordo com os nossos méritos."

Este é o destino que mereço?

Este é o espelho de meus méritos?

Não que eu seja um exemplo de pessoa, mas o que fiz de tão errado para que o mundo inteiro desabasse sobre mim?

Não conheci meu pai, perdi minha mãe ainda jovem, não possuo irmãos e nem amigos. Sou uma solitária que vive fazendo bicos na vida de terceiros.

Minha vida se resume a pequenos trechos da vida dos outros.

Meus momentos de felicidade não passam da alegria que senti pela conquista de pessoas que sequer conheço. Assisto às suas conversas no bar e me alegro com a alegria delas.

Por que me tornei isso?

Por que não sinto mais a vida fluir em minhas artérias?

É como se meu coração não batesse mais. É algo como subsistir apenas para um propósito. Propósito este que ainda não descobri.

❈ ❈ ❈

...Não há como defini-lo.
Nem a estrela mais brilhante possui brilho que ofusque o seu.
Nem mesmo o astro maior possui tal audácia ou tal grandiosidade.
É como uma rápida e oportuna chuva que vem para refrescar as quentes tardes de verão.
É como o ameno sol matinal que vem para aquecer uma fria manhã de inverno.
Possui o perfume de uma flor rara.
Possui a beleza de uma joia cara.
Ostenta o poder de persuadir com uma simples palavra, e tudo isso a seu bel-prazer.
Carrega a ternura e a sinceridade de um anjo.
Pode até não possuir asas, mas se as tivesse, faria questão de me carregar.
Você é tudo isso, e ainda assim pode ser resumido em uma simples palavra. Amor. Ou melhor, duas palavras.
Amor eterno!

❈ ❈ ❈

Deus... Oh Deus! Por que me abandonou?
Por que me jogou aos ratos?
Por que me trata como o resto dos restos?
Por que não me ouve?
Por que não me vê?
Por quê?... Pra quê?... O quê?...

O que sou?... O que fui?... O que serei?
Não há respostas. Não há definições.
Não há vida.
Se não vivo, por que me importo?
Se eu morrer, não vão perceber.
Então que seja feita a Sua vontade, assim na terra como no céu.
Perdoai os meus pecados, que são muitos, e virão mais.
Não me deixe cair em tentação, ou melhor, remova-as de minha vida.
Me livre do mal.
Me livre de mim.

❊ ❊ ❊

Eu desisto! Desisto de tudo.
Não posso mais... Não quero mais.
É torturante esta sensação de impotência.
É flagelante sentir que tudo que se quer é inalcançável.
Se quero o peixe, não possuo rede.
Se quero a ave, não possuo estilingue.
Se quero a fruta, não possuo escada.
Me falta tudo.
Me sobra nada.
Não possuo os meios, e se os possuísse talvez me faltasse a habilidade.
Mas também não me carece saber tudo, pois não interfiro em nada.
Se interferisse, não faria diferença.
Se fizesse diferença, não seria notada.
Se fosse notada, não dariam importância.
Se dessem importância, seria porque errei.

Se errei, é por que não me ensinaram.
Não me ensinaram, porque não vale à pena.
Não vale à pena, porque não sou nada.
Se não sou nada, por que quero tudo?

28

A invasão

Quase duas horas se passaram, e nenhum sinal de Joaquim. Luos já havia devorado os manuscritos por duas vezes. E estava quase fazendo-o pela terceira, o que fazia seu coração palpitar de ódio em pensar que uma pessoa tão boa e tão massacrada pela vida tivesse um final tão trágico. Pensar nela era inflamar-se contra seus adversários. Era testar o lema de Zeobator.

– *A dor alimenta a fúria!*

Mais uma vez essa frase seria colocada em prática. Assim como foi com os motoqueiros, haveria de ser com aqueles que ousaram tocar em Nina. Um simbolismo de vingança por Viviane, e uma real retaliação por Nina.

– Luos! – ecoou a voz de Joaquim.

Olhando para trás, o jovem avistou um veículo negro de vidros igualmente escuros, que possuía os faróis apagados. Não era de seu interesse ser identificado, e não seriam, pois não sobraria ninguém. Pelo menos esse era o intuito de Luos. Faltava apenas fazer com que Joaquim entendesse que isso era necessário.

– Tudo bem, Joaquim? – disse Luos ao se aproximar. – Conseguiu tudo?

– Tudo beleza, meu caro. As ferramentas estão na mala. É só partirmos para o trabalho.

– Ótimo.

Dada a partida, seguiram para o endereço. Alguns minutos depois estavam em frente ao alvo. Reduziram as rotações do motor e passaram com calma analisando o local, e dobrando à esquerda, seguiram para uma rua lateral, onde estacionaram o veículo estrategicamente. Joaquim desceu e foi até a mala, de onde tirou uma bolsa de couro.

– Luos. O que prefere?... Pistolas, ou algo mais violento? – disse erguendo um calibre 12.

– Prefiro as pistolas, são mais ágeis.

– Então pegue estas duas – disse entregando duas pistolas pretas.

– Essas armas são da polícia?

– Não exatamente – disse sorrindo. – Tirei do armazém de provas. São armas apreendidas, não poderão ser rastreadas.

– Pelo jeito não pretende levar ninguém preso hoje, detetive.

– Só eu sei do que são capazes. Não pretendo servir de moradia pra eles novamente.

– Vamos acabar com todos e tirar a Nina de lá – disse Luos.

Joaquim vestiu um colete à prova de balas e deu outro para Luos, que ficou parado olhando para o colete sem ao menos saber por onde começar. O detetive sorriu e ajudou o principiante. Já vestido, carregou suas pistolas e pegou cartuchos reservas. Colocou duas facas na cintura e ficou esperando Joaquim concluir sua preparação um tanto mais elaborada.

Calibre 12 à mão e 38 à cintura. Duas granadas também eram fixadas ao cinto, sendo uma de gás de efeito moral e outra de luz. Revirou um pouco mais a bolsa e puxou duas HK5. Olhou para Luos e percebeu que o mesmo estava atraído pelas armas, e assim entregou-as a ele, que as atravessou no ombro, deixando que pendessem em suas costas. Joaquim olhou para a bolsa e as substituiu por duas 9mm, que colocou presas nas costas, presas ao cinto, e cobertas pela camisa.

– Pronto! – disse Joaquim.
– Parece que vamos para guerra – disse Luos.
– E não vamos?
– Nem sei se encontraremos tanta resistência assim.
– Mas pretende esperar por resistência? É entrar, atirar, resgatar e sair – disse Joaquim.
– Você daria um ótimo parceiro, Joaquim. Faz meu estilo – disse com sorriso no rosto.
– Não pense que é sempre assim – disse fechando a mala.
– E como é então?
– Bem mais difícil. Tem todo um protocolo. Temos que imobilizar o suspeito, ler os seus direitos, além de levá-lo são e salvo... Tudo muito chato. Mas vamos lá!

Carro fechado, armas preparadas e os novos parceiros começaram a rodear os altos muros da edificação em sentido horário, de leste a sul. Chegando próximo à esquina, atravessaram a rua até um amontoado de lixo que estava do outro lado, bem em frente à entrada do templo. Um portão com barras de ferro espessas garantia a segurança do local, bem como duas câmeras, para que toda a frente fosse vigiada.

– Merda. Não contava com câmeras. Não sabia que o local estaria tão bem guardado. Tem certeza que é aqui, Luos?
– Sim. Não se deixe enganar pelas aparências – disse Luos. – Fique atento, pois eles com certeza estão.

Em seguida os portões se abriram como um presente para os invasores, que se entreolharam na expectativa da invasão ocorrer a qualquer instante. Excitados pela possibilidade, aguardavam ansiosos para ver quem deixaria a edificação, e foram surpreendidos por cinco homens de terno negro que espreitavam com suas pistolas engatilhadas. Pelo jeito haviam perdido o fator surpresa e teriam de iniciar o tiroteio mais cedo.

– Tenho uma ideia – disse Joaquim se esgueirando por trás de uma lixeira.

– Eles sabem onde estamos – sussurrou Luos.

Joaquim pegou uma pedra no chão e lançou-a em direção a umas latas metálicas. Os homens, com todo seu treinamento, não caíram nessa distração infantil, contudo, dois deles foram averiguar o barulho. Joaquim, nada satisfeito, tentou um plano B. Pegou uma granada no cinto, destravou-a e aguardou por um momento antes de lançar. Quando julgou ser suficiente, lançou-a ao ar e gritou para chamar atenção dos homens.

A granada estourou em pleno voo, emanando sua luz ofuscante. Os homens não pensaram duas vezes. Mesmo ofuscados, dispararam sem qualquer cautela contra os invasores. Privados de sua visão, se tornaram alvos fáceis e foram abatidos como tal. Cinco tiros, cinco quedas, cinco corpos.

– Menos cinco – disse Luos.

– O lugar está bem protegido. Não acha?

– Mais do que eu esperava – confirmou Luos. – Vamos prosseguir – disse Luos tomando as HKs em mãos.

A dupla seguiu até o portão e adentrou o hall principal, onde mais três seguranças os espreitavam. Luos derrubou dois com rajadas de HK, e o terceiro foi derrubado pelo 38 de Joaquim. Luos gesticulou, e Joaquim correu até a porta, parando ao lado da mesma. Luos aproximou-se e postou-se do outro lado da porta. Aguardaram um momento e seguiram.

Cruzando a porta do hall, chegaram a um grande pátio, e de uma porta lateral a oeste, mais dois homens surgiram, e Joaquim se encarregou destes. Mais dois tiros, e outros dois homens estavam no chão.

A calmaria parecia ter se instalado no local. Para um mosteiro, havia poucos residentes. Na verdade, nenhum fora visto até o momento. Apenas os seguranças apareceram para dar as boas vindas. Sinal de que talvez a fachada de mosteiro fosse apenas um disfarce.

Luos seguiu com os ouvidos atentos, observava todo o pátio. Ao redor, um jardim bem cuidado, e algumas imagens de anjos em meio aos canteiros verdejantes.

Os homens se olhavam enquanto averiguavam o pátio. Circulavam em meio às plantas e por trás das estátuas. Sem sinal de companhia. Estavam a sós. O híbrido então seguiu até o extremo norte do pátio e parou ao lado de uma porta de madeira. Joaquim adentrou com a cobertura de seu parceiro, e logo foi seguido. O local parecia ser uma espécie de capela, onde um pequeno altar possuía uma bíblia num pedestal de mármore. Seguiram até alcançarem uma porta a nordeste, por onde saíram num corredor curto que os levou a outro pátio aos fundos da capela.

– Está tudo muito tranquilo, não acha? – indagou Joaquim.
– Pela recepção calorosa, deveriam ter mais seguranças.
– Concordo.
– Vamos continuar. Ela deve estar numa espécie de cripta.
– Como tem tanta certeza?
– Um informante.
– Informante? – disse Joaquim, pegando Luos pelo braço. – Desde quando possui um informante?
– Desde que decidi vir aqui.
– E quando pretendia contar suas informações privilegiadas? Afinal, somos parceiros nessa.
– Não acreditaria.
– Você sequer tentou.
– Acreditaria que uma sombra me contou isso?
– Uma sombra? – indagou descrente.
– Pois é.

– Tem certeza, Luos?... Não está armando algo, está?
– Aqui não é local para duvidarmos um do outro.
– É local para quê, então?

Um crepitar misterioso repercutiu aos seus ouvidos. Em seguida uma luz branca emanou ao sul do pátio. Protegendo os olhos com as costas das mãos, Joaquim tentava discernir o que estava acontecendo. A luz foi abrandando e calmamente dando contornos a uma criatura humanoide com um par de majestosas asas.

Joaquim se abismou imediatamente após visualizar aquele ser. Possuía cabelos negros curtos e uma pele morena jambo. Seus olhos demonstravam certa agressividade, e seus punhos cerrados deixavam claro que estava pronto a explodir. Sem contar aquele par de asas alvejadas.

– É um anjo?... – indagou a Luos. – Então está tudo bem – sorriu Joaquim.

– Não é bem assim, detetive. Contenha-se.

– Não. Contenha-se você. Ele está aqui para livrar-nos dos demônios.

Joaquim sorria deliberadamente enquanto caminhava em direção ao celestial.

– Não, Joaquim, isso pode ser perigoso – alertou Luos.

– Como ousam entrar em nosso templo atirando para todos os lados? – entoou o celestial firmemente.

–Viemos em busca de Nina – disse o detetive com ar de que tudo estaria resolvido. – Pode nos ajudar?

O celestial deixou o canto da boca se curvar num sorriso cético.

–Você veio para nos...

Antes que o detetive concluísse, o celestial, num gesto de espalmar sua mão, lançou Joaquim longe.

– Calado, humano. Você sequer deveria estar aqui.

Joaquim, ainda caído, ficou olhando com os olhos esbugalhados na direção do anjo. Estava assustado, pois parecia ter sido golpeado fortemente sem ao menos o anjo tocar nele.

– Só queremos nossa amiga e iremos embora. Nos dê Nina e não incomodaremos mais – pediu Luos.

– Nina? – disse o celestial incrédulo. – Vocês só podem estar brincando – disse aos risos.

Joaquim ergueu-se e disparou seu calibre 12 contra o celestial, que sequer se moveu. Joaquim disparou outra vez enquanto caminhava na direção do celestial, e ao disparar pela terceira vez, o celestial voou em sua direção na velocidade de um raio e tomou-o pela garganta.

– Acha mesmo que isso irá me ferir? Sou um celestial, seu amontoado de carne e pelos. Sou um ser sagrado, e não um pecador como você.

– Solte-o, Yeiazel – disse uma doce voz.

– Não acredito – disse arregalando os olhos.

– É você mesma?

– Sim, Yeiazel. Eu mesma.

– Ainda ousa caminhar por aí? Achei que estivesse queimando até os ossos, junto dos de sua laia.

Luos rodeou, procurou um ângulo melhor e chocou-se ao ver Lili imobilizando o celestial com a Lança do Destino, que era pressionada contra seu dorso.

– Solte-o, ou serei obrigada a isso.

– Você não faria isso. Não quer ter uma dúzia de celestiais te caçando.

– É uma ameaça?

– Um aviso entre...

– Cale-se, Yeiazel. Essa sua língua sempre lhe causou problemas, e ainda causará seu fim se não guardá-la na boca.

—Vai me matar? É isso que vai fazer?
— Não. Vou te expulsar.

Lili encostou a mão no celestial, e o mesmo gritou enquanto desvanecia-se em meio a uma intensa luz. A pequena garota olhou para Luos e ergueu a lâmina em sua direção.

— Reconhece?

Luos sorriu de maneira hostil.

— Acho que isso me pertence.
— Por hora — disse Lili, jogando a lâmina para o híbrido. — Pegue, irá precisar.

Luos pegou a arma sem entender por quê estava sendo presenteado. Afinal, o que Lili queria?

Depois do encontro no hospital, achava que a garota havia partido sem retorno, mas novamente estava ali. Ajudando-o.

— O que quer com isso?
— Te ajudar. Como sempre fiz. Já que não me ouviu, irá precisar disso.
— Como sabe que irei precisar?
— Irá até o fim, não importa o que eu diga.
— Quem é você, afinal?
— Uma amiga, já disse.

Luos perguntava-se até onde essa amizade seria real. Não havia visto amizades que não dispusessem interesses por trás de tudo. A vida era um jogo de trocas, sempre fora assim para ele, e não acreditaria que seria diferente agora.

— Vá, Luos. Resolva logo isso. O que você quer está atrás daquela porta.
— Antes queria saber como fez para destruir o celestial daquele jeito.
— Eu não o destruí. Apenas o mandei para longe.
— Como?
— É um antigo feitiço. Sobreviva, e quem sabe eu te ensino um dia.

— Me faça um favor, leve Joaquim daqui. Se irei precisar desta arma, significa que será perigoso para ele.

— Não vou tirar ninguém. Ele veio sozinho, então que vá da mesma forma.

A garota desapareceu diante os olhos de Luos, e Joaquim assentiu com a cabeça.

— Eu já entendi. Vou te esperar no carro. Não demore.

— Pretendo não demorar.

Joaquim seguiu para o carro enquanto Luos livrava-se do colete e das armas. Não precisaria daquilo, apenas da lâmina em sua mão. Apertou o punho e seguiu em direção à porta da cripta. O que quer o aguardasse do outro lado, iria pagar caro.

— Luos! — gritaram dois nefilins às suas costas.

— Vocês não desistem?

— Não entre aí.

— Vocês irão me impedir?

— Não estamos aqui para isso — disse um nefilim.

— Não faça isso, Luos. Somos seguidores de Gabriel — disse o segundo.

— Seguidores de Gabriel? Enfim o céu mandou ajuda.

— Também não é para isso que viemos. Gabriel desaprova essa conduta. E Manakel pediu que desistisse dessa loucura.

— Irá morrer se passar por aquela porta, e não poderemos fazer nada para ajudá-lo.

— Onde estavam Manakel e Gabriel quando capturaram Nina? Onde estavam eles quando privaram Benevites dos movimentos de suas pernas?

— Não faça isso, Luos.

— Diga a Gabriel que não estou nem aí para as aprovações.

— Luos, por favor.

— E diga a Manakel que me tirar do céu para lançar-me neste caldeirão de desgraças não foi lá a atitude que esperava dele.

Luos abriu a porta adornada da cripta e espiou por sobre o ombro os nefilins desaparecerem às suas costas. Nada mais estava entre ele e Nina. Adentrou o ambiente para resolver aquilo de uma vez por todas. Estava para começar a batalha final. Desta vez não se afastaria de seu destino. Iria destruir todos que se opusessem a ele. Fossem eles celestiais ou abissais.

29

A cripta

A porta se abriu. Já não havia barreiras entre Luos e seu objetivo. A redoma de concreto seria o ponto final daquela jornada. Onde acertaria as contas com seus inimigos, quaisquer que fossem estes. Pois somente assim poderia iniciar uma nova fase. Livre de culpas. Sem peso sobre os ombros, sem sujeira na alma.

A cripta na qual se encontrava estava em total penumbra. Todo seu perímetro era circulado por velas, que emanavam sua quente e alaranjada luminescência. Diversas pinturas ilustravam o teto abobadado azul-claro, que mais parecia um céu, com anjos e nuvens se espalhando aleatoriamente. No lado oposto à entrada, uma mulher de cabelos castanhos aguardava de costas. Uma intensa luz emanou dela, fazendo com que um par de alvas asas brotasse de suas costas. Luos também se metamorfoseou em sua habitual e crepitante transformação, deixando faíscas e fumaça no ar. Apertou o punho em sua arma e se pôs em posição de combate. Era hora de acertar as contas.

– Onde está Nina? O que fizeram com ela?

– Não pensei que viesse até aqui. Não achei que arriscaria tanto.

– Faria tudo para não vê-la sucumbir, ainda mais perante uma celestial que deveria estar aqui para protegê-la.

A mulher apenas sorriu.

— Achei que Yeiazel me pouparia deste encontro — disse se virando para confrontar Luos nos olhos, fazendo com que o coração dele parasse de bater.

Era como se uma adaga o atravessasse naquele instante. A celestial que se preparara para matar era Nina.

Sem palavras, sem ações, sem forças. Assim estava diante do que para ele era a maior traição que poderia lhe acontecer. Deitou-se com o inimigo sem ao menos imaginar que estava sendo usado. Sentia-se fraco, tolo, ingênuo. Tais palavras eram pouco para descrever a sensação de derrota daquele instante.

— Não me olhe assim. Tentei evitar isso, mas não foi possível — disse com pesar na voz.

— Tentou evitar? — replicou em tom alterado.

— Sim. Pedi a Yeiazel para tirá-lo daqui. Não queria ter que confrontá-lo — justificou-se mantendo a serenidade.

— Me confrontar? Eu vim para salvá-la, e é com isso que me deparo?

— Eu não queria, Luos, mas tive ordens expressas. Camael o quer mais que tudo. Ainda mais após abater duas Potências em sua fuga.

— E você está incumbida de me levar de volta.

— Sim — disse baixando a cabeça.

Luos sentiu sua mão tremular no cabo de sua arma.

— Não foi uma pergunta. Foi um desabafo — disse tentando conter-se.

Nina ergueu o olhar novamente, parecia decepcionada, mas ao mesmo tempo determinada.

— Eu não quero fazer isso, Luos.

— Há muitas coisas que não quis fazer também, mas fui obrigado. Mas esta não será uma delas — disse, pondo-se em instância ofensiva.

— Não é isso que quer, Luos. Não quer me confrontar.
— Vim eliminar o que levou a Nina, e é isso que irei fazer.
— Tem certeza? Pois isso não a trará de volta.
— Então que ela morra.
— Deseja verdadeiramente isso?
— Mais do que tudo.

Nina respirou fundo e inflou o tórax enquanto sacava sua lâmina sagrada. A batalha estava para começar, Luos estava frente a frente com o inimigo, e não hesitaria. Não desta vez. Se não fosse por Nina, que fosse por Viviane, mas hoje alguém iria pagar.

Luos não hesitou mais, partiu ao embate. Desferia golpes que ilustravam toda a fúria que há muito fora reprimida. Algo que não fora expresso anteriormente. Dessa vez era diferente. Não se tratava apenas de vingança, mas também de honra, e queria lavar a sua a todo custo.

A lança do destino, outrora improvisada, cortava o ar como o machado de um lenhador, extremamente voraz. Nina apenas se defendia, enquanto Luos sequer pensava em parar.

— Facilite as coisas, Luos, se entregue. E prometo que irei ajudá-lo. Preciso levá-lo, não era para Gabriel te libertar, isso acarretou uma enorme briga entre ele e Camael.

— E o que eu tenho com isso? Tiraram-me de Viviane e me lançaram à Terra contra minha vontade. Pra quê?

Nina empurrou Luos para trás, gerando um breve hiato no combate.

— Não sei, mas as coisas não precisam terminar assim.

— E você, Nina ou sei lá qual seu nome verdadeiro, as coisas precisavam terminar daquela maneira?

— Não era para nada disso ter acontecido. Mas... Aconteceu — tentou amenizar Nina, porém o breve cessar-fogo extinguiu-se.

Luos não desistia, avançava sobre Nina como um animal faminto em direção à presa. E a celestial já havia recuado o máximo que podia. Estava encurralada, quando enfim golpeou Luos com um chute que o afastou dela. Parado por um instante, Luos respirava de maneira descompassada. De certa forma, não era aquilo que queria, mas as coisas se encaminharam de tal maneira que o embate se tornou inevitável. Era fato que fora usado, e calar-se seria como fraquejar. E isso ele não faria. Poderia estar sendo orgulhoso, mas orgulho era uma das poucas coisas que ainda lhe restavam, e se fosse para morrer, que morresse com o seu intacto.

– Tenho que confessar. Não queria que terminasse assim. Achei que desta vez seria diferente.

– Mas é diferente.

– Diferente o quê? Viviane era uma celestial, foi um instrumento usado por vocês para me manipular.

– Não foi assim.

– Não satisfeitos, mandaram você. Fria, calculista, manipuladora. E eu embarquei novamente neste conto de fadas.

– Não diga isso. O que aconteceu naquela noite foi real.

– Só se for pra você. Pois pra mim foi encenação. Não consigo imaginar que uma celestial se sujeite a deitar-se com alguém por interesse. Depois nós que somos os disseminadores de pecado.

– Não blasfeme, impuro. Não fiz com você nada que tenha feito com as dezenas de mulheres que fizeram rodízio em sua cama.

– Elas sabiam o que esperar de mim, sempre. Não mentia para elas.

– E quanto a Yumi, disse a verdade a ela?

–Você não tem o direito! – disse inflamando-se novamente e investindo contra a celestial.

Dessa vez, Luos obteve seu primeiro sucesso ao acertar o braço direito de Nina. Aproveitando-se do momento, atacou-a por mais duas vezes, braço esquerdo e pernas, deixando-a desestabilizada o suficiente para lhe aplicar uma rasteira.

Nina foi de costas ao chão, e Luos apontou a espada, outrora lança, na garganta da celestial. A Lança do Destino. A arma capaz de evaporar celestiais estava a ponto de findar com mais um ser divino. O destino dela estava em suas mãos. Apenas o seu julgamento definiria aquela sentença.

— Parabéns, meu filho — ecoou uma fantasmagórica voz.

Em seguida, as diversas sombras provocadas pelas velas que pendiam ao redor das paredes tremularam e começaram a se unir no centro da cripta. A escuridão parecia ser sugada para o centro da sala, acumulando-se conforme se erguiam do chão, dando forma a uma criatura humanoide com grandes asas negras. Uma criatura alada feita apenas de sombras. Zeobator acabava de se consolidar em sua forma etérea.

— Vamos lá. Termine o que começou — ordenou.

— Você sabia de tudo isso, Zeobator?

— Certa parte, sim.

— Não existe nenhuma profecia aqui, estou certo?

— Certo e errado.

— Que diabos estou fazendo aqui?

— O que deveria ter feito há algum tempo. Não quero que padeça do mesmo mal que padeci.

— Não sou você, Zeobator.

— Mas está cometendo os mesmos erros. Não é para isso que nasceu. Siga seu destino. Encare sua verdadeira natureza.

— Onde está a maldita profecia a que vim?

— Não se engane, e nem tente me enganar. Veio aqui por causa da garota.

– Existe ou não uma profecia guardada neste lugar?
– Não há profecias físicas aqui. Apenas profecias de aprendizado. Está aqui para aprender a lição que tive que aprender sozinho.
– Não há nada que me ensine que não me leve às ruínas. Seus ensinamentos são veneno em minha mente. Sua falsa preocupação não passa de interesse.
– Claro que me interesso por você. É meu sangue, Luos. Ainda que possua o sangue deles na veia, é o meu que o levará à glória.
– Não existe glória sem luta, Zeobator.
– É por isso que está aqui. Lute e encontrará a sua glória.

Luos olhava para Nina, que sequer esboçava qualquer reação. Esperava que seu destino fosse decidido, e parecia estar feliz, independentemente da sentença a que esse julgamento a levasse. Sua mão tremia ao cabo da espada, sentia uma força invisível que o impedia de concluir o objetivo da visita à cripta. Por mais que o ódio estivesse aflorando e o encaminhasse a isso, o que havia em seu coração o impedia. Matá-la era como matar Viviane. Salvá-la era como salvar Viviane. A comparação era inevitável, por mais que a possível dor da perda de Nina jamais se equiparasse à de Viviane, não podia fazer aquilo. Não a sacrificaria daquela forma. Não conseguiria.

– O que está esperando? Acabe com ela.

Luos olhou para Nina e seus braços fraquejaram. Não podia e não queria. Não daquela maneira, não naquele momento.

– Eu sabia que você não o faria. Já esperava por isso.
– Se sabia que eu não o faria, por que nada fez para me forçar a fazê-lo? Onde estão as cartas malévolas do poderoso Zeobator?
– Não me tente, Luos.
– Vamos! Não é o senhor das artimanhas? Eu sou e sempre serei o seu calo, papai. Sabe por quê?
– Por quê, Luos? – ironizou Zeobator.

– Porque não pode me controlar. Pode me ferir, me induzir, me prender, mas jamais irá me controlar.

– Adoro isso. Você é bastante corajoso, filho. Mesmo diante desta situação, ainda me provoca. Mas cuidado com os seus desejos.

– Quem deve ter cuidado é você, papai.

– É exatamente isso que adoro em você, meu filho. Estes seus pensamentos maléficos habitam sua mente. Quer queira, quer não, eles estão aí. E o melhor de tudo é que não preciso controlá-lo. Só preciso dar o estímulo correto, e eu já havia preparado um especial para esta oportunidade.

Luos não entendeu o que Zeobator estava tramando. – *Será que realmente possuía algo para barganhar?*

Estava tranquilo e confiante demais para quem estava sendo insultado daquela forma. Não costumava agir assim, a não ser que estivesse com o jogo na mão.

– Como eu disse. Você veio pela garota, e será por ela que irá fraquejar. Entrem! – gritou Zeobator.

Dois homens adentraram a cripta arrastando uma mulher bastante ferida pelos braços. Seu corpo esguio e suas roupas sujas e rasgadas deixavam claro que estava havia muito sob o poder de Zeobator. Novamente o calor deixou o corpo de Luos, não queria acreditar que via aquilo, e quando o capuz negro foi removido da cabeça da refém, seus temores tomaram formas reais. Yumi estava ali. Em farrapos. E Luos diante dela na forma que havia muito escondia na tentativa de poupá-la da verdade caótica a qual era sua existência. Os olhos da jovem arregalaram-se com a aterradora aparência de seu antigo amante. Uma lágrima escorreu por sua face enquanto seus lábios rachados tremulavam.

– Yumi... Você está bem?

A oriental estava muda. Não possuía voz. Por mais que mexesse a boca, nenhum som saía. Por fim, apenas balançou a cabeça positivamente.

Mesmo dizendo estar bem, era evidente sua condição debilitada. Deveria estar em poder dos nefilins havia bastante tempo. Tempo suficiente para que lhe conferissem um mal que jamais iria esquecer.

— Como ousou fazer isso?

— É isso que fazemos. Vamos ao extremo se for necessário, mas sempre obtemos o sucesso. Não importa a que custo.

Luos caminhou na direção de Yumi, e um dos nefilins rapidamente apontou uma arma para sua cabeça.

— Luos. Você deve matá-la. Ela estava aqui para prendê-lo. Te usou o tempo todo — incitava Zeobator.

— Eu não posso.

— Faça sua escolha, Luos. Irá mesmo sacrificar Yumi por essa traidora?

Luos olhou para trás e Nina continuava caída, digerindo toda aquela situação. Voltou-se para encarar Yumi. Sentia-se culpado novamente. Sempre era por sua culpa. Assim aconteceu com Viviane, Bianca, Nádia.

— *Por quê?*

— O que você fez com ela este tempo todo? — indagou Luos referindo-se a Yumi.

— Eu? Nada. Já meus nefilins...

— Seu desgraçado!

Luos correu em direção a seu pai, desferindo um furioso golpe que atravessou Zeobator.

— Sou uma sombra, seu idiota. Não pode me causar dano. Além do mais, acalme-se. Ela não fez nada a que já não estivesse habituada.

Luos atacou por mais duas vezes, apenas para descarregar sua raiva.

—Você irá pagar, Zeobator. E pagar caro.

—Vamos, Luos. Chega de papo. Mate esta miserável e salve sua prezada Yumi.

Nina arremessou oportunamente sua lâmina no nefilim que portava a arma de fogo, e Luos saltou contra o segundo, cravando a lâmina em seu tórax. Não esperava por aquilo, mas fora uma atitude louvável de Nina. Em seguida, seguiu até Yumi, que deu alguns passos para trás num ato de receio. Suas pernas fracas e vacilantes a levaram ao chão.

– Não tema. Estou aqui para ajudá-la. Não sou o que minha aparência expressa.

– O que é, então?

– É uma longa história, Yumi. Por hora só peço que me perdoe. Perdoe-me por tudo. Nunca quis que sofresse, mas agora acho que entende por que me afastei de você.

– Não precisa se desculpar. Existem feridas que irão doer para sempre. Não importa o remédio que use.

Luos engoliu em seco o desabafo de Yumi. Merecia ouvir aquelas palavras. Na verdade muito mais que somente palavras. Merecia desprezo, dor física, pois a psíquica já corroía sua mente, sangrava sua alma. Respirou fundo e ergueu-se novamente. Pegou a espada de Nina e jogou para a celestial.

– Agora vamos decidir isso de uma forma honrada. Lute comigo, e que o melhor vença.

– Não vou lutar com você, Luos.

– Saiba que, se tiver que escolher, escolheria Yumi. Então seria obrigado a te matar.

– Lutar seria desvantagem para você. Terá outros adversários que acabaram de chegar.

— Quem chegou?

— Não sei, mas sinto a presença de outros três celestiais. Mas creio que um deles seja Manakel.

— Chega de papo, vamos terminar logo com isso. Acabaremos antes mesmo que cheguem até nós.

Luos não esperou mais. Voou ao encontro de Nina. Enquanto suas negras asas batiam impulsionando-o ao encontro da celestial, a porta da cripta se abriu. Nina desta vez não hesitou e golpeou-o. As espadas projetaram-se simultaneamente, chocando-se no ar, e logo após o choque, Luos pousou sobre Nina, colocando a lâmina em sua garganta novamente, assim como a dela postou-se encostada na sua. Olhavam-se na expectativa da desistência do outro. Mas nenhum dos dois parecia que iria ceder.

— Luos! Não ouse — disse Lucas.

— Lucas. O que fez a Manakel?

— Não se preocupe. Cuidamos dele. A propósito, não me chamo Lucas, chamo-me Lehahiah.

— Não tinha um nome mais simples?

— Não mude de assunto, Luos. Já possui muito sangue nas mãos, não quer se sujar com mais esse.

— Será? Você não me conhece. Não sabe do que sou capaz.

— Só agravaria sua pena.

— Não me importo com isso.

— Sei que não. E também sei que é capaz de qualquer coisa, Luos, mas não disso. Não quer ferir Aniel, ou Nina, como achar melhor.

— Chega de papo. Mate-a — dizia Zeobator.

Nina baixou a arma entregando-se. Deixou que a Lança do Destino colocasse seu nome à prova ao entregar o seu ao bel-prazer desta. Deixaria novamente que Luos provesse o julgamento. Que ele decretasse a sentença.

– Não faça isso, Luos, não se complique mais – dizia Lucas.
– Ande logo, acabe com essa traidora – incitava Zeobator.
– Faça o que julgar certo, Luos – dizia Nina.
– Mate-a! – continuava Zeobator.
– Não, Luos. Não faça isso! – gritava Yumi.

A cabeça dele girava. Estava à beira da loucura. Seu coração estava disparado, e sua pele estava quente. Não sabia o que fazer. Cerrava o punho no cabo da lâmina, e foi então que uma lágrima escorreu por seu rosto. Um raro momento em sua existência.

– Não! – gritou Luos. – Não posso!
– Faça logo isso! Não hesitou assim com a Viviane – disse Zeobator em tom ofídico.
– Do que está falando?
– Não se faça de desentendido. Nunca imaginou o porquê de não encontrar pistas do assassino? É porque ele é você, Luos! Você matou Viviane!

Luos não acreditou. Não podia ser verdade. Jamais faria isso. Amava Viviane mais que a si mesmo. Não seria capaz de lhe fazer mal. Após um momento de reflexão, a pressão tornou-se tão grande que não pôde suportar.

– É mentira! – berrou Luos.
– Não, Luos. É a mais pura verdade. Você violentou aquela jovem. Você se utilizou do corpo dela para saciar seus instintos bestiais mais primitivos. E quando perdeu a graça, deixou que seus porcos se utilizassem da carcaça.
– É mentira! Jamais faria isso. É mentira – gritava desesperadamente.
– Por que eu mentiria pra você? – disse calmamente.
– Porque precisa de mim, só me manteve vivo por isso. Você nunca quis meu bem!

— Do que está falando? Eu o protegi. Eu livrei você do seu arrependimento. Quando você entrava em frenesi e destruía tudo em seu caminho, eu estava lá para deixar sua mente livre das lembranças grotescas de suas atitudes animalescas.

— Não acredito. Agora irá dizer que eu matei a Bianca.

— Aquela dos pulsos?

— Como sabe?

— Eu estive lá, Luos. Eu cheguei antes que você fizesse uma besteira maior.

— Eu não fiz isso. Não sou este assassino. Só matei os nossos inimigos celestiais.

Zeobator deixou escapar sonoras gargalhadas. Parecia seguro de suas afirmações. E mantinha-se firme.

— Não seja ridículo. Você se lembra do porteiro do prédio de Viviane? E do detetive que fez suicidar-se? Do massacre dos motoqueiros? Todos estes eram inocentes. Não faziam parte de nossa guerra e você fez questão de eliminá-los quando eles ficaram entre você e seus objetivos. Alguns destes nem estavam em seu caminho, matou-os apenas por diversão. Não negue o que é, Luos. Você é um assassino! Um demônio caçador. Meu Anjo da Morte.

— Chega! — berrou.

Luos não resistiu à enxurrada de informações e novamente ergueu a espada.

— Vou acabar com isso de uma vez por todas.

— Isso, Luos, mate-a e venha comigo, pois o melhor ainda está por vir.

— Não! Não vou a lugar algum. Não serei mais manipulado por vocês. Vou seguir meu próprio caminho pela primeira vez. Vou seguir meu destino. Destino que eu decidi sem a interferência de ninguém.

– Isso mesmo. Acabe com ela e mostre a estes celestiais quem é você. O filho dos Opostos. O anjo da Morte. Meu filho. Minha criação mais perfeita – incitava.

Luos endureceu a expressão e ajeitou a mão no cabo da espada, pondo-a apontada para baixo. Os celestiais estavam a ponto de avançar sobre ele, e Yumi estava aos prantos.

– Não faça isso, Luos! – alertava os celestiais.

– Não se metam! A decisão tem que ser dele – dizia Nina.

– Por favor, Luos, não – pedia Yumi.

Luos deixou o canto da boca se erguer. Já havia tomado a decisão.

– Cuide-se, Yumi.

Erguendo o olhar para o teto, fechou os olhos e escolheu dentre as frases que havia aprendido a que julgou ser a mais oportuna para a ocasião.

– Eu não sou digno de que entreis em minha morada, mas dizei uma só palavra e serei salvo.

A lâmina cortou o ar com veemência, os celestiais tardaram a compreender o que estava acontecendo, mas projetaram-se contra Luos batendo suas asas com vigor. Nina apenas fechou os olhos, deixando um sorriso de dever cumprido na face, enquanto aguardava pelo decreto de sua sentença. Por fim o braço de Luos baixou, e a Lança do Destino selou sua função naquela noite ao cravar-se profundamente no abdome do híbrido.

Os celestiais pararam instantaneamente, perplexos com a atitude do mestiço. Yumi berrou com todas as suas forças, e Nina abriu os olhos, vislumbrando Luos envolto em uma luz intensa. O brilho saía por todos os orifícios faciais, e também pelo ferimento. Luos ajoelhou-se diante de Nina que rapidamente o tomou em seus braços, a fisionomia dele era de alívio. Tomara enfim uma decisão por conta própria. Pela primeira vez escolhera seu caminho. Podia ter andado muitos dias sob o controle dos outros, mas possuía a certeza de que a caminhada final fora executada com seus próprios passos.

Por fim o brilho cessou, e o corpo de Luos abrandou-se nas mãos de Nina. Era o fim de Luos.

— Não, seu imbecil — gritava Zeobator.

Nesse instante, um imponente celestial surgiu à porta da cripta. E apenas erguendo a mão na direção de Zeobator, o fez desintegrar-se instantaneamente.

Nina estava atordoada. Não passava nem perto do final que imaginara.

— Faça algo por ele, Camael — rogava Nina ao celestial recém-chegado.

— Não há mais o que fazer, Aniel. Está terminado.

E realmente não havia. Nina e Yumi viram Luos morrer diante de seus olhos. A maior dor que já sentiram. A única ferida que jamais iria curar. Perpetuaria sua dor por todo o sempre, massacrando-as com lembranças. Lembranças amargas de uma noite nefasta.

O corpo do híbrido desvaneceu-se lentamente, se transformando em sombras que logo foram escorrendo das mãos de Nina e sendo sugadas pelo chão.

Camael estendeu a mão para Nina e uma luz intensa emanou do príncipe das Potências.

—Venha conosco. Não há mais nada a fazer aqui.

Nina estava sem forças. Sequer moveu-se. Seus irmãos encarregaram-se de ajudá-la. Yumi ainda estava estática, e Camael olhou para ela com certa piedade no olhar.

— Não chore por ele. Se existia uma atitude mais acertada, foi esta que ele tomou. Se existe um dia para se lembrar dele, será este. O dia em que um demônio se sacrificou por uma celestial, e pelo amor que sentia por uma humana. Ele tomou a mais bela e pura das atitudes. Sacrificou-se por vocês duas. Sintam-se honradas, e honrem a memória dele com felicidade, e não com tristeza.

Os celestiais desapareceram junto da luz, deixando para trás os sinais de uma luta sem vencedores. Uma batalha sem propósito, em que apenas derrotas puderam ser mensuradas. Em que o profetizado Filho dos Opostos deu fim a sua própria existência.

...Pós-batalha

Poucas horas se passaram do trágico episódio da cripta, e nos confins infernais mais profundos, a sombra maligna de Zeobator já se preparava para uma nova etapa. Não obtivera o sucesso que imaginara em sua primeira tentativa. Mas ainda assim obteve êxitos.

Era fato que não encontrara o Livro dos Sete Selos, mas obtivera a certeza de que não se tratava de uma lenda. Deixou que escapasse a Lança do Destino, mas vislumbrou ante seus olhos do que era capaz. Por fim, perdeu sua maior arma, Luos. E esta era a maior de suas derrotas.

O fim havia se apresentado de uma maneira um tanto inovadora no que tangia a suas expectativas para tal. Havia traçado metas que não pôde alcançar, e por fim fora lançado ao abismo, onde caiu. Caiu muito fundo, e quando pensou que não pararia mais de cair, uma nova possibilidade se apresentou. Cheia de promessas entusiásticas de sucesso.

Possuía uma nova arma em mãos. Eficientemente mortal. Pronta para ser posta em ação. E o faria no momento oportuno. Por hora iria aguardar que a poeira baixasse, e os celestiais se dispersassem. E então iniciaria sua nova ofensiva. Mas desta vez utilizaria uma estratégia diferente. Todas as tomadas de decisão seriam suas. Já fora o tempo de deixar a maré levar os acontecimentos a seu bel-prazer. Isto fora antes. Apenas para que Luos pudesse fazer suas escolhas. E ele fez. Mesmo que com certa pressão no momento "X", escolheu retornar ao ninho das trevas. Local de onde jamais deveria ter saído.

Alguns dias se passaram no plano material, anos no inferno. A diferença temporal é fator positivo aos decadentes. Enquanto os homens mal se recuperaram do baque, os abissais já se esqueceram dos detalhes do episódio. E já se preparam para o contra-ataque.

É chegada a hora de Zeobator emergir. Já se passara muito tempo desde a última vez em que estivera entre os homens. Na última oportunidade, não fora uma visita muito prazerosa. Camael o expulsara, pois havia falhado no quesito discrição. Não ocorreria novamente. Possuía novos métodos, novas ideias e novos aliados, ou seja, uma nova história estava para começar. E mesmo possuindo o mesmo roteirista, o elenco havia sofrido alterações significativas, e o enredo, este guardava surpresas com as quais até o mais experiente crítico iria se surpreender. Não que se trate de uma obra de arte, mas trata-se de algo originalmente maligno, maleficamente astuto e caoticamente mortal.

As trevas avançam sobre a luz, plantando suas sementes negras, diluindo o seu veneno, disseminando a discórdia. O mal está à solta.

**INFORMAÇÕES SOBRE NOSSAS PUBLICAÇÕES
E ÚLTIMOS LANÇAMENTOS**

Cadastre-se no site:

www.novoseculo.com.br

e receba mensalmente nosso boletim eletrônico.

novo século